信長の庶子 四

関ケ原夜話

壬生一郎
[画]土田健太

ただただ黙って涙を流す俺を
恭は抱きしめ続け、そして優しく背を撫でてくれた。

『俺の問いにも答えてもらおうか』

四巻冒頭時点勢力図

佐渡
越後
上杉氏
能登
加賀一向一揆
越中
侵攻
上野
加賀
朝倉氏
侵攻
飛騨
侵攻
信濃
浅井氏
比叡山延暦寺
越前
武田氏
武蔵
摂津三守護
侵攻
甲斐
丹後
若狭
美濃
相模
但馬
尾張
丹波
近江
駿河
三河
播磨
山城
甲賀
遠江
摂津
伊豆
伊賀
河内
和泉
伊勢
北条氏
淡路
徳川氏
遠山氏
大和
長島一向一揆
織田氏
阿波
紀伊
阿波三好家／三好三人衆
大坂本願寺
畠山氏

これまでのおはなし【一 ～ 三巻】

幼い頃から、持ち前の知力と、母が教える謎の知識で、織田家の力になってきた帯刀。父信長も力を伸ばし、将軍を擁立し天下に号令をかけるまでになった。しかし宗教勢力をはじめ反織田勢力の包囲に苦しんだ信長は屈辱の和睦をすることとなる。

一方、重臣松下長則を失い、織田家とともに雌伏の日々を送ることとなった帯刀。策略をめぐらし、敵勢力を削る一方で、織田家は力を蓄えていく。そして、再び比叡山延暦寺との対立が強まり、全山焼き討ちを決行！　比叡山を完全に下した織田家の次なる敵は、長島一向一揆――!!

登場人物

★は作中の呼び名や通称　（　）内は一般的な別名など

徳川家康《とくがわいえやす》

同盟

母 原田直子《はらだなおこ》

父 織田信長《おだのぶなが》

信広《のぶひろ》

妻

【正室】帰蝶《きちょう》（濃姫）

【故人】斎藤道三《さいとうどうさん》

娘

【故人】信秀《のぶひで》

【故人】信勝《のぶかつ》

側室

【故人】吉乃《きつの》（生駒氏）

藤姫《ふじひめ》

御坊丸《ごぼうまる》

【主人公】帯刀《たてわき》　村井重勝《むらいしげかつ》

恭姫《きょうひめ》

勘九郎　信重《のぶしげ》

北畠三介　具豊《ともとよ》

神戸三七郎　信孝《のぶたか》

帯刀を養子にする

村井貞勝《むらいさだかつ》

羽柴秀吉《はしばひでよし》

竹中半兵衛《たけなかはんべえ》

滝川一益《たきがわかずます》　★彦右衛門

作中の家臣

松下嘉兵衛《まつしたかへえ》

大宮景連《おおみやかげつら》

古田左介《ふるたさすけ》

前田利久《まえだとしひさ》

前田慶次郎《まえだけいじろう》

百地丹波《ももちたんば》

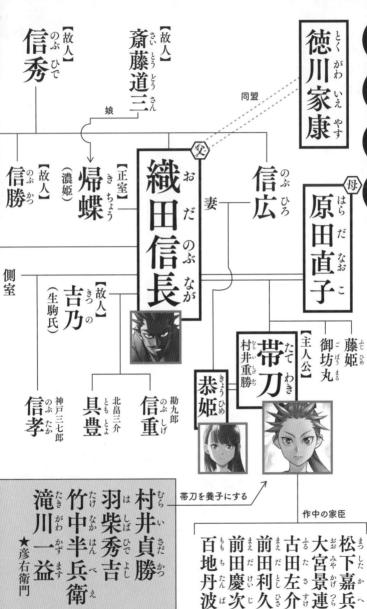

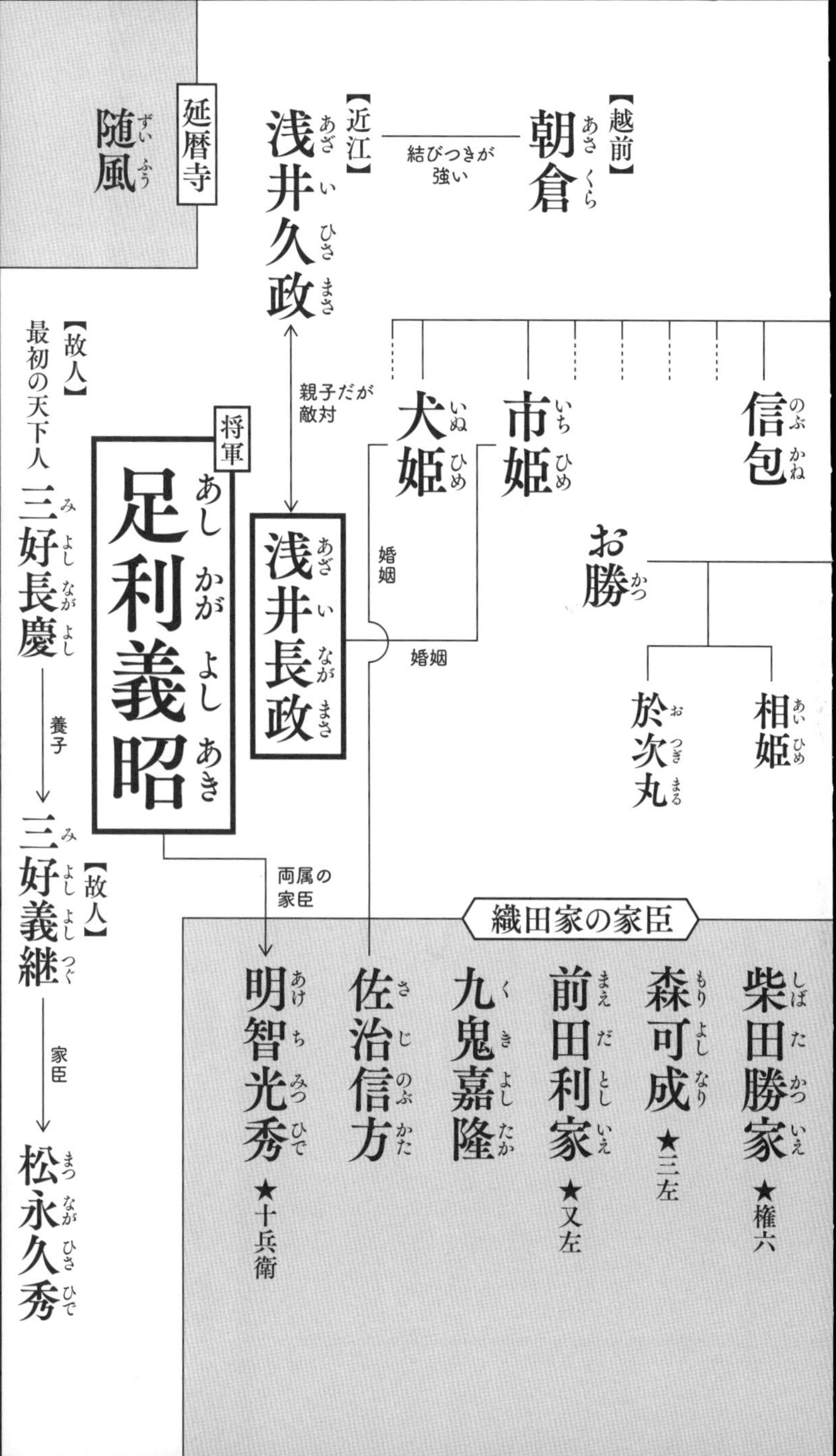
【越前】朝倉《あさくら》
結びつきが強い
【近江】浅井久政《あざいひさまさ》
延暦寺
随風《ずいふう》
信包《のぶかね》
市姫《いちひめ》
犬姫《いぬひめ》
親子だが敵対
お勝《かつ》
相姫《あいひめ》
於次丸《おつぎまる》
婚姻
婚姻
浅井長政《あざいながまさ》
将軍
足利義昭《あしかがよしあき》
【故人】
最初の天下人
三好長慶《みよしながよし》
養子
三好義継《みよしよしつぐ》
【故人】
家臣
松永久秀《まつながひさひで》
両属の家臣
織田家の家臣
柴田勝家《しばたかついえ》
★権六
森可成《もりよしなり》
★三左
前田利家《まえだとしいえ》
★又左
九鬼嘉隆《くきよしたか》
佐治信方《さじのぶかた》
明智光秀《あけちみつひで》
★十兵衛

主な敵対勢力（四巻時点）

伊賀忍者

藤林家《ふじばやしけ》

千賀地服部家《ちがちはっとりけ》

本拠地
伊賀

伊賀を支配する、三上忍家のうち二家。
伊賀一国切り取り次第の
免状を預かった帯刀は、
百地丹波を味方に引き入れるものの、
他の伊賀忍びたちと闘うことに――？

三好三人衆

本拠地
阿波

三好長逸《みよしながやす》

三好宗渭《みよしそうい》
↓
死去

岩成友通《いわなりともみち》

元々三好家の重鎮であったが、三好長慶の死後、
義継が三好家の当主となると、松永久秀と対立。
最終的に義継とも敵対する。
信長の上洛に抵抗するも、敗れ、阿波に撤退。

［浄土真宗］
本願寺

法主
顕《けん》如《にょ》

坊官
下《しも》間《つま》頼《らい》廉《れん》

〝大坂城〟の名を持つ堅固な寺と、底の知れない力を持つ勢力。二巻で帯刀は本願寺を訪れ、顕如の子茶々磨《ちゃちゃまろ》と友誼を結ぶ。だが、顕如は各勢力に、信長打倒を呼びかけて…!?

本拠地
摂津
大坂本願寺
（石山本願寺）

長島一向一揆

本拠地
長島

証《しょう》意《い》
下《しも》間《つま》頼《らい》旦《たん》

伊勢長島を中心に蜂起した本願寺門徒たち。小木江城《こきえじょう》を襲い、信長の弟信興《のぶおき》を討ちとった。帯刀は策略を用いて彼らをじわじわと追い込んでおり…?

第三部　村井重勝編❷

第三部　村井重勝編②

第六十話　織田家の二年

元亀《げんき》二年の春。再び、長島《ながしま》の一向宗が蜂起《ほうき》した。
俺の弟たちが元服し、嫡男勘九郎《かんくろう》が織田《おだ》家の家督を継いだ直後のことである。
しかし、これを読んでいた織田家の反撃が迅速であったこともあり、その戦火が尾張《おわり》に波及することはなかった。

長島勢は当初、伊勢《いせ》全土からの援軍と援助、そして紀伊《きい》や伊賀《いが》勢力の同時攻撃、さらに大坂本願寺《おおさかほんがんじ》とこれを援護する諸勢力の連合により、一気に織田家を破り、尾張までを攻め落とすつもりであったようだ。

だが、南伊勢を押さえる北畠《きたばたけ》家当主の座を織田家の次男に奪われてしまったため、伊勢は結束を固めることができず、ふた月保《も》たず総崩れに。紀伊・伊賀勢は、その、新たに伊勢国司《いせこくし》となった茶筅《ちゃせん》丸《まる》改め北畠家十代当主三介具豊《さんすけともとよ》を総大将とする織田勢相手に苦戦。まとまった援軍を出せたのは長野《ながの》工藤《くどう》氏らが勢力を持つ北伊勢程度であり、紀伊や伊賀の者たちは長島までの途上にある織田勢力によって、そのほとんどが止められた。

北伊勢と美濃《みの》・尾張の兵は長島を囲み、南伊勢の兵はさらに南から西へ。そうしている間に、畿内近国の織田勢力は、大坂本願寺に向けての圧力を強めた。

高野山《こうやさん》の蜂起、さらに紀伊勢の助勢により、一旦は優位を取った大坂本願寺勢力だったが、その同盟者として最大の力を持っていた三好《みよし》家が先に崩れた。三好三人衆の一人である三好宗渭《みよしそうい》が病死し、篠原長房《しのはらながふさ》が暗殺されたのだ。病死の三好宗渭はまだしも、篠原長房が暗殺されたことは、三好家の衰退を決定づけるものとなった。

最初の天下人三好長慶《みよしながよし》の実弟三好実休《みよしじっきゅう》の息子である長治《ながはる》は、阿波《あわ》・讃岐《さぬき》二国を治め、しばしば畿《き》内《ない》へと出兵していた。

阿波三好勢、あるいは四国三好勢などと呼ばれたこの勢力を実質的に取り仕切っていたのが篠原長房だ。

三好長慶亡《な》き後、唯一単独で松永久秀《まつながひさひで》に対抗できた男といえば、その強さもわかろう。阿波三好家の分国法である新加制式《しんかせいしき》の制定を行うなど、松永久秀が趣味の文化人であるのなら、篠原長房は実務の文化人だ。それほど力を持っていた人物が、こともあろうに、主《あるじ》に斬られた。

篠原長房暗殺までの経緯を詳しく知っているわけではない。俺はすべての結果が出た後にこうなったと知らされたのみである。だが、結果から誰が何をしたのかの予想くらいはできる。自ら手を下した長治は、篠原長房が謀反《むほん》を企んでいたため手打ちにした、と述べた。隠居をやめ再び名を戻した松《まつ》永弾正少弼久秀《ながだんじょうのしょうひつひさひで》と通じ、讃岐一国と引き換えに、織田に降《くだ》ろうとしていたそうだ。

この話を聞いた段階で俺は早々に、弾正少弼殿が黒幕だと目星をつけた。噂をあえて流し、相手の内紛を誘い、その力を弱める。梟雄《きょうゆう》松永久秀がやりそうなことだろう。篠原長房という人物はどのように思っただろうか。暗殺された際『当方滅亡!』くらいのことは言ったかもしれない。

俺の予想が正解かどうかはさておき、結果阿波三好は畿内から撤退し、家中《かちゅう》の立て直しを図ることとなった。

時を同じくして雑賀衆《さいかしゅう》も割れた。雑賀鉄砲隊を率いる大将の一人鈴木重秀《すずきしげひで》が、織田に味方したのだ。これまで大坂との合戦の中で抜群の働きを見せていた鈴木重秀は、大坂本願寺の坊官下間頼廉《しもつまらいれん》と並び『大坂左右之大将《おおさかさゆうのたいしょう》』と称されていた人物だ。この男が味方に付くということは、戦力についてのみでなく、敵味方に与える士気という意味でも極めて大きい。この調略すら、弾正少弼殿の影を感じてしまうのは俺の考え過ぎであろうか。

ともあれこれらの動きによって、畿内の戦《いくさ》は再び膠着《こうちゃく》状態となった。西の戦《いくさ》が膠着状態となったのであれば、東の戦線で優勢な織田家が全体として優勢になる。柴田権六《しばたごんろく》殿や明智十兵衛《あけちじゅうべえ》殿らの奮闘も目覚ましかった。

◇　◇　◇

元亀二年の末、本願寺顕如《ほんがんじけんにょ》は、織田家に対して和睦を申し入れる。

顕如が出してきた条件は、長島の放棄と大坂城も含めた真宗本願寺派の中立。それに対して父は和睦でなく、降伏であれば認めるという返事を送った。放棄するべきは長島だけでなく大坂城も含めたすべての寺内町。真宗本願寺派が持つすべての寺領は没収し、武器弾薬、さらには大坂城にあるすべての金品は織田家に譲る。それであれば長島を許す。それを認められないのであれば、長島はことごとく根切《ねきり》、すなわち根絶《ねだ》やしとする。

この条件を聞き、本願寺顕如は改めて織田家に対しての対決姿勢を露わにした。織田家を仏敵と呼び、現状を法難と呼び、かつて寺を焼き合った他宗派と連携を強くし、そして頼みの綱として、遠国の大名に対し文《ふみ》を送った。武田《たけだ》・上杉《うえすぎ》・毛利《もうり》。そのうち、武田・上杉はかたちばかりの非難をしただけであったが、謀聖・毛利元就《もうりもとなり》は、中国を征した水軍衆を使って大坂本願寺に物資を運び込み、本願寺勢力の士気を大いに高めた。

◇◇◇

それでも長島の包囲は解《と》かれず、長島一向宗は厳しい冬を城内で越すこととなる。明けて元亀三年、動いたのは北陸であった。

予《か》ねてより、大坂本願寺の指示を無視し独断専行に走ることが多かった加賀一向宗《かがいっこうしゅう》が暴発。越前国内に侵攻する。足利義昭公の上洛から、失点続きであった朝倉義景《あさくらよしかげ》にこれを防ぐ力なく、越前《えちぜん》は混乱に陥った。そして、これに対し諸勢力が動きだす。

最も迅速に動いたのが浅井《あざい》家だった。実父久政《ひさまさ》との権力闘争の果てに、再び家中での力を取り戻した浅井長政《あざいながまさ》殿は、金ヶ崎《かねがさき》や若狭《わかさ》から船を出し越前沿岸へと出兵。さらに自らも、一万五千の大軍を率いて北上。浅井家の総力を挙げ、越前一国を奪った。

重臣赤尾清綱《あかおきよつな》・海北綱親《かいほうつなちか》・遠藤直経《えんどうなおつね》らの活躍も連日伝えられたが、最もその武威を示したのは磯野《いその》員昌《かずまさ》殿だった。

磯野殿率いる手勢は、先手《さきて》を藤堂高虎《とうどうたかとら》なる大男が指揮し、鬼のような精強さを誇ったとのことだ。暴発し、もはや統率もなければ軍規もない野盗の群れの如き一向宗が相手であるとはいえ、数倍する敵を撃ち破ること都合八度。一向宗勢力を北方加賀へと押し出した。

その後、浅井長政殿は一乗谷《いちじょうだに》を取り囲み、これを攻めた。越前の名門朝倉家は滅び、また一つ天下争いから一家が脱落した。

これを黙って見ていなかったのは、同盟勢力である織田家と、その織田家の同盟勢力である武田家だ。加賀一向宗が越前から北へ追いやられた結果、飛騨《ひだ》一国の一向宗の勢力もまた弱まった。

この飛騨という国は山国で実入りが少なく、その割に信濃《しなの》・美濃《みの》・越前・加賀・越中《えっちゅう》と五ヶ国と国境《くにざかい》を接している。囲む勢力は武田・織田・朝倉に加えて上杉だ。そしてここを奪い取ってしまえば厄介な北陸の一向宗を敵に回す。どの国も総石高で六万にもならないような国一つでは見合わないと、言わば緩衝地帯と化していた。だが、朝倉という勢力が消え、一向宗の影響力が落ちた。

父と信玄《しんげん》は、それぞれ織田勘九郎信重《おだかんくろうのぶしげ》と武田四郎勝頼《たけだしろうかつより》を大将にし、飛騨侵攻を決めた。

何度となく危《あや》うい時はあったが、織田と武田は、まだ一度も矛《ほこ》を交えてはいない。この出兵も両国は示し合わせの上、南西部は織田が、北東部は武田が手にした。飛騨三木氏《ひだみきし》は降伏し、飛騨からも一向宗の勢力は追い出された。織田は飛騨での国境を同盟国である浅井・武田に絞ることができ、同じく武田も上杉と織田に絞ることができる。極めて微妙な力関係で成り立った領地獲得であったが、織田も武田も、互いを敵に回せば四方が敵に回ることを理解している。

越中には上杉家が侵攻した。越中はすでに上杉謙信《うえすぎけんしん》から三度にわたる侵攻を受け、三度目の侵攻となる前回、ついに東側半分を失った。それでも、此度《こたび》の四度目の侵攻に対しても抗戦の構えを見せていた。だが彼らの抵抗は、あくまで一向宗の後ろ盾と、武田信玄の謀略という援護があってこそであった。今回の戦いにおいてはそのどちらもなく、越中一国は上杉の手に落ちる。

本願寺派が特に強大な力を誇った拠点、大坂・加賀・越前・長島。そのうちの越前は追い出され長島は風前の灯火《ともしび》。加賀も南と東から敵対勢力が迫り、大坂すら籠城以上のことができなくなりつつある。最後の望みは毛利勢であった。

元亀三年の三月、まだ北陸の戦いに決着がついていない頃には、毛利元就《もうりもとなり》上洛の可能性がしきりにささやかれた。

浅井・織田・武田・上杉はいずれも一向宗に対して団結し、共同戦線を張ろうと盟を結んだわけではなかったが、それでもお互いが潰し合わぬように連絡を取り合っているのは明らかであったし、勘九郎と四郎勝頼殿は直接会って話もしたらしい。

武田信玄は、自身が顕如の妻の姉婿であり、娘を勘九郎の許嫁としている。本願寺と織田、そのどちらに対しても、弱くなった方は見捨て、食らって旨味がある方は食らうつもりであるのは明らかだ。

だが勘九郎と勝頼殿の会談は、勘九郎の許嫁である松姫《まつ》もそろそろ美濃へ輿入れかなどと、終始和《なご》やかであったそうだ。


その、北陸戦線が収まらない間に、毛利元就が京へ出兵し、この地を治めるという。勢力図がさらに大きく塗り替わるのではと、誰もが思った。だが。

元亀三年・六月十四日。毛利元就、死去。


これによって毛利元就上洛はもちろんのこと、毛利家の大坂本願寺援助すら途絶えた。元就の死という報を聞いて、中国や九州の反毛利勢が動かないはずがないからだ。これらを抑えない限り、いかな毛利家といえど畿内の戦にかかわっている余裕などない。

『命拾いした』

父からは珍しくそんな文《ふみ》が送られてきた。父は謀略をもって尼子氏《あまごし》の残党を動かし、毛利家が東に勢力を伸ばせないようにしたことがある。だが結果、尼子残党は敗れ、織田家は毛利氏との関係を悪くするだけに終わった。調略や謀略では毛利元就に敵《かな》わぬことを、父はその時知ったのだろう。

織田家の敗北についても語らねばならないだろう。織田家の、というよりもむしろ三介《さんすけ》のだが。紀伊攻めの大将は、滝川彦右衛門《たきがわひこえもん》殿が、伊勢よりの伊賀攻め大将は森可成《もりよしなり》殿が就任した。森可成殿は足が悪いゆえ、あくまでまとめ役として指揮を振るい、森家の兵は息子の長可《ながよし》が率いる。俺の母の生家である原田家の兵や、俺が率いる村井家の兵など、寄り合い所帯《じょたい》だ。

それらの総大将が三介であることはすでに言った通りだが、元亀三年の戦でもって三介は『戦下手《いくさべた》』の名を恣《ほしいまま》にした。紀伊へ攻め入っては隘路《あいろ》において敵に囲まれて逃走し、野戦となった際には伏兵にしてやられ、家臣の勧めを退《しりぞ》けて打って出れば裏目に出た。

かつては家臣らの言う『三介様のなさりよう』といえば、何をするかわからないという意味であった。その中には、面白いことをするかもしれないという意味も込められていたが、今では馬鹿が余計なことをすると周りが大変だ。という意味になっている。それらの敗戦の中で、柘植保重《つげやすしげ》・長野左京亮《ながのさきょうのすけ》・軽野左京進《かるのさきょうのしん》といった家臣たちも戦死している。

勝てないことはもちろんだが、家臣の諫《いさ》めを無視したことや、敵地に侵入する際に下調べをほとんど行っていないことなどを特に父は怒り、激しく叱責した。書状において『親子の縁を切る』とまで言われた三介は怯え、以降、戦に口出しはしなくなった。

父からの書状はもちろん俺にも届けられ『このようなことにならぬためにお前がいるのではないのか』と、俺も叱責された。御尤《ごもっと》もですと答えつつ、今回こうなってしまったことについて理由を語った。かつて俺たちが口をそろえて『バレないようにやれ』と言ったせいで、軍をこっそり動かす方法を学んでしまったのだ。『そういうことではないだろう』と返事が来たが、それは俺に言われても困る。

救いであったのは、三介の生母である、亡き吉乃《きつの》様の薫陶《くんとう》だ。三介が北畠家に人質として出される直前、口を酸っぱくして家臣を大切にせよとおっしゃっていたことが活きたのか、敗戦後三介は、家族を亡くした家臣の家にいちいち出かけていっては話をし、後の生活については自分が保証すると一文をしたためていた。

体勢を立て直すことはできたが、しかし、元亀三年の内にこれ以上の侵攻作戦は不可能であると、紀伊・伊賀方面の兵はかなりの数が引き揚げられ、長島包囲に加わった。伊賀方面など、俺が率いる手勢一千程度が国境付近に張りついているだけだ。

◇◇◇

そうして、元亀三年も過ぎ去り、元亀四年一月の末。

「無事に、子が産まれたようで何よりだな」

馬上、ゆっくりと進みながら俺は隣を行く大宮景連《おおみやかげつら》に話しかけていた。

「ありがとうございます」

「可愛いか？」

「さて、可愛いとは思いますが、これが本当に自分の子であるのかと、毎度不思議に思うことの方が多いですな」

笑った。そうだろうな。特に男親は。

「妻などは、毎日のように話しかけておりますなあ。くだらない話であったり、某《それがし》への愚痴であったり。上の子などは、そうして話していた中身などを意外とよく覚えておりましてな。何を覚えられるかわからぬから、滅多《めった》なことを話すなと言っておるのですが」

景連もまた、苦笑とともに話す。

馬が歩を進めるたび、サクサクと音を鳴らして雪が踏みしめられる。

「物心がついた頃の子供は親の話をよく聞いているものだ」

「左様《さよう》です。某《それがし》は物心がつくのが早く、生まれて二年とたたず何となく周囲の言葉などをわかっておりましたので、ゆえに三歳や四歳の子供相手には話す事柄を選ぶべきと」

頷《うなず》く。俺たちの後ろには徒歩と馬とを合わせて合計三十人ほどが続いている。伊賀は北国でも雪国でもないが、やはりこの時期はまだまだ寒い。

「殿《との》は、物心がついたのが早そうですな」

「そうだな。早かったし、周囲の言葉もちゃんと聞いていた。意味もわかっていないのに言葉だけを覚え、後にあれはこういう意味だったのか、と納得することもよくある。思えば幼い頃から言葉や文字には興味があったのかもしれぬ」

「さすがは文章博士《もんじょうはかせ》様ですな」

「いや、まあ文字については覚えたというよりも母からの指南《しなん》の賜物《たまもの》ではあるがな」

柔らかく微笑む景連に言われ、少々照れた。

「直子《なおこ》様は、最近随分と恐れられているようですが」

指南の賜物、という言葉を聞き、その指南を施した人物に話が飛んだ。頷き、仕方がないだろうと答える。

「あまりにも異端な存在であり過ぎたのだ。一目も二目も置かれてしまうことは当然だ」

「しかし、直子様がどれだけ尋常ではないお方であろうと天下を乱し人々を苦しめるような真似をしたことはありません。恐れる意味がないのでは？」

「それは、俺が原田直子《はらだなおこ》の息子で、景連がその腹心であるから言えることだろう。俺たちにとって母上は家族だが、他の家臣からしてみれば近所の住人だ」

「それが何か？」

「隣の家に、巨大な龍が棲《す》んでいたら、その龍に何もされていなくとも恐れはするだろう？」

「……成る程」

正確に言えば、羽柴《はしば》家も他の者たちも警戒したいのではなく、安心したいのだ。決して自分たちが襲われることはないと。だから、仲が悪くなるようなことはない。むしろ羽柴家の面々は、今まで以上に母と懇意にしてくれている。

「俺からしてみれば、羽柴家の方がよほど恐ろしく大きな龍であるのだがなあ」

草履《ぞうり》取りから始まって、今や織田家の重臣と成り上がった当主。その当主を陰日向《かげひなた》になって支える弟。かつて父上を相手に戦をして勝利したことのある軍師。定期的によくわからない行動をとる女一人よりも、よほど恐ろしかろう。

「直子様は、最近ではパンやピザを糧食にと研究してくださっているようですな。手伝いのものや、いつの間にやら集まってきた素性のわからぬ連中をまとめて『九尾《きゅうび》』と名付けたとか」

「あれは笑ったな。そんなに自分を化け物扱いするのなら開き直ってやると言っている母の様子が目に浮かんだ」

別に、戦働きや間諜《かんちょう》を行うわけではない。単なる手伝い連中だ。母は身寄りのない者や親を亡くした子供、流れの牢人《ろうにん》などをつかまえては食事を与えたり仕事を与えたりしている。昔から『直子衆』などと呼ばれたりはしていたのだ。

「まあ、どれだけ疑われようと、母が天下に野心を持つなどということはない。せいぜい男の胸に肌着を着けさせようと画策《かくさく》する程度」

話の途中、男が一人近づいてきて、軽い口調で『来ました』と言った。

「ああそうか、それは良かったありがとう」

俺は明るくそう答え、そして景連に軽く頷く。

「報《しら》せの通りですな『御本所《ごほんじょ》』様」

景連が、俺のことを御本所、すなわち北畠家当主たる三介の呼び名で呼ぶ。

「そんなに似ているとは思わないがなあ」

「見慣れぬ者が遠くから見れば瓜二つです」

「六つも歳が離れているのだ、まだまだ上背《うわぜい》も、体の厚みも、俺の方が一回り以上大きかろう」

「馬に乗ってしまえば、さほど目立ちませぬ」

そうか、そうかもしれない。俺たちは、なおもゆったりした速度で進み、とりとめもない、何の意味もない雑談に花を咲かせる。

「いよいよか」

「大物がいると良いですな」

そうしてさらに半刻ほどで、次の報せが入った。この先にいる。

「そうだなあ。せっかく身代わりの囮《おとり》となって体を張るんだ。大物がいてほしい。だがまあ、すぐに答えは出る。先に言っておくが景連。俺が死んだら古渡《ふるわたり》大宮家は勘九郎が面倒を見てくれる。頼るように」

「お言葉は聞いておきますが、そのようなことにはなりませぬ」

「わからんよ。戦は常に乾坤一擲《けんこんいってき》だ」

「まだまだ、殿の御傍《おそば》で出世しなければなりませぬからな。見事返り討ちにして手柄に変えてみせます」

「頼もしい限りだ」

それからすぐ、俺たちは謎の集団に襲われる。数え二十一歳となった一月。命がけの一年がまた始まった。

第六十一話　覚悟とは

「手はず通りに」

俺が言うのが早いか相手が襲ってきたのが早いか、進行方向左手前の森の奥から、十数人の男たちが現れ、近づいてきた。

「何者だ⁉」

景連《かげつら》が叫ぶ。男たちは何も言わずただ全力で走り、俺に近づいてくる。近場にいる者たちが俺を囲み、口々に『御本所様《ごほんじょ》！』『殿をお守りしろ！』などと叫んでいた。

馬上の俺は惚《ほう》けたような、唖然《あぜん》としたような表情で近づいてくる男たちを見る。何も指示を下すことができず、突然の状況変化についていけない鈍い男。今の俺はそれだ。

「殿！」

正面を見据えていると、近習《きんじゅう》の一人に強く腕を引かれた。見ると、五十間《けん》（約90・91ｍ）ほど先に、鉄砲をこちらへ向ける男たちの姿があった。それらの銃口は当然ながらすべて俺に向けられており、俺は大慌てで転げ落ちるように下馬《げば》した。

直後、弾丸が弾ける音。演技だけではなく、本心から大いに怖がり、焦っていた俺であるが、弾は俺の体に当たりはしなかった。目視してわかっていたが、彼我《ひが》にこれだけの隔たりがあれば、急所に当たりでもしない限り命は奪えない。その上、俺と襲撃者との間には景連ら家臣たちが壁となり、万が一にも俺が手傷を負わぬようしてくれている。

「うわあああ！　痛い！　痛いいいい!!」

五発の弾丸のうち、三発は外れ、一発は兵の腹に当たり、一発は馬の脚をかすめた。つまり俺は無傷だ。だが、俺は元気に、そしてみっともなく悲鳴をあげ、さらにみっともなく、甲高《かんだか》く叫び続けた。

「敵勢！　敵勢だ！　お前たち何とかしろ！　皆殺しにしろ！　俺を守れ！」

ギャンギャンとわめき、腕を押さえながら右往左往する俺。景連たちは突っ込んできた敵と斬り結び、後方の者たちは俺を囲む。

「俺は逃げるぞ！　あとは何とかしろ！」

周囲の言葉に一切耳を傾けず、来た道を引き返すように逃げた。左手前と、右側からの敵、何も考えずただ後方へと走る。恐らく、敵が本命の刺客を送ってくるのであればそこだろう。

二十人ほどの供と一緒に、腕を押さえながら走る。阿呆の振りをしているわけだが、半分以上演技ではなかった。馬から下りる際、本当に、少しだけ手を捻《ひね》ったからだ。景連たちにとっとと何とかして欲しいと思っているのも本音だ。

「そちらは危《あぶ》のうございまする！」

「ならば敵の前に出ろというのか、俺は嫌だ！」

「後方にも待ち伏せがいるやも」

「だったら貴様が確かめてこい！」

聞こえよがしにこのような会話をし、腕を押さえながらフラフラと逃げる。逃げながら、火縄《ひなわ》の匂いを嗅ぎ取った。身を伏《ふ》せる。再び、鉄砲が弾丸を発射する轟音が鳴り響いた。

「ああ怖い、全部あの馬鹿《さんすけ》のせいだ」

愚痴《ぐち》をこぼしながら、身を伏せて周囲をうかがう。どこからともなくわらわらと敵が現れる。その数三十人ほど。これで、俺が連れてきていた護衛と数の差はない。三介《さんすけ》という足手まといを守らなければならない味方と、何人死んでも三介一人を殺せれば良い敵であれば、敵の方が優勢であろう。実際にそうであるならば、の話だが。

「御本所様⁉　御本所様⁉」

倒れ伏した俺を、抱え起こそうとする男がいた。古田左介《ふるたさすけ》だ。視線を合わせ、頷く。敵は皆一斉に俺に近づいてくる。

「ここからだぞ」

古左《ふるさ》にのみ聞こえるように言うと、それまでうろたえてみせていた古左の目がギュッと細められ、頷いた。危険を冒《おか》して敵をおびき寄せたのだ。ここで本当に殺されてしまうようでは間抜けが過ぎる。

「良きかな良きかな」

「どうした？」

俺の傍《かたわ》らに侍《はべ》り、周囲を見回している古左が含み笑いを漏らした。にんまりと、人の悪そうな笑みを浮かべる。

「大物が釣れました」

「誰だ？」

「中《なか》の御所《ごしょ》様にござりまする」

言われて、俺もニヤリと笑った。中の御所、北畠具房《きたばたけともふさ》は伊勢《いせ》北畠家九代当主であり、三介の先代、すなわち義父だ。

「親父が息子を殺しにくるか、世も末だな」

「末法の世界ですゆえ、義父が養子を殺すことなど日常茶飯事にて」

古左が笑う。恐らく、具房は三介の顔を見たことがあるがゆえ、確認のために自ら同行したのだろう。だが替え玉の俺は兄弟で遠目には顔立ちも似ており、服も三介のものを借りたため、本物だと誤認した。

「さすがは権中納言《ごんのちゅうなごん》様が兵、皆精強ですな。このままではここまで来られます」

「気軽に言うな。それでは殺されてしまうだろうが」

権中納言。北畠具房の父、北畠具教《きたばたけとものり》のことだ。具教は剣術を愛好しており、修行の旅をする剣客などを保護しては教えを乞うたり、家臣と腕試しなどをさせていた。自身も剣の達人であり、上泉《かみいずみ》信綱《のぶつな》殿などとの交流もあるそうだ。

「まあ、そう簡単に崩れは致しませぬ。じきに前方から鬼も現れますゆえ」

周囲はまさに修羅場であった。味方は、敵を欺《あざむ》くために衣《ころも》の内側に鎖帷子《くさりかたびら》などを着込んではいたが、鎧《よろい》の類《たぐい》を着込んでいるのは俺だけだ。

恐らく、雪の残る伊賀を越えてやってきたのだと思われる敵も、身軽さを重視したのか重たい鎧を着込んでいる者はいない。押し合いへし合いではなく、乱戦の中、一瞬の油断により致命傷を負わされるような、刹那《せつな》的な戦いが続く。

「中の御所様、ご苦労なさったのか随分と痩せられたようにござる。身軽になり、腕前もかなりのもの、来ますな」

それまで、場違いにひょうげていた古左が低い声で言った。かつて坂本《さかもと》の戦いでは、俺と同じく戦場《いくさば》の空気に呑まれていたこの男であったが、あの経験や、ここまで三年間の修羅場を潜り抜けた経験があるためか、今では死の直前まで冗談を言えるような豪胆さを持つに至った。

「失礼を」

そう言って古左は、俺の傍らを離れ立ち上がった。村井《むらい》家臣が常備している直刀ではなく、反《そ》りのある太刀《たち》を綺麗な正眼《せいがん》に。

「名のあるお方とお見受けする。名乗られよ！」

近付いてきたのは三人。うちの一人が具房であった。古左は先頭を駆けてきた男にそう声をかける。

「されば、我は北畠家家臣、松だっ……!!」

「うわ、汚ねえ」

名乗らせておいて、名乗っている間に袈裟懸《けさが》け斬りで敵を屠《ほふ》る古左がそこにいた。

迷いなく振り切り、そのまま前進して相手の左わきを抜ける。そのまま二人目の男に斬りかかり、脚を引っかけ地面に押し倒した。

「長時《ながとき》！」

「早く具豊《ともとよ》の首を！」

押し倒された武士は、それでもひるむことなく主に対し叫んだ。言われた方の具房が頷き、俺に近づいてくる。大食らいの太り御所と揶揄《やゆ》され、父親から邪険に扱われていたという具房だが、成る程確かに、すっきりと腹回りが細くなり精悍《せいかん》な顔つきになっている。この数年で苦労させられたのだろう。可哀想にな。

「覚悟！」

首を奪わんと近づいてくる具房。移動のために持ち運べなかったのかもしれないが、長槍《ながやり》を持ってくるべきだった。太刀で近づき、不用意に俺の間合いに入ってしまっている。俺は、警戒していない具房を、下から跳ね上げるように斬り上げた。

「ぐうっ！」

具房が低い悲鳴をあげ、斬り上げた俺は舌打ちをした。無警戒の相手だった。だが一撃で決められなかった。捻った腕が思っていたよりも重たい。一時的なものだとは思うが。

斬り上げた俺の刀により、具房の右手首と刀が同時に宙に舞う。俺はもう一歩踏み込み、今度は首を飛ばさんと刀を地面と水平に振り払う。具房は反射的に身を下げ、すっころぶようにして後ろに倒れた。切っ先が顎の辺りにぶつかり、肉を切り、骨に当たった。だが、それでも致命傷ではない。

「うぐぅ……!!　あっ……　がふあ！」

サッと周囲を見回しつつ、俺はまだ戦意を失っていない具房を見た。残った左手で脇差《わきざし》を抜き、俺に向けて腕を伸ばしている。上段に構えながら、詰めを誤らぬようにじり寄る。

「その口では話すこともできず、その傷では逃げることもできますまい。大人《おとな》しく降《くだ》るというのな

ら」

言葉は途中でさえぎられた。具房が、左手の脇差で俺を刺突《しとつ》してきたからだ。一歩下がる。雪に足を取られぬよう丁寧に。

〝いかんな〟

心の中で、俺は自分を叱責した。

何故この期《ご》に及んで降伏を進めたのか。降伏を許したところで最後には斬首《ざんしゅ》だろう。もはや後がないから暗殺などという手に出たのだ。北畠家からすべてを奪ったのは、俺たち織田家であり、俺はその家臣だ。いまさら仲良くなどできるはずもない。自分が死ぬか、相手を皆殺しにするか、それくらいの覚悟を持ってこの具房は、いや、具房殿はここにおられるのだ。俺はその覚悟を理解せねばならない。

具房殿が、さらにもう一度脇差を突き出してくる。今度は一歩下がることなく、最小限の動きでかわし、体を戻しながら刀を振り下ろす。手首ではなく、肘の辺りからすっぱりと、具房殿の腕を切り落とした。

腕を切り落とされた具房殿は、それでも俺から視線を外さず、何とか逃げようとしていた。この状況を見て、周囲は、後世はなんと言うだろうか。北畠家は名門であることに驕《おご》り、最後の当主具房は暗殺などという姑息な手を使い、挙句《あげく》返り討ちに遭って両腕と顎を切られ、それでもなお逃げ出そうとするような馬鹿者だ。と言うのだろうか。確かに、そう言い切ることもできるのだろう。だが、俺は立派だと思った。この状況になって、それでも諦めていないこの人物が、本当に立派だと思った。

振り下ろした刀の、刃を地面と平行に向ける。あばら骨の隙間を通せるよう、切っ先と具房殿の心の臓とを一直線に置く。深く右脚を踏み込み、足元から発生させた力を腰にのせ、胸元から肩口を通り腕に。体重をしっかりと乗せ、そのまま一思《ひとおも》いに、一突き。

「いつの日か、再び相まみえる時、本日のご無礼お詫び致します」

懐に入り、返り血を浴びながら言った言葉が、具房殿に聞こえていたのかどうかを、俺は知らない。

◇◇◇

「助かった。丹波《たんば》殿には、よろしく伝えておいてくれ」

北畠家の襲撃を退けた日の夜。俺は伊賀侵攻の前線、宮山城《みややまじょう》の一室で、ある一人の忍びと話をしていた。

「約束の扶持《ふち》だ。お主《ぬし》なら問題はないだろうが、奪われることのないよう気をつけよ」

この二年の戦で織田家が力を入れていた戦場は、第一に長島《ながしま》、第二に大坂《おおさか》、伊賀攻めは第三であった。さらに言えば、伊勢《いせ》の手勢は紀伊攻めや長島包囲を継続させるための押さえであり、攻撃ではなく守備のための兵であったので、結果伊賀南部への攻撃はほとんど行われていない。

だが、俺はこの二年間で伊賀の者たちと知遇を得た。北部の甲賀《こうか》衆がどちらかというと一人の主に仕えることを是《ぜ》としているのに対し、伊賀衆は雇われることを誇りにしているようで、仕事に対して金払いの良い俺は、伊賀の忍びとは良い関係を築くことができた。いずれ攻め取ろうという国の者らと良い関係を築くというのもおかしな話だが、伊賀の北、近江南部に勢力を持つ甲賀忍びの連中が六角《ろっかく》家とともに羽柴《はしば》殿らと戦っている一方で、伊賀忍びと織田家とは、まだ仇敵と呼び合うほどの戦いはしていないのだ。

しっかりと守備をしていればいいと言われた俺は、それならば良いだろうと、畿内や北陸《ほくりく》など、様々な場所での出来事を彼らに調べてもらっては気前良く金を払っている。今回も、北畠具教が三介の暗殺を画策していると教えてくれたのは伊賀忍びの頭目《とうもく》の一人、百地丹波《ももちたんば》殿だ。

「これは……」

「どうした？　少なかったか？　数えたとは思うのだが」

「いえ、少々多いかと？」

言いながら、使いの忍び、四郎《しろう》が算盤《そろばん》を弾いた。しっかりしたものだと思う。多いのならば黙ってもらっておけばいいものを。

「伊賀忍びが自分たちで言うよりもよく働いてくれるのでな、こちらも言っていたよりも払わなければ公平でないと思ったのだ」

以前に比べて永楽銭《えいらくせん》も広まり、少量ではあるが銀貨も渡せるようになったため、伊賀の者にも評判が良い。

最近ではこっそり永楽銭の縁に細かい刻印などをするようになったので、古渡《ふるわたり》産の、ひいては尾張産の永楽銭がどこにどれだけ広まっているのかもわかる。

「ところで、話は進んでいるか？」

律儀《りちぎ》な伊賀忍びは、自分たちを安く見られるのも嫌がるが、理由なく金をもらうことも嫌う。うだうだと話をしていると金を返されてしまうかもしれないと考え、俺はとっとと話を進めることにした。

「良き話と思うと、師は申しておりましたが」

「百地丹波殿だけの話ではない。十二の頭目、伊賀惣国、すべての者らに納得してもらいたいのだ。いつまで俺が殿から伊賀一国切り取り次第の免状を預かっていられるか、わかったものではない」

四郎が頷く。伊賀には国主《こくしゅ》と呼べる人物がいない。千賀地《ちがち》服部《はっとり》家が最も隆盛で、藤林《ふじばやし》家と百地家がそれに次ぐが、あくまで国の方針は合議制だ。

「伊賀は、長島があとどれだけ保《も》つと思っておるのだ？」

「一年は無理でしょう。このままでは、ですが」

「なれば、長島なき後、織田家はどこを攻める？」

「第一には大坂本願寺《おおさかほんがんじ》でございましょう」

「いや違う、まず最初に攻めるは伊賀北部だ」

四郎の言葉に、俺は首を横に振って答えた。織田家最大の敵は大坂本願寺であり、宗教勢力である。それは間違いない。だが攻める順番としては違う。

「伊賀を治められなければ、織田家はいつまでたっても濃尾《のうび》と京との道を安定させられぬ。そのために少なくとも、伊賀の北部は手に入れる必要がある。大坂本願寺を本格的に攻めるはその後よ。そうなった時、伊賀忍びはどうする？　寺社につくか？　織田につくか？　時勢は大勢力同士の潰し合いになりつつある。よしんば織田家を退けることができたとして、いつの日か別の大勢力に呑み込まれるぞ」

四郎は答えなかった。だが、否定はせず、難しい顔で唇を噛みしめている。

「伊賀忍びがまとめて織田家に降ってくれるのであれば、俺はその褒美に、改めて伊賀衆に現在の領地を与える。織田家の家臣としてではあるが、これまでと同じ暮らしができる。紀伊や四国や西国を攻める際に手柄を立てれば、あるいは百地家が一国の主ということも夢ではないぞ」

その場合、俺の直轄領はまったく増えない。だがそれでも構わない。伊賀衆の中で離反した者の領地は没収する。その程度でいい。一人二人の忍びを雇うのではない。一国丸ごと忍びの国を買い取るのだ。必ず元は取れる。

「実は、俺も長島攻めに加われとの命令が下った」

「文章博士《もんじょうはかせ》様が……」

頷く。次は十万で囲み、一気に攻め落とすとのことだ。

「せめて、長島を許すことはできませんでしょうか？　さすれば、伊賀の頭目たちも態度を和らげるかと」

俺としては意外だったのだが、伊賀の忍びにも一向門徒が多くいた。であるため、伊賀忍びは長島に味方こそしないにせよ、心情としては長島寄りであるのだそうだ。

「気持ちはわかるが、織田家とて無傷でここまで来たわけではないのだ。いまさら許すことはできぬ」

二年の間に、織田一門の中にまた死者が出た。一人は尾張三奉行の一人信張《のぶはる》様の御嫡男、信直《のぶなお》様。もう一人は父の弟信勝《のぶかつ》殿の息子、信澄《のぶずみ》殿。

家臣の家にも死者は出ている。蜂須賀小六正勝《はちすかころくまさかつ》の叔父正元《まさもと》。柴田権六勝家《しばたごんろくかついえ》殿の与力《よりき》である佐々内蔵助成政《さっさくらのすけなりまさ》の嫡男、松千代丸《まつちよまる》。こちらとて願証寺五世顕忍《がんしょうじけんにん》や、香取法泉寺《かとりほうせんじ》十一世の空明《くうみょう》などを殺しているのでお互い様ではあるが、この場合のお互い様とは、お互い恨み骨髄という意味である。

「恐らく、長島が落ちた後であれば、もはや降伏以外に受け入れられることはない。この状況で味方をしてくれるのであれば信用もできる。信用できぬ者らを抱えるくらいならば叩き潰すべし、というのが殿《との》のお考えだ」

長島が陥落し、伊賀が孤立無援になれば、織田家が負けることはない。だがそれでも、一国がすなわち城塞《じょうさい》である伊賀を攻めるのは手間だ。味方とし、坊主どもを討伐《とうばつ》する先兵とした方が、よほど効率がよい。

「お味方してくれるのであれば、俺は命を賭《と》して伊賀忍びを守る。時間は短い。決断を急いでほしいと、百地丹波殿に」

「かしこまりました」

よろしく頼んだ。と言い、目を瞑《つぶ》る。数秒たって目を開けると、もうそこには誰もおらず、ただ、多く渡した分の銭だけが床に並べられていた。

第六十二話　長島攻め前夜

「殿《との》」

「どうした？」

狙撃され、右の手首を捻《ひね》ってから二日後の朝、俺は朝から馬肉を食っていた。食っているのは二日前、戦闘の最中その身に二発の弾丸を喰らうことで俺を守ってくれた馬だ。

その日のうちに介錯《かいしゃく》して血抜きを済ませ、肉とした。弾丸、つまり鉛玉《なまりだま》は毒となり得るので、撃たれた馬の肉は食える部分がかなり少なくなってしまう。尾は筆に、皮は衣類に、そして肉は食用にしてすべて使い切ることが信条である俺としては断腸《だんちょう》の思いであるが、かなり多くの部分の肉を捨てざるを得なかった。

今食べているのは、鉛玉を受けずに済んだ背身の部分だ。脂がのっていてとても旨い。

これを鉄の板の上で焼き、味噌や醤油を合わせたたれをつけて食う。本当は生で、卵と醤油であえて荏《え》の油（えごま油）や細かく刻んだ瓜などとともに食べるのがたまらなく旨いのだけれど、今回は控えた。普段よりもよく焼いて食べることにしよう。

「三介《さんすけ》様がお見えです」

「三介が？　何故だ？」

この場には身内しかいないので、三介に敬称をつけないで訊いた。訊かれた景連《かげつら》は自分の右手を指でトントンと叩いた。

「お加減を見舞いに来られたのかと。信紝様《のぶただ》もご一緒でございます」

「そうか、通してやれ」

言うと、景連はハッ、と短い返事をした後、去っていった。

「ハル、鮎《あゆ》と、汁物、それと何か腹に溜まるものはないか？」

俺の湯のみに黙って湯を注いでくれていた側室、ハルに声をかけると、ハルは垂れ目の瞼《まぶた》を少し細め、思案した。

「おやき（焼き餅）にでもしては如何です？」

俺の目の前には囲炉裏《いろり》があり、その上には馬の肉を焼く鉄板が提げられている。そうだなと答え、頼んだ。

「すぐに用意いたしますからね、その間に、タテ様は座布団を持ってきてくださいな」

立ち上がりながら、俺のことも立たせるハル。おう。と返事をしながら、座布団はどこにあったかなと悩む。そば殻を入れたり羽毛を入れたり色々と工夫しながら、良い物を作っては時々家臣の家に配ったり売ったりしているのだが。

「棚の下にありますよ」

悩んでいると、後ろから声をかけられた。そうだ棚の下だと急いで座布団を出す。ハルも俺の隣に座らせるので、人数は最低四人。一応その倍を出した。

この二年、俺は伊勢《いせ》と古渡《ふるわたり》を行ったり来たりする生活を繰り返し、京都に行くことはほぼなくなった。当初俺が京都へ行っていた理由の大部分は『公方様《くぼう》ならびに幕臣の懐柔《かいじゅう》』であったのだが、その仕事は弾正少弼《だんじょうのしょうひつ》殿にほぼ受け継がれ、見事に結果が出ている。俺の必要性が薄まったところに、伊賀攻めにおいて俺がそれなりの働きを示したことで方針転換がなされた。

お役御免となったわけでも左遷《させん》されたわけでもないので俺に不満はなかったが、俺が京都に行かないことで不満を持った女が一人いた。それが我が養父村井貞勝《むらいさだかつ》の娘であり、側室のハルだ。

ハルは、古渡城には恭《きょう》姫様がおられるが、伊勢において面倒を見る人間がいないので自分に行かせてほしいと恭や母上に手紙を出した。我が正室恭は、変な女に引っかかるよりよほど良いとこれを承諾《しょうだく》し、こうしてハルはいつ戦いになるかわからない伊勢・伊賀の前線へと、わずかな女中衆とともにやってきた。

『口の上手いタテ様が女を誑《たぶら》かして泣かさないように見ておいて下さいと言われましたよ』

伊勢に着いたハルは開口一番にそう言った。別に俺は女を口説《くど》いたりした経験はないのだが、男なら、それも遥《はる》か年上のオヤジを口説いたことは何度かある。首尾《しゅび》よく織田家に降ってくれた相手もあり、失敗したこともあり。

座布団を並べ終え、馬肉を焼く。良い匂いだ。味噌だれの壺に漬けておくのも旨いが、こうしてただ焼いて、それにわずかな塩や醤油、あるいはわさびなどをかけて食うのも旨い。

「鮎ですよ」

パタパタとせわしなく動くハルが、串と鮎を木皿に載せて持ってきた。塩を振り、串に刺して、それから囲炉裏端に。じっくりと弱火で焼けるよう、少々手前に置いた。

「こちらもよろしくお願いします」

続けて、もち米を潰し平べったくのばした餅が持ってこられた。刷毛《はけ》を使って両面に薄く醤油を塗り、鉄板の上に、すぐに香ばしい匂いが周囲に漂った。

「タテ様」

「どうした？」

「アラで出汁《だし》を取った美味しいお味噌汁があるのですけれど」

言いながら、ハルが困ったように眉をひそめた。困り眉だ。

「良いじゃないか。問題があるのか？」

「出汁は取れたのですけど、具がないのです」

「なら、鉄板で野菜を焼いてそれを加えよう。形の悪い小さな椎茸《しいたけ》があっただろう。あれと、細く切った葱《ねぎ》を焼いて、あとは豆腐でも加えればかたちになる」

提案すると、まあ、と言いながら破顔するハル。ポンと手を打ち、そうしますわと言いながら駆け出した。相変わらず表情豊かだ。

「殿」

「来られたか？」

そうやって準備をしている間に、外から声がかけられた。景連の声だ。お前も一緒に食うかと聞くと、畏《おそ》れ多いことゆえ。と言われ遠慮された。話はとりあえず飯を食いながら。というのは父上がよくすることであって、俺たち兄弟は気にしないのだが。

「帯刀《たてわき》！」

それからすぐ、部屋に駆け込むような勢いで入ってきた弟、三介具豊《ともとよ》が、俺の顔を見て笑った。

「ほら、大丈夫でしたでしょう？」

後ろに続く我らが従兄弟、信糺《のぶただ》が言う。三介と同じ歳で幼い頃からよく遊んでいた。津田姓《つだ》を名乗る織田家の一門衆だ。

「心配してやってきたのに、随分旨そうな匂いがするじゃないか」

俺の右手首には一応晒《さらし》が巻かれており、朝晩二回膏薬《こうやく》を塗って経過を見ている。怪我《けが》をしたら血肉を補給するのが良いのだ。という、わかるようでわからないような理屈でもって、今こうして肉を食べている次第。血も流していないくせにな。

「心配させたか、悪かったな」

二人を手招きし、座らせた。食っていくだろう、などとは言わず、菜箸《さいばし》で焼けた肉を摘《つま》んだ。椎茸と、切った葱を持って戻ってきたハルが二人の手に皿を持たせる。その皿に焼いた肉を載せた。

「違う肉もあるか？」

「ありますよ」

一人で食うのなら、あるいはハルと食うのなら肉も一種類で構わなかったが、客が来たのだからと思い、違うものも頼んだ。ハルが再び小走りで部屋を出てゆく。

「北畠具房《きたばたけともふさ》討伐はどうだった？」

「と言われてもな。報せはしたぞ」

「兄君が怪我をしたと聞いて、いてもたってもいられなかったようでしてな」

今回、俺の手柄はそのまま三介の手柄となる。襲撃を受けたものの、それを見事撃退したのは俺ではなく、北畠家の当主となった具豊だ。武家の人間としては致命的なほどに武名が落ちてしまった三介をどうにかしてやれないかと父が言いだし、伊賀忍びからの報せを受けて俺が動いた。

「なあ、やっぱり帯刀がやったことだと言った方が良いんじゃないのか？」

「馬鹿を言え。それじゃあ俺が身を削って働いた甲斐がなくなるだろうが」

文字通り、弾丸で身を削られそうになったのだ。

「三介様は、兄君の手柄を奪ってしまうのが嫌なのですよ」

隣で話を聞く信紀が言う。俺は鮎の向きを変え、肉に塩を振りかけて口に入れた。やはり背身は脂がのっている。塩でサッパリさせて食べるのが旨い。

「そういうところが、お前の良いところだとは思うがなあ」

だが、大局を見られていないところが軍才のなさでもある。大将が無能だと思われてしまえば、戦わずして軍は崩れるのだ。今、織田家は攻勢に出ている。だから伊勢も上手くいっているが。三介の評価が今のままでは仮に織田家が劣勢に立たされた時、伊勢から崩れかねない。北伊勢四十八家《きたいせしじゅうはっけ》もそうだが、伊勢の国人衆《こくじんしゅう》は力を奪われはしたものの霞《かすみ》となって消えたわけではないのだ。名もなき百姓となって雌伏の時を迎えている連中が、何のきっかけで再び動き出すかわかったものではない。

「今回俺がしたことを父上もご存じである。褒美を直接頂戴《ちょうだい》できはしないだろうが、武功としては認められているはずだ。まったく俺に手柄がないわけではない」

「そうか、まあそれなら良いんだが」

また肉が焼けた、摘み上げて、二人の皿に載せる。食えと促《うなが》すと、ようやく二人が肉を口に入れた。

「旨いな」

「そうだろう？　俺の代わりに鉄砲で撃たれて死んでくれた馬だ。供養のために旨く食ってやらんと」

「ほほう、それは大功ある馬ですな、お身内にはしっかり報いて差し上げなければ」

信紀の冗談に俺たちは笑った。

信紀は物心ついた時にはもう、自分の父親が謀反《むほん》を起こし殺されたと知っていた。父はああいう人物であるから、後から何か言うことはなかったが、肩身の狭い思いはしただろう。それでも三人兄弟であったから、同じ境遇、同じ苦労をしている者があと二人いたのだ。苦労人であるだけに周囲の空気を読むことに長《た》けた三兄弟だ。そのうちの一人、長兄の信澄殿も、今はもういない。

「次は伊勢長島だ。三介、お前は志摩の九鬼《くき》水軍を率いる大将の一人なのだから、ここで手柄を立てろよ」

馬肉から出た油の上におやきを載せ、醤油を少し足す。さらに、馬肉を鉄板に載せ、ハルの分を少し取り分けた。椎茸と葱も、良い具合にしんなりとしてきた。

「どうすりゃあ、勝てるのかなあ」

箸を口で咥《くわ》え、三介が呟く。情けない表情の見本のような顔だった。前年の負けがずいぶんとこたえているのだろう。気持ちはわかる。三介は馬鹿な性格をしているが、そもそもの頭の巡りが悪いというわけではないのだ。

「水軍衆など俺たちに指図《さしず》できんよ」

正直なところを俺は答えた。三介が指揮する軍には俺も加わる。要は『三介を助けてやれ』というのが父の言いたいことであるのだが、俺は水軍の指揮など執《と》ったことはない。ただ、まだ何の立場もなかった幼い頃に、佐治信方《さじのぶかた》から船の操り方を教わったのは大きかったかもしれない。

「お前とて、舞の素人にこうやって踊れ、このように動け、と言われたら腹が立つだろう。なるべくやりたいようにやらせてやればいい」

「それで武功が立てられるのか？」

「それは運次第だ」

鮎をもう一度ひっくり返す。さらに塩を一つまみ。そろそろか。

「九鬼水軍が手柄を立てれば、それはそのままお前の手柄だ。ならばどうするべきか、なるべく邪魔をしてやるな。俺の時は長島に入れる物資を奪い、長島から出ようとする船は皆沈めるべきだと考えた。だから水軍衆にはそう伝えたが、そのためにどうしろとは一切伝えていない」

あの時と違い、もはや長島から出ていく者も入る者もいない。和議が決裂し、援軍も望みなく、それでも降伏を拒否する一向宗がかろうじて意地を見せている。

「今回は何をするべきなのかな？」

「まずは荷留《にどめ》、絶対に兵糧など運び込めないと思わせることができれば、敵の士気も下がるだろう。あとは、逃げ出そうとする兵についてだな。最後の最後に、集団で長島から脱出をはかる者が出てもおかしくない」

「それを逃がさなければいいんだな」

「あまり追い詰めすぎると思わぬ反撃を食らうから、いったん逃がして後で追いかけるくらいでもいいと思うが、まあ、大体そうだ」

椎茸と葱が焼けた。いったん取り上げて皿に置いておく。三介は箸を齧《かじ》りながら思案しているが、信紀は高級品である椎茸に興味が移っているようだ。空気は読めるが、立場上、あまり責任感は育っていないな。味噌汁の具にするから待てと言うと、嬉しそうに笑った。

焼き餅をひっくり返し、鮎の串を取った。二人に一尾ずつ取り、手渡す。焼き立ての鮎だ。旨くない理由がない。腹の辺りを一口齧った。プツリと皮が破け、内側から湯気が噴き出してくる。塩をきかせているのにどこか甘い身だ。内臓の苦みもまた良い。

「こいつはたまりませんな」

「昔っから、帯刀はこういうのが得意だなあ。最近では天ぷらはやってないのか?」

二人とも、旨そうに鮎に齧りついている。まだまだ鮎はある。食いたければ食えば良い。

「伊勢ではあまりやらないな、だが古渡でやることはある。皆好きだからな」

言いつつ、鮎を一本串から外し、箸で身を崩した。グズグズにしてから頭を引くと、骨がズルリと外れる。小骨を丁寧に取り分け、横に置いておく。

「あらあら、楽しそうになさっておりますこと」

その時、鍋を持ったハルがやってきた。囲炉裏の上に掛け、木蓋《きぶた》を取ると豆腐の味噌汁が現れた。

「具を入れても良いか？」

「どうぞ」

改めて二人に挨拶をしたハルは、俺の隣に座る。皿に載せられた肉を摘み、ハルの口元へ、それから身だけになった鮎を一口、どちらも、見ているこっちが笑ってしまうほど幸せそうに食べた。

「こちらも」

サッと口に食べ物を詰め込んでから、また別の皿を取り出したハル。馬の舌の肉と、尻の肉だそうだ。残りの背身をすべて鉄板に載せ、それから分厚く切られた舌の肉を載せる。

「ハルは食べていろ」

言いながら、俺は焼いた椎茸と葱を味噌汁に加え、かき混ぜた。鍋と一緒に持ってこられた椀にすくい入れ、三介と信糺に。ハルの分をよそってから自分の分をよそい、啜《すす》る。旨い、だが熱い。

「かなり熱い、少し冷ました方が良いな」

猫舌のハルに伝えた。焼き餅ももうかなり良い出来だ。箸で刺し、中を確認した。大丈夫そうだったので取り出し、大葉を巻く。食えるかと聞くと、二人とも頷いた。さらに三つ四つとまとめて載せ、俺は大ぶりな一つを取って齧りついた。醤油の香ばしさも良いが、大葉の食感も素晴らしい。熱い。旨い。

「舌の肉は旨いのか？」

それまで次の戦のことを考えて不安そうにしていた三介が、口を開いた。コリコリとした食感と歯ごたえが俺は好きだ。そう伝えると、早く食いたいとせっかちなことを言った。しっかり焼かなければ腹を下すぞ、とたしなめる。

「なあ帯刀。こういう、楽しいことだけして暮らしていけたらいいんだけどなあ」

早く食わせろ、もう少し待て、という小競《こ ぜ》り合いを何度か繰り返し笑っていると、不意に三介が話を変えた。

「そうだなあ、その方が三介は生きやすいだろうな」

人には様々な才というものがあり、誰が優れているだとか劣っているだとかは測りづらいものだが、その中でも三介が持つ才能というものは一際異彩を放っている。踊りと茶の湯は誰もが知っているが、蹴鞠《けまり》も上手であるし連歌《れんが》などもなかなかのものだ。そして実は、囲碁や将棋などをやらせても俺より強い。つまり芸事については、ことごとく才を持っているのだ。仮に平和な世に生まれていたならば、万能の出来人《できびと》とすら言われていたのではないかと思う。だが、囲碁も将棋も得意であるというのに戦に弱い。調略も得意ではないし、戦場での運も持っていない。そして戦国の世において、戦に弱いというたった一つの欠点は、他のすべてを上回る。蹴鞠と歌の名手で内政手腕にも優れていたと言われる今川氏真《いまがわうじまさ》殿は、戦に負け家を滅ぼしたというただ一点でもって、無能の代表が如き扱いだ。

「本当は、どこぞの公家衆に婿入りし、芸事に生きた方がよほど良いのだろうがなあ」

そして、織田家と朝廷との間をとりもってもらう。うん、悪くない考えだ。だが時代はそれを許さず、三介は最も苦手な戦の才を求められ、失敗を重ねている。

「早く日ノ本を一つにしてくれよ、帯刀」

「俺に言うな、父上に言え」

「父上に言ったら怒られるじゃないか」

三介の言葉に俺は笑い、そりゃあそうだと言った。

「もう食っていいだろう?」

「おう、たっぷり食え」


それから十日後、俺たちはそろって伊勢長島へと出征する。

そして、後の世に語り継がれる凄惨な地獄となる戦により、長らく続いた長島での戦いは終結する。


しかし、再び織田家は一門衆を失うことにもなる。

第六十三話　長島攻撃

元亀四年一月二十三日、父信長《のぶなが》は美濃《みの》の居城岐阜城《ぎふじょう》から尾張国津島《おわりのくにつしま》へと移動し、都合三度目の長《なが》島《しま》攻めのため、大動員令を発した。

二月の頭には陣容《じんよう》が固まり、織田領の全域から集結した兵の数は八万余。畿内の政務のため残された明智十兵衛《あけちじゅうべえ》殿や村井《むらい》の親父殿、伊賀《いが》・大和《やまと》方面の押さえに回された羽柴秀吉《はしばひでよし》殿や弾正少弼《だんじょうのしょうひつ》殿など、一部の例外を除き、陸路三ヶ所、そして海からも長島への侵攻作戦が開始された。おおよその陣容は以下の通りだ。

市江口《いちえぐち》

大将は織田家嫡男織田勘九郎信重《おだかんくろうのぶしげ》。三十郎信包《さんじゅうろうのぶかね》・彦七郎秀成《ひこしちろうひでなり》・又十郎長利《またじゅうろうながとし》と、父は三名の弟を勘九郎に付けた。さらに織田市之助信成《おだいちのすけのぶなり》・三郎四郎信昌《さぶろうしろうのぶまさ》といった父の従兄弟や、父の叔父である織田孫《おだまご》十郎信次《じゅうろうのぶつぐ》なども加え、一門衆を中心とした軍をつくった。森《もり》家からは隠居した可成《よしなり》殿と、家督を継いだ長可《ながよし》が参戦し、池田恒興《いけだつねおき》殿や和田定利《わださだとし》殿など、織田家に忠義の篤《あつ》い者らが加わる。

賀鳥口《かとりぐち》

神戸三七郎信孝《かんべさんしちろうのぶたか》を大将とし、信紀《のぶただ》の弟である新八郎信兼《しんぱちろうのぶかね》が側近に付いた。そして、副将であり実質的な総責任者に柴田権六勝家《しばたごんろくかついえ》殿が据えられた。重臣の佐久間信盛《さくまのぶもり》殿や稲葉良通《いなばよしみち》殿・稲葉貞通《いなばさだみち》殿の親子に蜂屋頼隆《はちやよりたか》殿、織田家と徳川《とくがわ》家の中継ぎ役を担う水野信元《みずののぶもと》殿も一部徳川家の援軍を加えてここに参戦している。

早尾口《はやおぐち》

総大将である父織田弾正忠信長《おだだんじょうのじょうのぶなが》に、信広《のぶひろ》義父上が従った。羽柴家からは、兄と同じく羽柴を名乗り始めた小一郎《こいちろう》殿。次席家老の丹羽長秀《にわながひで》殿。第一次長島攻めにて当主を討たれた氏家《うじいえ》・安藤《あんどう》両家からは、跡目を継いだ氏家直通《うじいえなおみち》殿・安藤定治《あんどうさだはる》殿が参戦。同じく美濃から不破光治《ふわみつはる》殿・勝光《かつみつ》殿親子。浅井《あざい》政貞《まささだ》・飯沼長継《いいぬまながつぐ》・丸毛長照《まるもながてる》・丸毛兼利《まるもかねとし》・中条家忠《ちゅうじょういえただ》・河尻秀隆《かわじりひでたか》・飯尾尚清《いいのおひさきよ》・市橋長利《いちはしながとし》といった面々は、いずれも父の近習《きんじゅう》上がりであるか、美濃斎藤《さいとう》攻め以降に父に降《くだ》った者らだ。さらにその中には赤母《あかほ》衣衆《ろしゅう》筆頭前田又左衛門尉利家《まえだまたざえもんのじょうとしいえ》の名前もあり、黒母衣衆《くろほろしゅう》筆頭佐々内蔵助成政《さっさくらのすけなりまさ》の名前もある。信用できる腹心たちと、腹の内がわからない者たちとを、とりあえず自分の傍《そば》に入れたという印象を受ける。

水軍

北畠三介具豊《きたばたけさんすけともとよ》を大将とし、主力に九鬼嘉隆《くきよしたか》殿が率いる九鬼水軍。そして佐治信方《さじのぶかた》率いる佐治水軍が務める。滝川彦右衛門《たきがわひこえもん》殿もこれに加わり、親父殿とともに内政担当をすることが多い島田秀満《しまだひでみつ》殿の姿も見えた。津田角兵衛信糺《つだかくべえのぶただ》は三介の側仕えだ。村井帯刀重勝《むらいたてわきしげかつ》、すなわち俺も、身内として三介を支えろということである。

ざっくりとではあるが、このような陣容で織田家は長島を攻撃、いや、殲滅《せんめつ》することとなった。

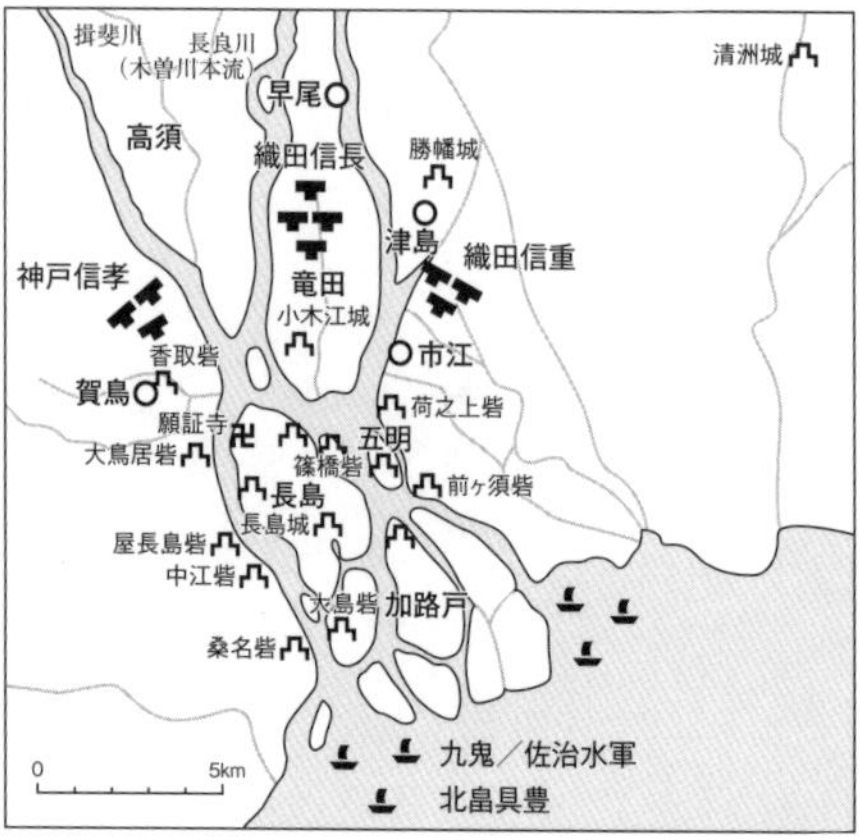

戦端が開かれたのは二月十四日。

西側から攻める賀島口の手勢が、松之木《まつのき》砦の対岸を固めていた一揆《いっき》勢を攻撃し、その日のうちに香《か》取《とり》砦を落城せしめる。

長島北西側沿岸の一揆勢は、屋長島《やながしま》・中江《なかえ》・大鳥居《おおとりい》の三つの砦に逃げ込む。同じ日のうちに早尾口の織田本隊も、かつて信興《のぶおき》叔父上が自刃して果てた小木江城《こきえじょう》へと向かい、一揆勢を蹴散らし、長島北岸を占拠する。

小木江の南にある篠橋《しのばし》砦攻略を命じられたのは、羽柴秀吉殿の弟、小一郎殿。ここで、同日において最大の戦いが起こる。両砦の間にまたがる水域にて、織田軍を一揆勢が迎え討《う》とうとしたのだ。水戦であるのならば優勢と見た一揆勢の目論見《もくろみ》はしかし、後詰《ごづめ》としてただちに反撃に転じた丹羽長秀殿によって、即座に崩される。勝利した織田軍は前ヶ須《まえがす》・海老江島《えびえじま》・鯏浦島《うぐいうらじま》といった、長島と尾張の間にある中州の砦をすべて占拠し、焼き払った。

長島東岸の尾張側に孤立する形となった荷之上《にのうえ》砦は、後詰である勘九郎の手勢二万に攻め立てられ、城兵ことごとく斬り捨てとされた。

さらに、長島南東部に同じく孤立した加路戸《かろと》をも焼き払って、父は包囲を開始した日のうちに五《ご》明《みょう》へと前進し、ここに野営した。五明もまた、海老江島などと同じ中州にある島であり、西側にあるのは篠橋砦である。そして篠橋砦のさらに西側には長島がある。

たった一日の戦いで沿岸部の砦をあらかた落とされた長島一向宗は、ここへきてようやく『自分たちが皆殺しにされる可能性』について気がついたらしく、権六殿に攻められている大島居砦、丹羽長秀殿らに攻められている篠橋砦の一向宗は、降伏を願い出た。

停戦でも和議でもなく、命ばかりは助けて欲しいという降伏の嘆願。嘆願に出向いたのは、十一歳の嫡男顕忍《けんにん》を織田家に殺されている願証寺《がんしょうじ》四世証意《しょうい》。織田家に対しての憎しみは骨髄に達し、腸《はらわた》は煮えくりかえるを通り越して焦げついていることだろう。だが、それでも未だ五万以上が籠《こも》る長島一向宗の命を救うため、自分の命と引き換えに、長島の降伏を許してくれと土下座した。

精魂尽き果て、げっそりと痩せた様子で、それでも背筋をしゃんと伸ばし降伏の嘆願を行ったという証意。だが、父はこれすら許さず、長島一向宗を皆殺しにするという意思を伝えた。もはや是非もなし。最後通告はとうに終わっているというのが、父の変わらぬ結論だ。

長島勢にとってはこれから地獄が続くと言われたのも同然だが、織田家の家臣たちもこの下知《げち》には表情を引き攣《つ》らせた。長島一向宗皆殺しについて慄《おのの》いたというだけではない。父の言葉や態度を見聞きして、もし甘い対応をすれば自分たちすら処罰の対象になりかねないと理解したのだ。俺が父の言葉を伝え聞いたのは三介や彦右衛門殿と同時にであったが、身内である三介は気合の入った表情をし、能力を買われ出世を果たした彦右衛門殿は、むしろ追い詰められた表情をしていた。身内でもあり、家臣でもある俺は、どちらの気持ちもよくわかった。

翌日、二月十五日には願証寺と、長島北岸にある松ノ木砦・竹橋《たけはし》砦が陥落。同日に三介が率いる織田水軍が到着し、俺たちはただちに長島城の南、大島《おおじま》砦を攻撃し、即日のうちに焼き払った。

これで長島一向宗が立て籠る砦は本城である長島城と、その東の島にある篠橋砦、長島北西の沿岸にある大島居砦・屋長島砦・中江砦の五つのみとなった。篠橋と長島は完全に包囲されて孤立し、沿岸の砦も陸と海とから挟撃され連絡の取りようもなくなり、ここから半月の間、籠城戦が続いた。

◇　◇　◇

「三介も三七郎もよくやっているな」

三月一日の昼、俺は父に呼び出され、五明の野営陣にいた。

「勘九郎はよくやれていないので？」

機嫌良さげな父に聞くと、そうではないわ、たわけ。と、笑って叱責された。

「顕如《けんにょ》からまた文《ふみ》が来た。性懲《しょうこ》りもなく仏罰がどうこうと喚《わめ》いておる」

長島陥落を目前に控え、顕如は停戦の呼びかけを、朝廷・幕府・諸勢力に繰り返し要請した。

しかし朝廷はこれを黙殺。白河《しらかわ》・鳥羽《とば》・後白河《ごしらかわ》・後鳥羽《ごとば》の上皇院政の時代から宗派を問わず寺社勢力の横柄さに辟易とさせられてきたわけであるから、何を今さらといった気持ちなのであろうか。

幕府、すなわち公方様は要請を一顧だにせず笑い飛ばし、逆に顕如の言う停戦など言葉ばかりで何の誠意もないと諸勢力に書状《しょじょう》を飛ばした。顕如や本願寺はこれに怒り、足利義昭《あしかがよしあき》は文《ふみ》公方だと揶揄《やゆ》するようになったが、これに対して公方様は本願寺顕如は文法主《ふみほっす》だと、まったく同じ揶揄を返して周囲の笑いを取った。

諸勢力の中で浅井《あざい》と上杉《うえすぎ》は、顕如に対して特に厳しかった。何しろ両国ともに今ちょうど浄土真宗から手痛い反撃を受けているのだ。越前と越中。ともに実入りが良いはずの一国を得たと思ったところで、国内の一向宗の反抗が収まらず、加賀からは定期的に戦闘を仕掛けられ、大いに苦労させられている。とりわけ浅井は、元々近江の一向一揆にも苦しめられていたので、二重に一向宗を敵に回すこととなり、これを収めるのに、今しばらくの時がかかると見られている。

かつて三河一向一揆に苦しめられた徳川殿は、わかりやすかった。家臣たちに一向宗禁令を出し、顕如に対して、本願寺に対しての態度を改めて鮮明にしたのだ。

やや本願寺寄りの態度であったのが毛利と武田だが、毛利は元就《もとなり》公亡き後の領内の取りまとめをようやく終えたところで、大坂ならまだしも長島に出せる兵などない。武田家も、上杉との争いを止め上野《こうずけ》に兵を差し向けたところで、他にかかわっている暇などない。

「貴様もよくやっているではないか」

顕如から来た織田家非難の書状を俺が読み終えると、父が珍しく、素直に褒めてきた。父が俺を褒めることは、少ないとは言わないが大抵憎まれ口とともにだ。

「思っていたよりも成果が上がりました」

「弩《ど》は鉄砲に威力で劣るが、間合いはほぼ変わらず何より安い。弓の新たなる戦い方を生み出したな」

「だとよろしいのですが」

二年間の研究で、俺が率いる手勢は森や山などの悪路、船の上や、室内など狭い場所での戦闘に特化し、専門的な強さを身につけた。そして、それともう一つ、予《か》ねてより改良を重ねていた弩を扱う兵の配備が完了し、今回の戦で実戦投入した。

弩は弓と違い、腕で引くものではない。足で踏んで固定し、背筋を使って引き上げる。そうして固定した矢を装填したまま移動することができるので、あらかじめ準備をしておけば一射目は時間をかけずに射ることができる。腕の力だけで引くわけではないので、非力な者でも威力のある矢を放つことができ、そして同じものを作れば、誰が発射しても射程距離が同じであるため、命中率が高い。

此度《こたび》の戦で、父は大型化させた船を九鬼水軍に率いさせ、大砲《おおづつ》や鉄砲で、大いに長島の戦意をくじいた。その発想や戦術眼は織田信長の名をさらに高め、その手勢を率いて戦った北畠具豊の武名はほんの少し回復した。その陰に隠れ、特に注目されることはなかったが、俺もまた、新しい弓兵、弩兵隊を指揮し、少々の経験を積んだということだ。

「伊賀衆はどうだ？」

「相変わらずですが、内部でもかなり揺れている様子がわかります」

質問に答えながら、俺は十通あまりの手紙を父に見せた。それらは、伊賀の頭目たちが俺に宛てた手紙であり、父が読むことを期待して書かれた手紙である。ほとんどは、長島一向宗の皆殺しだけは許してほしいという内容だ。そしてそのうちの半分には、願いを聞いてもらえれば当家は織田家に降る、と添えられている。

長島が追い詰められれば伊賀も追いつめられることは自明だ。南大和は熊野三山や高野山らの勢力によって奪われたが、今もって京都近郊の北大和は盤石《ばんじゃく》である。伊勢は伊賀を東と南から囲んでいる。北側には南近江があり、すなわち伊賀はすでに織田勢力に取り囲まれているのだ。徹底抗戦か完全に服従するかしかない。

「一向宗もそうだが、どいつもこいつも時勢が読めておらん。大勢が決してから俺に媚びてどうしようというのだ。一年前にこれらの文《ふみ》が届いておれば、考えもしたが」

何通かの文はそのまま火にくべ、何通かは脇に置く。そして、一通だけは手に持って考えた。

「百地丹波か、貴様がこの二年筆まめに勧誘している男であるな。信用できるのか？」

「今はまだ信用には値しません。その報せが本当であったならば、多少は頼りともしましょう」

「執心である割に、厳しいことを言うではないか」

「能ある者であるからこそ、敵に回れば恐ろしく裏切られれば手の打ちようがありません。判断は厳しくしなければ」

道理だ、と、父は笑った。しばらくケッケッケと甲高い父の声が尾を引き、そして父は文《ふみ》を側に控えていた又左《またざ》殿に渡し、読めと言った。

「大鳥居砦の者たちが？」

文《ふみ》の内容は、明日二日夜半に大鳥居砦の一向宗が密かに砦を抜け出し、伊勢に逃げるという内容だった。屋長島や中江に戦力を集め、最後の決戦を行うということではない。ただただ逃げるという話だ。

「兵糧《ひょうろう》が限界にきたということだろう。降伏を願い出る者も、いまだにおるからな」

長島の砦が五つまで絞られた時、父はそれ以上の無理攻めをしなかった。半月前にはまだ戦力となり得る若い男たちが万単位で存在していたのだ。だが、父は長島の兵糧が尽きかけていることも知っていた。最も少なきは大鳥居城。長島ももってあと三月だろう。

「殿、どうなさいますので？」

「もちろん追い討ちをかける」

「罠であったら？」

「その時は引けばよい。そうなったら百地丹波《ももちたんば》のみならず伊賀五十三家《いがごじゅうさんけ》全員に長島の次は貴様らだと文《ふみ》を渡す。かえって次の戦がやりやすくなるではないか」

父がニヤリと笑って言う。又左殿はそれに応じて頷く。宗教も信念も、父のためならばすべてを超えて槍働きをする又左殿である。敵を皆殺しにする戦に怖じることはないだろう。

「まことであった時のこと、罠であった時のこと、どちらも考えた上で備えを致します」

父が追い討ちをかけると言ったのだから、追い討ちは必ず行われる。そうなれば当然水軍衆の出番となる。立ち上がって、暇《いとま》を乞うと、一声かけられた。

「信方に手柄を立てさせてやれ。九鬼水軍に後《おく》れを取っていることを気にしている」

頷いた。確かに、此度の戦、織田家水軍衆の中で最も名が聞こえるのは九鬼水軍だ。それを見て仕方がないと思える気性の信方ではないだろう。

帰陣し、翌二日深夜に戦いになることを三介と彦右衛門殿、そして信方に伝えた。水軍の俺たちは、舟で城を逃げ出そうとする者に注意を凝らし、城を見張る。月がなく、隠密行動をするのには都合の良い日だった。

◇◇◇

「動きがありましたな」

丑三つ時、暗闇の中、見えもしない大鳥居砦を眺めていると滝川彦右衛門殿が言った。俺には何がどう動いたのかまったくわからなかった。

「恐らく、扉を開かず縄を下ろして外に出ようとしている者たちがおります。同時に、小舟で大鳥居砦を出、逃げ出そうとする者もおります。我らは逃げる舟に追いすがりこれを沈めましょう。こちらの舟の方が大きく重い。ぶつかって舟を横転《よころ》ばせれば自然と凍《こご》え死にましょう」

普段は朗《ほが》らかな彦右衛門殿も、いささか表情がかたい。出てくる人数はどれくらいかと聞いた。そこまではわからないという答え。大鳥居砦の兵は二千余りだったはずだ。全員が逃げ出し、うち半分がこちらに来るとして一千。

相変わらず、何も見えはしなかったが、近づいてきているという彦右衛門殿の言葉を信じ、俺は弩を一丁構え、待機した。斬り結ぶようなことはしない。俺は将であるから。


「始まった」


戦闘開始の瞬間は、俺にもわかった。陸地から悲鳴と怒号が聞こえてきたからだ。誰かが叫んだ『一人も逃がすな』という声が印象的だった。

「火を掲げろ！　敵の舟を通すな！」

彦右衛門殿がそう叫び、こちらでも戦闘が始まった。すぐに夥《おびただ》しい数の松明《たいまつ》が掲げられ、暗闇に慣れていた目を数秒細める。その後に見た光景は、俺の息を呑ませるのに十分だった。

「これが……敵軍か」

川の流れに乗って下ってくる舟の多くは畳二畳程度の小舟。それに乗る者たちは過半数が女子供老人。歩くことも難しい者たちが舟に乗ったのか、犇《ひし》めくように身を寄せ合っている。

「……放て！　一人も逃がすな！」

二呼吸ほどためらった後、俺は叫んだ。すでに彦右衛門殿も同様の指示を飛ばしている。二呼吸分ためらってしまうことが、俺と彦右衛門殿の差だろう。

「近寄らせるな！　押し返せ！　舟を沈めよ！」

言いながら、弩を放つ。一矢放ち、二矢めを装填しそれも放ったら、あとは完全に兵の指揮だけに終始した。味方に被害などなく、戦いではなく一方的な虐殺が続く。泣く赤子の声、女の悲鳴が聞こえた時にはつらかったが、それが聞こえなくなった時にはもっとつらかった。

夜明け前までの戦いで、織田軍は一方的に長島一向宗を殲滅した。大鳥居砦からの脱出を図ろうとした者は千人ほど、彼らはほぼ全員が殺され、そして夜明け前に放たれた火矢や鉄砲により、大鳥居砦は炎上し、砦に籠っていた者たちもそのことごとくが死亡した。

それから十日後には篠橋城の者たちが長島へと逃げ、残る砦は三つとなる。

そしてさらに時が流れた四月の二十九日、長島城本城から降伏嘆願の使者が来た。

第六十四話　何も変わらぬ者たちへ

長島《ながしま》の降伏を、父は受け入れた。長島に籠る者たちを屋長島《やながしま》・中江《なかえ》へと移動させ、二つの城も降伏させる。降伏した後、証意《しょうい》と下間頼旦《しもつまらいたん》、そして僧は全員出頭し、これを斬首に処す。降伏した者たちは全員奴婢《ぬび》として売る。この条件であっても、長島は呑む以外の選択肢はなかった。そして、その条件を呑ませてなお、父は長島を許すつもりはなかった。

降伏の使者が去ってすぐ、父は全軍の将に、密かに指示を出した。

長島の門徒たちが城を出たならば、これを根絶やしにせよ。

「殿《との》」

父の前で平伏《へいふく》する信広《のぶひろ》義父上が、短く声をかけた。その声も目も澄んでおり、義父上の覚悟のほどが見て取れた。

父はわずかに顎《あご》を引き、何だ？　と問うた。冗談を言う雰囲気ではない。父と義父上とは、普段であれば俺と勘九郎と同じかそれ以上に気心が知れており、笑いが絶えない間柄であるのだ。その二人の視線がわずかの間だけ、対決するかのように正面から交差する。

「某《それがし》、殿の御決定に不服を申し立てるつもりは毛頭なく、すべて従う所存でありまする。ゆえに、一度だけ、ただ一度だけ我が願いを聞いて頂きたく」

「申せ」

短い返答に、義父上がわずかに息を吐く。それからスッ、と短く鼻で空気を吸い上げて、されば と言った。

「長島の降伏を、お認めになってはいただけませんでしょうか?」

これまで、何人もの家臣が嘆願し、その度に叱責されてきた言葉であった。伊勢長島攻めのみならず、対本願寺や対延暦寺の方針において、義父上は常に父の味方であった。父の代わりに、助命嘆願をした家臣を叱責したことも一度や二度ではない。

「できぬ」

義父上が言うのだ、ただ可哀想だから、という理由ではもちろんなく、自身の立場が悪くなることも理解した上での言葉であることは、父も重々承知であっただろう。だが、それでも父はそう答えた。義父上もまた、その一言を聞いて畏《かしこ》まりました、申し訳ございませんと言い、頭を下げた。それに対しての父の返答もまた、良い。と一言であった。

「なれば某《それがし》、長島殲滅の先駆けとして手柄を立てとうござりまする。この願いはお聞き入れくださいましょうや」

降伏を許してやってくれと頼んだ人間が、次の瞬間には最前線を望む。そうやって割り切って行動することができるのが義父上であるし、それを理解しているのが父である。

「許す。大隅守《おおすみのかみ》、長島一向宗を全滅させ、その武名を高めよ」

大隅守、義父上が頂戴した官職だ。位階は正六位下《しょうろくいのげ》に相当する。今の俺よりも低い位階となるが、正六位下とはかつて父が名乗っていた上総介《かずさのすけ》と同格だ。一門衆として、重要な地位にあることは間違いない。あえて今、父がその官職で呼んだということは、たった今行った嘆願を何ら気にしていないという主張でもある。

大鳥居砦殲滅の後、篠橋砦は降伏を許されず、長島本城へ逃げた。この時、篠橋砦の者たちは父に対して『長島城内で内応する』という約束をし、それを成し遂げたならば降伏を認めると言われた。そうして逃げ出した篠橋砦の者たちは結局何の動きもなさなかった。父はこれに対し怒りもせず、騙《だま》されたとも言わなかった。わかり切ったことであったからだ。父の狙《ねら》いは一人でも多く長島に人を押し込めることであった。兵糧が尽きるのを早め、一日でも早く長島が自潰《じかい》に追い込まれるように。

連日、俺は伊賀忍びたちから連絡を受けた。長島城内、そして残った二つの城は、これほどまで凄惨な状況となっている。ここまで追い詰められたのであれば、もはや逃げ出したとしても長島一向宗が織田家に牙を剥くことはない。だから許してあげてほしい。悲痛な願いであった。その嘆願に、俺は一度だけ応じることとした。

信広義父上に話をし、ただ一回だけ、攻撃中止、降伏の受け入れを願い出る。断られたら二度と言わない。そう話すと、義父上は義絶される可能性すらあるぞと言ってきた。わかっている。同じことをして領地を召し上げられた家臣も、追放処分を食らった家臣も見てきている。

それでも一度だけ、二年間誼《よしみ》を通じた伊賀忍びのために動いてやりたいと伝えると、頷いた義父上は、父に謁見を願い出、俺が伝えると言った。自分が領地を召し上げられたら恭《きょう》や家族を頼むと、義父上はどこか達観した表情で言った。

◇　◇　◇

謁見はすぐに終わり、俺たちは長島総攻撃のため準備をしに帰陣し、その道中、話をした。

「肝《きも》が冷えたな」

「まことに」

「織田家にとっても、長島にとっても不幸な死が続くな」

頷いた。確かに不幸だ。織田家の人間が、当主信長に親しい人間が一人死ぬたび、長島を殲滅するという父の意志は一層強固になってゆく。信興《のぶおき》叔父上・信治《のぶはる》叔父上・従兄弟の信澄《のぶずみ》殿に信直《のぶなお》殿、そして父の妹婿である佐治信方《さじのぶかた》が今回の戦いで戦死した。

戦功に焦っていた信方は、逃げ出そうとする一向宗を追い、一人残らず殺そうとした。もはや逃げられぬと見た一向宗は『死ぬのなら一人でも多く道連れにしてやる』と、まさに玉と砕ける玉砕戦を行い、信方を殺した。後方からその様子を見ていた俺すら恐ろしくなる様子だった。鉄砲で撃たれ、腕が吹っ飛んだ男が言葉になっていない怨嗟《えんさ》を振りまきながら前進し、すでに動かない赤子を抱いた女が泣きながら体当たりをする。船上の戦いに逃げ場がないのはどちらも同じであることを、否応なく示された戦いだった。

もはやあれは兵ではなく生きた屍《しかばね》だ。そう判断した俺は、遠くからの一斉射撃で敵が誰も動かなくなるまで近づくなと厳命した。大将がおらず、恨みの塊になった一向宗は、最後の一人が死ぬまで前進をやめなかった。

信方は、自分が指揮をする船の上で死んでいた。周囲には十幾つかの一向宗の死体。致命傷となる傷がどれであったのかは、わからなかった。兜《かぶと》は剥ぎ取られ、肩口には折れた鍬《くわ》の先が突き刺さっていた。恐らく殴られたのだろうという打撲傷も多くあり、右手の小指と薬指が無かった。死体には折り重なるようにして死体が群がっており、信方が彼らを殺しながら彼らに捕り殺されたことがうかがえた。血みどろの船上に横たわる信方の表情には、怒り以上に恐れが大きく浮かんでいた。華々しいとはとても言えない。惨たらしい戦死であった。

見たくもないものを見てしまった俺は、それでも亡き友を捨て置くわけにいかず、しがみついている死体を引き剥がし、埋葬する準備を始めた。

引き剥がそうとした一向宗の中にはまだ十歳程度の子供もいた。袈裟懸けに斬り裂かれ、自分の血でできた血だまりに伏す子供。哀れな、と思いその頬を撫でようとし、不自然な盛り上がりを口に見つけた。指で口をこじ開け、中を確認すると、小指と薬指が出てきた。

こんなものは誰にも見せず、清めてすぐにでも焼いてやりたいと思ったが、報せを受けた父はすぐにやってきて、信方の遺体を確認した。父は怒り狂うでもなく、悲しみに泣くでもなく、ジッとその死体を見ていた。その視線が凍るように冷たくなってゆく様《さま》を見て、俺は一人怯《おび》えた。

狂っていた、何もかも、敵も味方も、俺もだ。

「結局、殿が誰よりも織田家の人間であるということだ」

義父上がそう呟く。どういうことかと聞くと、優しすぎ、強すぎると答えられた。

「弟たちの死に対しても、家臣の死に対しても、誰よりも傷ついてしまい、誰よりも悲しんでしまう。普通であれば、優しすぎる者とは、己《おのれ》の優しさに耐えられず心が折れるものだが、殿は傷つくことにも悲しむことにも耐え、それを怒りや憎しみにかえてゆく。優しいだけなら怒りに耐えられぬ。強いだけなら怒りを乗り越えられる。だが、殿は怒りを腹のうちにため込みながら乗り越えるということができない。ゆえに、このような無惨なことに至る」

まだ起こったわけでもないことを、義父上は『至る』とすでに終わったことのように表現した。実際、凄惨になるだろうと俺も思うが。

「この国の坊主たちは、自分たちは常に裁《さば》く側で、自分たちが断罪されるなどと思っておりませんでした。目を覚まさせ、教えというものに立ちかえらせるには良い機会と思います」

「そうかもしれんな。だが俺は坊主たちが教えをどう捉えるか、などということはどうでも良い。ただただ、弟が心配なだけだ」

俺が知る限り、義父上が父のことを弟と言ったのはその時が初めてだった。少し驚いて義父上の顔を見ると、普段以上に陰のある、女子にモテそうな渋い表情をわずかに歪《ゆが》ませた。

「かつて俺は殿に負け、死ぬと思った。その時は、運が悪いと考えた。何か一つ俺に味方するものがあれば俺が尾張の棟梁であったと嘆いた。だが、謀反《むほん》したことを不問とし、俺を名代に置いた殿を見て、ああ俺は負けたのだなと思った。先ほど言ったように、殿は強い。桁《けた》違いにな。だからこそ庶兄を己《おのれ》の代わりとして扱うだけの度量がある」

そうですねと頷き、そうしながら、父にはこの人が必要なのだなと思った。

「俺が死んだらこの役は帯刀《たてわき》に譲る。頼むぞ息子」

「縁起でもない。言葉には言霊《ことだま》が宿るものです、己の死後について話などしないでください」

「何も今日明日の話ではない。あと十年すれば俺たちは隠居し、二十年すれば死ぬだろう。そうなった時に、俺と同じようなことを弟たちにしてやれと言っているのだ」

「そういうことでしたら」

その日は織田の攻撃もなく、そして長島からの反撃もなかった。

◇◇◇

長島落城の日の朝、織田軍は全軍を前進させ、包囲を狭めた。北、竹橋《たけはし》砦からの前衛には権六《ごんろく》殿が詰め、その先鋒に、先の戦いで松ノ木《まつのき》砦一番乗りを果たした蒲生氏郷《がもううじさと》が立った。妹相《あい》との婚約がすでになされており、俺にとって義弟でもある父お気に入りの若武者。彼の活躍は、長島攻めにおいて父の心を慰めた数少ない慶事《けいじ》であった。

東側には、篠橋砦よりもさらに長島城に近い押付《おしつけ》まで軍が前進、先方には丹羽《にわ》殿や小一郎《こいちろう》殿がおり、最前線には森《もり》家当主長可《ながよし》の姿があった。

北と東は狭く浅いものの川が流れており、織田軍は密かに小型の早舟、すなわち小早《こはや》を用意し、鉄砲勢、弓勢も配置した。西は半里程度ではあるが陸地が続き、そこからさらに西へと川を渡ることで屋長島《やながしま》・中江《なかえ》へと脱出することができる。その水域には、三介《さんすけ》が率い彦右衛門《ひこえもん》殿が指揮する水軍が遡上し、取り囲んで討ち取るという手はずになっている。

俺と義父上は、長島城《ながしまじょう》がある島の南西の端に布陣した。ここは長島城と陸続きになっており、長島城を脱出し、屋長島・中江に逃げようとする者たちを左側面から攻撃することができる。

◇　◇　◇

四月三十日朝、長島城から続々と老若男女が姿を現した。この時、長島城に籠っていた人間は二万弱だったという。だが、長島城から出てこられるだけの体力を持っていたのは一万六千、約八割程度。その全員が乗れるだけの舟はなく、先頭の千から二千程度が舟に乗ったのとほぼ同時に、攻撃は開始された。

始まりましたな。そうだな。という会話はしなかった。長島城の東側から銃声が聞こえ、あちこちで悲鳴が轟《とどろ》いた。父が攻撃命令を下したのであろう。ほとんど同時に、上空にのろしが上がった。虐殺が行われる日には不釣り合いな、あまりにも晴れた空に映るのろしは、敵にも味方にも、これから何が起こるのかを正確に伝えた。

北と東、銃声が轟き、西は織田軍の舟が一向宗の小舟を蹴散らす様子が見えた。門徒たちは唖然とし、今起こっていることが信じられないという様子だ。

炎が上がった、長島城からだ。元から火を点《つ》ける予定ではあったが思っていたよりも早い。鉄砲で火が点いてしまい、乾いた空気が延焼を早めてしまったのかもしれない。

「逃がすなよ、放て！」

義父上が率いる我が手勢は、決められていた通り敵の側面から狙撃を繰り返す。義父上の鉄砲勢を前に、その後ろに弩兵勢が立ち、代わるがわる攻撃を繰り返す。鉄砲勢であれば間や前に味方がいると攻撃できないが、弩兵であれば後方からでも攻撃ができる。これは一つ発見であるかもしれないと考えながら、俺たちは淡々と攻撃を繰り返した。

一方的な虐殺が続き、一向宗一万六千全員が自分たちは騙されたのだと理解した時、それは起こった。

「船に乗った一向門徒が、御本所様《ごほんじょ》の軍船に攻撃を仕掛けております！」

「北方の竹橋砦へと一向門徒が反攻を開始！　神戸《かんべ》・柴田《しばた》両軍はこれを迎え撃つ構《かま》え！」

「殿の御本陣に一向門徒が反転！　浅瀬を越え、乱戦になりつつあり！」

信方が殺された時と同じだ。すべての望みを絶たれた亡者の群れが、一人でも多い道連れを、生贄《いけにえ》を求めて走りだした。

「義父上、まともに戦う必要はありません」

言いながら、俺は陣をまとめ引き揚げようとした。間もなくこちらにも一向門徒が大挙して押し寄せるだろう。舟に乗って距離を取り、遠くから攻撃すればやがて全滅する。直接斬り結ぶのはこちらの矢玉がすべて尽きてからで良い。

「殿！」

景連《かげつら》が走り寄ってきた。敵がこちらに向かってくるかと思い、ただちに撤退をと言いかけた時、予想外の言葉がもたらされた。

「敵の伏兵あり！　裸《はだか》に抜き身の刀や槍などを持ち、駆けて参ります！」

瞠目《どうもく》し、報告のあった方を見た。確かに、背の高い草によって奥が見えていなかった場所から、男たちが這い出してきている。その数は八百から一千。それに引きずられるようにして押し寄せてくる一向門徒は、少なく見て二千。

「撤退する時間はないな」

義父上が言った。今から舟を寄せて待っていたら、その間に後ろから押しつぶされてしまう。頷き、槍を手に取った。前線の者たちはすでに戦闘を始めている。

「敵がわざわざ殺されに来よったわ！　者ども！　武功の立て時は今ぞ！　みごと敵を倒し、長島戦功第一とならん！」

可能な限りでかい声で、そう叫んだ。うろたえかけていた味方がおうと頷き、戦意を取り戻す。義父上は馬に乗り、その雄姿が周囲に見えるよう腕を振り上げていた。

「義父上、この場にて最も死んではならぬ御方は義父上です。その場から動かず、帯刀討ち死にの報が流れたならその時には撤退して下さい」

言ってから、前線へと向かった。大将が奥に陣取り、その息子が前で戦う。味方の士気は上がるはずだ。匹夫《ひっぷ》の勇《ゆう》ではない。そうして味方の戦意を高めることが、結果として全軍を、自分を生かすことにつながる。

「貴様も死んではならぬぞ！」

後ろから声をかけられ、頷いた。わかっている。この場で二番目に死んではならない人間は俺だ。死ぬつもりなど毛頭ない。あくまで生きるために戦う。

前線はすでに崩壊しかけていた。無理もない、生きることを前提としていない兵の恐ろしさは俺も目《ま》の当たりにした。戦って、勝つ。勝って、何かを得る。そんな当たり前のことを捨てている人間を目の前にするのはとにかく不気味で、恐ろしいのだ。

それでも何とか踏みとどまろうと耐えている兵たちの一歩前に出、俺は正面の男に槍を一突きし、その胸を刺し貫いた。

「引くな！　仏の加護とやらがこやつらを不死身の身体にすることはない！　腹が減って逃げ出そうとした、ただの百姓である！　我らがまともに戦って負けるはずがないのだ！」

胸を貫かれた男は、大量の喀血《かっけつ》をしながらも俺の槍を両手で掴《つか》み、動きを封じようとした。俺はその男を押し込み、押した勢いで槍を手放し、刀を抜く。男は仰向けに倒れ、その左右から近づいてくる男たちが鍬《くわ》を上段に構えた。

向かって左側の男、振り上げた鍬が振り下ろされるよりも先に、切っ先でその腹を切り裂いた。振った勢いで右前に一歩進み、もう一人の男の喉仏を突く。先ほどのように貫くのではなく、切っ先の二寸ほどを刺し、すぐに引いた。

「殿に後れを取るな！　続け！」

真後ろから古左の怒号《どごう》が聞こえた。前進した勢いを殺さず、さらに前へ。竹を削って作った槍を持つ老人がいた。歯はほとんどない。落ち窪《くぼ》んだ目元の奥、眼球だけがギラギラと輝いている。

〝お前は誰を殺された？〟

問いかけながら、俺は老人の横をすり抜け、すり抜け様《ざま》に首筋を斬り裂いた。攻撃を受け止め、身体を止めてしまえば次の敵にとりつかれ、殺される。とにかく動くことだ。

〝憎いか？　許せないか？〟

次は幼さの残る、俺よりも歳下の男だった。錆びかけた刀を布で手に巻き付け、放さないようにしている。振り下ろした刀を後ろに跳んでかわし、横に刀を一閃《いっせん》すると糸が切れたように倒れた。

〝俺たちも同じだ〟

背の高い、瓜《うり》のような顔をした男が厚みのある刀を大きく振り上げていた。俺はその男の懐《ふところ》に跳び込み、そのまま心の臓を貫く。左手で、男が手に持っていた刀を掴み、身を放しながら奪い取った。

〝本当は、どこかでわかり合えたはずなんだ〟

長い槍の切っ先を、俺に向けて構えている男がいる。その男に、奪い取ったばかりの刀を投擲《とうてき》する。左の鎖骨《さこつ》あたりにそれを食らった男は、カヒュッ、と、かすれた声とともに、膝から崩れ落ちた。

〝仏のせいでも教えのせいでもなく、こうなったのは俺たち全員のせいだ〟

脇差《わきざし》を抜き、裸で俺に取りつこうとする男を斬り伏せる。同じように俺の動きを止めようとする男が三人。前に出ることでかわし、刀を一閃、二閃、三閃。一太刀につき一人ずつ斬り、早くも血糊《ちのり》で切れ味を落とした脇差をぬぐう。

〝許してくれとは言わない。呪《のろ》ってくれ〟

血の涙を流す、全身傷だらけの男が刀を振り下ろした。真横に跳んでかわす、反撃はできなかったが、男はその一撃を地面に叩きつけるのと同時に前のめりに倒れ、動かなくなった。

〝殺し合いの螺旋《らせん》の果てに、誰も殺されずに済む時代があるというのなら、俺たちは必ずそこまで辿《たど》り着いてみせる。だから〟

「せめてもう、目を瞑《つぶ》れ」

翌五月一日、残る屋長島・中江両城が炎上し、長きに亘《わた》った長島の戦いは、一向門徒の全滅という結果で決着を見た。

第六十五話　亡くす命／生まれる命

燃え盛る屋長島《やながじま》・中江《なかえ》両砦を見ながら、俺は一つの戦いが終わったことを実感していた。

「帯刀《たてわき》様、傷に障《さわ》りまする、そろそろ陣を引き払われてはいかがでございましょうか？」

景連《かげつら》から言われ、俺は吊り上げた腕を見た。これしきの傷、何ほどのことであろうか。

「大事ない。手当てはした。今はこの光景を見ておきたいのだ」

長島城の虐殺戦はその目的を達成した。だが、やりすぎとも取れる戦いのせいで、織田家は手痛いしっぺ返しを食らうこととなる。

東側、父が布陣していた場所では、父上の従兄弟である信成《のぶなり》殿と信昌《のぶまさ》殿が殺された。北、三七郎《さんしちろう》の陣では秀成《ひでなり》叔父上が討ち取られた。父には弟が十人いたが、これで残るは四人だ。失った六人のうち、一向一揆に殺された弟が二人、僧兵に殺されたのが一人。いかに信仰を敵に回すのが恐ろしいことであるのか、身をもって知らされた。

証意《しょうい》や下間頼旦《しもつまらいたん》も死んだ。乱戦の中、撃ち殺されて死んでいるのが発見された。主《おも》だった坊官たちも、そのことごとくが死に、長島周辺は陸地には撃ち殺された死体が転がり、川には溺《おぼ》れるか凍死した水死体が浮かんだ。夏であったら疫病が発生したことだろう。尾張《おわり》側の戦場では、早くも死体の回収が始まっている。

一門衆が三人も殺されたことを受け、父は屋長島・中江を外側から二重の柵で囲み、焼き払った。

中にいた二万の人々は城から脱出し、助けてくれ助けてくれと叫んだが、織田家はそれを押しとどめ、遠くから射殺するか長槍で突き殺した。先ほどまでは悲鳴が聞こえていたが、今はそれもない。

「大木兼能《おおきかねよし》といったか、奴の様子はどうだ？」

「大人しいものです。粟粥《あわがゆ》を食らい、先ほど見た時には寝ておりましたな」

「豪胆であるな」

フッと鼻だけで笑う。篠橋砦《しのばし》での戦いで奇襲を仕掛け、俺の右肩に一太刀《ひとたち》入れた男だ。どういう因果であるのかわからないが、乱戦の中でなぜか一騎討ちとなり、俺は一撃を入れられたが、兼能の槍が折れた。俺の方が強かったわけではなく、俺が身に着けていた武具が良かった。そして兼能は戦う前から満身創痍《まんしんそうい》であった。腹も減っていたであろうし、体力も底をつきかけていたのだろう。

武器を失い、味方も次々討ち取られているという状況の中、兼能は一目散に逃げだした。この状況下にあってなお狂気に囚われず、生きるために走った兼能を見て興味が湧いた俺は、追撃するとともに、もし兼能が降伏するのであればそれを認めるので、一度だけ降伏勧告をするようにと伝えた。

肩の傷が大したものでないことがわかってからしばらくして、兼能が捕縛されたと報《しら》せが入った。連れてこられた兼能は、他の本願寺門徒らと同様に疲れ果てた顔をしていたが、他の門徒とは異なり、開口一番に『殺さないでくださるので？』と言ってきた。

聞けば、此度《こたび》の伏兵《ふくへい》、立案したのは大木兼能であったという。大木兼能という名もこの時聞いた。呼び名は弥介《やすけ》であるというので、以後は弥介と呼ぶ。

何故伏兵を置いたのかと聞くと、いまさら降伏を認めたのは恐らく罠であるから、どうにか反撃し船を奪えないかと考えた。と答えられた。

船を奪ったらどうするつもりだったかという問いに対しては、そのまま伊勢湾《いせわん》に出、山中へと逃れ、可能ならば伊賀《いが》から大和《やまと》へ向かい、織田《おだ》の追撃から逃れるつもりだったと答えた。

逃れたら大坂本願寺《おおさかほんがんじ》に助太刀《すけだち》するつもりだったのかと聞くと、そのつもりであったが先ほど理由がなくなった、という返事があった。どういうことか問うと、元々、恩人に頼まれて長島に入っただけであり、一向宗ではないとの答え。恩人が亡くなった今、もはや戦う理由もなし。だそうだ。

織田家に恨みはあるのかという問いに対しては、ないこともない。だが命を懸けようというほどでもない。せっかく拾った命であるのだから、できれば後は楽しく暮らしたい。と。

面白い男だと思った。恩のために命を懸けられる豪胆を持ち合わせているくせに、地獄の方が幾らかマシであろうと思えた長島において、生きることをまったく諦めていない。傷が痛むのも忘れ、思わず、解放してやるから今は休めと言ってしまった。

「殿は、陣を引き払ったか?」

「はい。岐阜城《ぎふじょう》へとお帰りになるとのこと。主力も引き払い、後事《こうじ》一切はお任せすると」

頷いた。勘九郎《かんくろう》も引き揚げたと聞いた。多分父とともに帰ったのだろう。戦功著《いちじるし》しく名を上げた三七郎も、先ほど挨拶に来た。腕は大丈夫ですかと聞かれ、頷いておいた。大丈夫だ、死にはしない。俺は、死んではいない。

「父上は、落ち込んでおられただろうなあ」

「言葉数少なしと聞き及んでおります」

思わず父上と言ってしまったが、景連はそこには触れなかった。決して許すことができず、目に物を見せてくれようと行った総攻撃で、父はまたも家族を失ったのだ。後悔しているかどうかはわからないが、悲しんでいることは間違いない。

「ともあれ一区切りついたのだから、休むのにはちょうど良かろう。二人も子供が産まれたのだ。間もなくもう一人産まれるようでもあるし、赤子の顔を見て癒《いや》され、妻らに慰《なぐさ》めてもらえば多少は元気も出よう」

昨年、父に子が二人産まれた。男と女が一人ずつ。双子ではない。それぞれ違う腹だ。男の方は、近江の国人高畑源十郎《たかはたげんじゅうろう》という人物の娘で、お鍋《なべ》の方と呼ばれている。父が京に出向いた時から馴染みであったようだ。亡き吉乃《きつの》様の計らいによって、京での父上の世話を任されるようになり、男子を産んだことで今は岐阜城にいる。子の幼名は洞《ほら》と名付けられた。相変わらず父の名付けはよくわからない。

女子を産んだのは、かつて吉乃様の側女《そばめ》として世話をしていた女性、の娘だ。骨盤矯正腰巻を壊したあの女性は、勘九郎の乳母でもあった。その際に父の側室ともなったのだが、父の子は産めなかった。勘九郎と一緒に乳を与えていた娘が代わりに父の子を産んだということだ。何とも面白い縁である。乳姉弟ということで、この娘は勘九郎とも仲が良い。その上名前が徳《とく》である。徳が子を孕《はら》んだと聞いた時、俺と勘九郎は父上が実の娘に手を出したかと笑ったものであった。織田家では彼女をお徳の方と呼ぶことで妹の徳と区別している。

臨月を迎え、間もなく産まれようとする子は、また別の腹から産まれる。譜代《ふだい》家臣である土方雄久《ひじかたかつひさ》の娘で、お土《つち》の方と呼ばれる女性だ。土方雄久殿は三介《さんすけ》の家臣となったので、此度の戦でも話をする機会が多かった。才気煥発というわけではないが、こういう人物が側にいれば安心と思わせてくれる。父が言うところの武一辺倒ではない家臣の一人だ。恐らく、今後お土の方から男子が産まれることがあれば三介の、ひいては北畠家の譜代家臣として仕えさせるつもりなのであろう。

「失われてゆく命も多いが、生まれる命もまたある。落ち込んでばかりはいられぬな」

そう言いつつも、落ち込む気持ちをなくすことはできない。だが、それでも俺たちは勝利したのだ。目の上のたん瘤《こぶ》は消えた。いよいよ大坂本願寺攻めが本格的に開始される。

「何を達観したことを言っておるか、まだ二十そこそこの小僧が」

バシンと頭を叩かれた。叩かれた頭以上に腕に響く。涙目になって叩いてきた相手を睨みつける。見慣れた、陰のある色男がそこにいた。

「痛いではないですか、義父上」

「お前がやせ我慢をしているから、我慢できず泣けるようにしてやったのだ、感謝しろ」

父の名代として、後事一切を託された信広《のぶひろ》義父上。いつも通りと言えばいつも通り、父の代わりが務まる人物はこの人しかいないということだ。

「妻に慰められれば元気が出るだ？　息子が親父に対して言う言葉か？　お前こそ、とっとと帰って恭《きょう》に慰めてもらえ」

ガシガシと乱暴に頭を撫でられた。振り払いたいが、振り払うとその衝撃で腕が痛いのでされるがままだ。何だかこの感じは久しぶりな気がする。

「わ、わかりました、わかりました。わかりましたからやめてください。腕が痛いです」

「さっき大事ないと言っていただろうが」

「御免なさい嘘です痛いです」

素直に降伏すると、信広義父上がようやく手を離してくれた。景連と古左《ふるさ》に『そういうわけであるからとっとと連れて帰れ』と言い、二人が頷く。

「貴様は貴様で家を残さねばならんのだ。恭を相手に最低一人、ハルを相手に最低一人、わかるか？男だぞ。男が必要なのだ」

強く言い含められ、俺は陣を引き払った。精いっぱい努力する所存ではあるが、この腕ではいかんともしがたい。

◇◇◇

尾張と伊勢の中間にある長島から古渡《ふるわたり》までは近く、古渡勢一行は、翌日の日暮れ前に帰りつくことができた。

「直子《なおこ》様にお会いしてゆかれますか？」

前田利久《まえだとしひさ》に迎えられ、俺は首を横に振った。明日の朝で良いだろう。できれば疲れた顔よりは、朝一の顔を見せてやりたい。

「蔵人《くらんど》、留守の間よくやってくれた。大義《たいぎ》である」

嘉兵衛《かへえ》とは違って生粋《きっすい》の奉行衆《ぶぎょうしゅう》というわけではない利久は、それでも文句を言わずよくやってくれている。利久を慕って古渡にやってきた家臣たちも皆優秀だ。

「もったいないお言葉にございます。殿におかれましては此度の戦も武功著しく、織田家・村井家両家の名を大いに高められましたこと、某心底《それがししんてい》よりお慶び申し上げまする」

頷き、嘉兵衛やその他家臣たちにも一声をかけてから眠ることにした。帰宅を、母や恭には伝えていない。明日は驚かせることができるだろうか。腕についてあまり心配をかけたくはない。今日のうちに晒《さら》しと湿布《しっぷ》は外しておこう。

「お帰りなさいませ」

部屋に戻ると、そこに恭がいた。待っておりましたと言わんばかりに正座をし、三つ指をついて俺に頭を下げる。再び上げられた顔を見ると、肩口や膝から全身の力が抜けてゆくような気がした。

「恭……」

安心した。これ以上なく。

もはや戦場にも慣れたと思ってはいたが、そんなことは無かったようだ。まるで母の腹の中に戻ったかのように、緊張感がほどけてゆく。恭が立ち上がり、俺の頬に手を当てて言う。

「泣かないで」

「え？」

気がついた時には、恭の顔が見えなくなっていた。ポタ、と音を鳴らして俺の涙が床に落ちる。止めようもなく、大粒の涙が両目から零れ落ちていた。

「大丈夫ですよ。ここには貴方を虐《いじ》める人はおりませんからね」

そんな、童《わらべ》に言い聞かせるような言葉とともに、頭をグッと抱き寄せられた。膝をつき、その胸に縋《すが》りつく。何も言葉を発することなく、ただただ黙って涙を流す俺を、恭は抱きしめ続け、そして優しく背を撫でてくれた。

「腕が痛い」

「そうですね」

恭が、赤子を抱きしめるようにそっと俺の腕を抱きしめる。

一刻《いっとき》ほども泣いていただろうか。心に溜まっていた膿《うみ》のようなものを、すべて涙とともに吐き出した俺は、久しぶりに清々《すがすが》しい気持ちで床《とこ》についていた。

「恭、腕が痛いんだ」

「お可哀想です」

結局、俺は信広義父上が言うように、いや言われた以上に恭に甘え、弱音と愚痴を吐いた。我ながら情けないとは思うが、こうやっていられる時間がなければ、どこかで心が壊れてしまっていたような気もする。

「昨日は、大殿も来られましたよ」

「父上が？」

「はい、御子様方《おこさまがた》と遊ばれて、直子様とお話しになり、今朝早くに出ていかれました」

考えてみれば、この城にはお勝殿が産んだ相姫《あい》と於次丸《おつぎまる》殿、そして母が産んだ御坊丸《ごぼうまる》と藤《ふじ》の四人がいるのだ。父上も、顔を出して声をかけてゆくくらいのことはするだろう。

「父上のご様子はいかがであった？」

「ずいぶんと厳めしいお顔つきで、私やお勝様を含めて皆、お声をかけることすらできませんでした。けれど、直子様が新しいお料理をお出ししたら喜んでおりましたね。かわるがわる、御子たちを抱き上げ、朝にはご機嫌もずいぶんとよろしくなっておりましたわ」

その新しい料理について、どのようなものであるか聞いてみた。鶏肉を一口大に切り、醤油や山椒《さんしょう》などで作ったタレに漬け込み、油で揚げたものであるという。かき揚げとはまったく違うものなのだそうだ。唐から来たものであるからと、唐揚げと名付けられたその料理は、父の好物になったという。

「ご一緒に来られた森様《もり》も、大殿の御子たちを見て楽しそうにしておられました。自分ももう少し子供を作ろうかと」

「あそこは九人の子供らをみな一人の奥方が産んでおられる。これ以上は難しかろう」

笑いながら言った。俺の言葉に恭も笑う。どうしたと問うと、ようやくお笑いになられましたと答えが返ってきた。

「今日は腕が痛くて無理だが、近いうちに俺たちも子が欲しいな」

「はい、五人でも十人でも、殿の御子をみごと産んでご覧に入れますわ」

その日は恭に抱きしめられて眠った。翌朝は、遠くから聞こえる子供の泣き声と大人の笑い声とで目が覚めた。

◇　◇　◇

「おはようございます。母上、お勝殿」

いつもの遊び場である中庭へ行く。目につくのは物干し竿から鎖を二本垂らし、その鎖を膝上くらいの高さで木板を使ってまとめた遊具だ。後ろから押したり、乗ってこいだりすると前後に揺れて楽しい。母が言って作らせた遊具である。そして、その遊具の足元で泣いている童が二人。少し大きいのが於次丸殿。少し小さいのが、同年生まれではあるが半年ほど歳下の御坊丸。

「お帰りなさいませ」

「お務めご苦労様でしたね」

「はあ」

死線を潜り抜けた先での感動的な再会であるはずなのだが、間抜けな声が漏れた。目の前で子供が二人泣いているのに楽しげに笑っている二人の母親。その横で、藤を後ろから抱きしめる相がおろおろしている。その反応が正しいと思うが。

「御坊丸が落ちましてね」

理由を聞くよりも先に、母が教えてくれた。落ちた、というのはもちろん遊具の椅子からということだろう。

「泣いた御坊丸を、於次丸殿が助けに行ったのです」

「良い兄ではないですか」

仲良きことは素晴らしきかな。それでどうして於次丸殿まで泣くのかはわからないが。

「助けようとしてしゃがんだところに、揺れて戻ってきた椅子がぶつかりましてね。綺麗にこめかみに当たってあのザマです」

「それで笑っている場合ですか⁉」

思い出したのか、再びどっと笑いだした二人の母親の間を抜けて、二人の弟を抱え起こした。御坊丸は後頭部をおさえている。恐らくうしろにひっくりかえったのであろう。瘤《こぶ》はできていないし、擦り傷もない。於次丸はうずくまって泣いている。こめかみに手を当て、さすってやるとしがみついてきた。二人ともぐっと抱き上げ、両腕に抱えて縁側まで戻った。戻る先は母親たちのそばではなく、優しい姉のところだ。

「ただいま、相」

「お帰りなさいませ、兄上様」

小さい御坊丸を膝に乗せ、少し大きい於次丸殿を相との間に置く。二人とも、スンスンと鼻を鳴らしてはいるものの少し落ち着いたようだ。

「弟と妹の面倒を見ているのか？　偉いなあ、相は」

言って、相の頭を撫で、藤の頬をちょんちょんとした。ここのところ古渡にいられないことが多いので、下の三人はあまり懐いてくれないが、相は俺のことをちゃんと兄と認識してくれる。ありがたいことだ。

「大変でしたね」

しばらく相と話をし、それから相の手習いの時間だということで話を終えた。弟妹たちもそれぞれ女中に連れて行かれた後、母が呟くように、俺に話しかけた。

「大変でした。母上がどれだけのことをご存じであるのかはわかりませんが」

「大体のことは、知っていますよ」

大体のこと、と母は言う。その大体のことというのが、どれだけの範囲をどれだけの正確さでもって網羅しているのか俺は知らない。だが、確かに母は知っているのだろう。

もちろん、母は千里眼を持っているわけでもなければ、地獄耳ですべての情報を集めているということでもない。神通力で物を動かしたり、人を操ったり、ましてや狐火《きつねび》を灯《とも》すことなどできようはずもない。そういう点において、母は単なる人だ。当然、未来や異世界などから流れてきた者、というわけでもない。

それでも母は、知っている。俺たちでは決して知り得ない事実を。恐らく、時を早められなかった先に何があるのかも、知っているのだろう。

母が知らぬこと、それは、俺が母の正体を正確に知っているということだ。俺はそれを伝えるつもりがない。それで良いと思っている。母を害するつもりなど、ないのだから。

「ご心配をおかけしました」

頭を下げると、母はにっこりと微笑み、下げられた俺の頭を撫でた。帰ってきた。俺は生きて帰ってきた。

第六十六話　織田信長君御誕生日会

「お祝いをしますよ」

長島《ながしま》の戦いが終わり、俺が古渡城《ふるわたりじょう》に戻ってから三日後、母が突然そんなことを言いだした。

「赤子の誕生を祝してですか？」

於次丸《おつぎまる》殿と御坊丸《ごぼうまる》を両手で持ち上げ、そのまま振り回したり高く掲げたりするという鍛錬を行っていた俺は、その言葉に答えた。キャラキャラと笑う二人をいったん置いて、両肩を回しながら母に近づく。

妊娠していたお土《つち》の方が女子を産んだという報せが、昨日岐阜《ぎふ》より届いた。これで父の子は、男七の女五、比率もちょうど良い具合だ。めでたいことである。

「それだけではありませんよ」

吉報《きっぽう》が書かれた文《ふみ》を読んでいた母はしかし、首を横に振った。俺はといえば、弟たちにもっととせがまれたので、二人に俺の両手首を掴ませる。そのままゆっくりと持ち上げて、グルグルと回る。手首や腕の筋力鍛錬とともに、ちょっとやそっとでは目を回さないようにという鍛錬でもある。弟たちと遊んで幸せに浸っているわけではないのだ。ないったらないのだ。

「では何でしょうか？　戦勝を賀し、ということですか？」

「それもありますし、養華院《ようかいん》様のこともあります」

「養華院様のことは、めでたいこととは少し違うのではありませんか？」

このほど正室の濃姫《のうひめ》様が、養華院を名乗り、長島の戦いで亡くなった織田《おだ》家の一族・家臣たち、そして一向宗門徒たちの菩提を弔《とむら》うと宣言した。言わずと知れた、父の正室にして、嫡男勘九郎《ちゃくなんかんくろう》の養母に当たるお方だ。

夫である父が死んだわけでもなく、養子である勘九郎も、また壮健である今、彼《か》のお方が出家などする必要はない。うがった言い方になってしまうが、吉乃《きつの》様亡き後、そのお立場は益々《ますます》もって盤石であるのだ。しかし、彼女は自らそれを決めた。

嫡男勘九郎がいる今、もう自分は子を産むことは望まないし、子供たちも大きい、菩提を弔うに、自分以上の適任はいない。というのが言い分である。

聡明かつ、強いお方であると思う。女子《おなご》の存在理由のほとんどすべてが『子供を産むこと』に集約される今の世において、子がないままでしっかりと織田家当主の妻としての務めを果たそうとしている。これまで、織田家において奥の争いが起こったことはない。吉乃様の御聡明さもあったであろうし、母の性格もあっただろう。だが、最も大きな理由は養華院様にある。

「織田家の奥方様が進む、新しき門出でございます。これを祝って何がいけませんのでしょうか」

そう言われてしまうと、そうである気もする。弟たちを逆回転させると、御坊丸が手を滑らせてしまい地面に落ちた。於次丸が手を離し、スタッと着地し御坊丸に近づく。御坊丸は立ち上がり、楽しそうに笑っていた。

「もう一つ理由があるのですよ」

「はて、何でしょうか？」

生き残った者たちが、生き残ったことを祝う。というのは良いのではないかと考えたが、母が言っているのは明確な理由があることである気がした。

「殿《との》のお誕生日《たんじょうにち》です」

思案していると早々に母から答えが返された。その言葉を聞いて、ああ、と納得し頷く。そう言えばもう五月であった。

「十二日が近いですな。残り十日もありません」

「そうです。子供たちや奥方様方に慰めて頂き、幾らか力を回復させたと聞いておりますが、殿はまだまだ落ち込んでおられます。皆でお祝いをして、殿を元気づけて差し上げましょう」

ふむ、と俺はしばし思案した。我が母が考えることにしては何というか、物凄く、良い考えだ。ともだと言うべきか、落ち込んでいる夫を慰めるためにお祝いをする。内助の功という言葉が似あう行動だ。すなわち、とても母上らしくない。

「下の子らはどうします？」

「相《あい》以外は置いてゆきます。相には殿への贈り物などを直接手渡す役を担ってもらいます。あとは、上の男の子四名と、妻たちで囲んで差し上げれば殿もお喜びでしょう」

「妻たち、と申されますと」

養華院様を筆頭に、お勝《かつ》殿と、母上。それにお鍋《なべ》の方・お土の方・お徳《とく》の方の三名。さらには普段表に出てくることのない三七郎《さんしちろう》の御母上も加え、合計七名か。お土の方が立てる状態にあるかどうかはわからないが。うん、悪くないと思う。

「料理はいかがなさいます？　祝いの品をお作りに？」

「それはもちろん、久しぶりに私が腕を振るいましょう。ねえ？」

母が隣で話を聞いていたお勝殿に声をかけると、お勝殿がええと頷いた。その横で、相もがんばりますと健気《けなげ》な声が聞こえた。

「どうしました？　そんな怪訝《けげん》な顔をして」

「いや、母上を少々誤解しておりました」

俺が一番母上のことを理解している人間だと思っていた。その認識は今も変わらないが、少々情報を書き加えねばなるまい。

「母上はまことに、父上のことを愛しておられるのですね」

面倒くさがりの母が岐阜城《ぎふじょう》まで出向き、手ずから料理を作り、振る舞う。昨日一昨日まで生娘《きむすめ》であった若妻のようではないか。

俺の言葉を聞いて、母が一瞬きょとんとした表情になり、それから顔を赤らめた。愛しているだなんて、そんな、と手をパタパタさせ、それから俺の肩をドンと押した。

「親をからかうものではありませんよ」

「いえ、からかっているのではなく、まことに母上の父上に対しての想いの深さと大きさというものを」

言っている途中で、さっきより強く両肩をドドンと押された。一歩下がり、踏ん張る。その間に母は顔を隠しながら逃げ去ってしまった。

◇◇◇

意外にも恥ずかしがり屋であることが判明した母上は、その日から、料理の献立を考えたり、器を見繕《みつくろ》ったりしながら過ごした。その姿はやはり甲斐甲斐しく、新妻のようであった。

五月の九日、俺は長島の後処理を任されていた彦右衛門《ひこえもん》殿が岐阜城へと入城したという報せを受けて古渡城を出発。その日の夕方には岐阜城へと到着した。

二日後の五月十一日には、父は家臣一同を前に戦勝を賀し、皆の苦労に対して一人ずつ労《ねぎら》いの言葉を述べた。そして、公方様が、参議《さんぎ》・左近衛権中将《さこのえごんのちゅうじょう》から従三位《じゅさんい》・権大納言《ごんのだいなごん》へと昇叙《しょうじょ》・任官《にんかん》を受けたことを報告する。それに伴い、父も正四位下《しょうしいのげ》・弾正大弼《だんじょうのだいひつ》への昇叙・任官を受けたことも発表された。

此度《こたび》の戦において、織田家は勝利を収めたものの得られた土地は長島ただ一つのみ。国力は大いに疲弊させられた。家臣の者たちも多くの家族を失い、金も人も足りていない。父は、褒美に土地をやれないかわりに大量の永楽銭、今や全国的に名を馳《は》せるようになった美濃焼《みのやき》の壺や茶道具、そして官位でもって家臣たちを遇した。公方様の従三位を父が超えるわけにはいかず、父は正四位下。ということは従四位《じゅしい》以下の位階であれば与えることができるというのが理屈だ。

柴田《しばた》権六《ごんろく》勝家《かついえ》　従五位下《じゅごいのげ》・修理亮《しゅりのすけ》
森《もり》三左衛門《さんざえもん》可成《よしなり》　従五位下・右近丞《うこんのじょう》
佐久間《さくま》右衛門尉《えもんのじょう》信盛《のぶもり》　従六位上《じゅろくいのじょう》・出羽介《でわのすけ》
村井《むらい》吉兵衛《きちべえ》貞勝《さだかつ》　従六位上・民部丞《みんぶのじょう》
九鬼《くき》嘉隆《よしたか》　従六位下《じゅろくいのげ》・志摩守《しまのかみ》

筆頭家老の権六殿が、やはり家臣としての最上位である従五位下となった。可成殿は家臣の席次としては佐久間殿に劣るが、官位は権六殿と対等になった。これまでの働きに対しての特別報奨なのだろう。だが、森家当主の長可《ながよし》は無位無官のままで、これで従五位下・右近丞が森家代々の官位になったとは思うな。という父からの言葉もあった。

村井の親父殿は、実際に指揮する兵などほとんどなきに等しいが、織田家による京都の政《まつりごと》は親父殿なしに回るものではないということは誰もが知っているため、この官位となった。今後、官位においては筆頭になるやもしれぬと父は示唆していたがそれは逆に、広大な領地を与えるつもりもないという意味も含まれていた。自前の領地はなくとも畿内全域を差配《さはい》する村井貞勝。そのような立場であれば親父殿はやりがいを感じるであろうし、周囲も納得するだろう。

九鬼嘉隆殿には予《か》ねてよりの約束で、延びに延びていた志摩守の座がようやく与えられた。今回の論功行賞において最も喜んだのは彼ではなかろうか。信方のことを思うと胸は痛むが、ともあれ九鬼殿が今後の織田家に必要な人材であることは間違いない。

変わったところでは、朝廷より苗字を賜《たまわ》った家臣もいる。

明智十兵衛光秀《あけちじゅうべえみつひで》　贈惟任《これとう》
丹羽五郎左衛門長秀《にわごろうざえもんながひで》　贈惟住《これずみ》

二人は此度、官位を与えられなかった。しかし、朝廷より直々に名を頂戴したことは、それなりの官位を頂戴する以上に意味のあることだ。今もって幕臣との二足の草鞋《わらじ》を履いている十兵衛殿と、名目上織田家の次席家老である丹羽殿、この二人に対して権威を与えたということだ。伯父の原田直政《はらだなおまさ》に対して以前行ったことと同じである。その伯父上は此度の論功行賞において官位は得られなかった。

滝川彦右衛門一益《たきがわひこえもんかずます》
羽柴藤吉郎秀吉《はしばとうきちろうひでよし》

この両名もまた、官位は得られなかった。元々の身分が低く、譜代でもない。だが、裸一貫でのし上がったこの二人が織田家の中でも突出した能力を持つ者たちであることは周知である。ゆえに彦右衛門殿には領地を与え、羽柴殿には誰よりも多い銭と物とで埋め合わせていた。あわせて、彦右衛門殿には紀伊《きい》攻めの、羽柴殿には伊賀《いが》攻めの大将を任せるという沙汰《さた》もなされた。

織田勘九郎信重《おだかんくろうのぶしげ》　正五位下《しょうごいのげ》・出羽守《でわのかみ》
北畠三介具豊《きたばたけさんすけともとよ》　従五位下・侍従《じじゅう》
神戸三七郎信孝《かんべさんしちろうのぶたか》　従五位下・侍従

織田家三兄弟がそろって位階を得た。勘九郎は当然嫡男ということで高い位置に置かれ、公方様・父・勘九郎という序列は今後も盤石であろう。

ちなみにこの任官において、俺は明確に三介や三七郎よりも下に置かれた。初官が従五位下・侍従とされることに意味があるのだそうだ。摂関家《せっかんけ》に次ぐ清華家《せいがけ》と同じ格式なのだと、村井の親父殿から教わった。それだと三介と三七郎が勘九郎よりも上にきてしまうのでは？　と問うてみたところ、真に上がったのは織田弾正《おだだんじょうのじょう》忠家の家格であると答えられた。成る程。

もちろんこの他にも多くの家臣が官位や様々な報奨を得たが、俺が知遇《ちぐう》を得ている者たちでいえば、大体これくらいだ。大量の官位をばら撒いてくれた朝廷と、その仲立ちを行ってくれた公方様に対し、父は金銭でもって大いに礼をし、関係良好に努めた。

「東に武田《たけだ》、北に上杉《うえすぎ》、西に毛利《もうり》、そして領内と南には今もって仏僧どもがおる。これよりが日ノ本一統の本番である。皆の働きに期待しておる」

家臣一同にそう言い、岐阜城での公式の宴《うたげ》は終わった。

◇◇◇

そして、その次の日の夜。


「何にせよめでたいですな。これで三人とも名実ともに庶長子よりも上の立場であることが明確です。お家が割れる心配が少し減りました」

「甘い、甘いぞ帯刀《たてわき》ぃ！」

俺たち織田家の子供たち及び妻たちは、父信長の誕生日祝いを開催し、大いに楽しんでいた。

「貴様ら、今の帯刀より上にいる資格が己《おのれ》にあると思っておるのか⁉」

普段酒を飲まない父が、ぐでんぐでんになりながらそう叫ぶと、言われた三人がいえいえと首を横に振った。

「俺は助けられてばっかりですよ」

「武功において、帯刀兄上の足元にも及びませせぬ」

三介と三七郎が続けざまにそう言い、

「俺も、最初は兄上と同じ位階からでよいと言ったのだけど」

勘九郎は俺に対して説明をした。

「何を情けないことを言っておるか貴様ら！　この程度の兄すぐに超えてやると何故言えんのだ⁉」

父が怒号を放つ。父の言葉に従って空気を読んだ発言をしたというのに叱られてしまった三人は、首をすくめたり、どういうこと？　という表情をつくったが、どういうことでもない。酔っ払いとはこういう訳のわからない生き物である。

「殿、相が耳を塞《ふさ》いでしまいましたよ」

「おおそうか、すまぬすまぬ。相、もう少し食べるか？」

そんな酔っ払いの膝上に置かれ大人しくしている相に、父が猫なで声で話しかける。前後不覚と言って良いくらいに酔っている父の言葉に、相がはいと小気味よく返事をした。そうかそうかと、父がその頭を撫で、甘味《かんみ》を取り分ける。

発起人原田直子《はらだなおこ》、養華院様全面協力の下、父上に極秘で準備が進められたお誕生日会。参加者は父と、その子供たち・妻たちのみ。

「甘い菓子が好きなのは父上に似ましたね」

「甘いものが嫌いな人間などおるまい」

俺が言うと、父が普段にない、ヘラヘラとした締まりのない表情で笑った。普段であれば酒もほとんど嗜《たしな》まない父上をここまで骨抜きの酔っ払いとするのには、なかなかの苦労があった。

料理は宣言通り母が主導して作った。柚子の器にユリ根を入れ、その上に豆腐を乗せて白味噌、練りゴマ、豆乳のタレをかけて窯で焼き、茹でた海老、三度豆、松葉を刺した銀杏《ぎんなん》を添えた何とも艶やかな料理を母がその手で作った時には皆驚いたものだ。色鮮やかで、いかにもめでたい。『グラタン』なる名のその料理を俺は試食させてもらったが何とも形容しがたく、旨かった。

ユリの花びらと円形にくりぬいた豆腐のすまし汁は、菊花椀《きくかわん》をもとに作ったもので、ユリの花は物によっては毒性があるので集めるのに苦労したと養華院様がおっしゃっていた。

葛と甘ヅラを使った甘酢餡かけや甘辛いタレに漬けた唐揚げは一度父に食べさせたことがあるもので、出せば喜ぶからと、皆で大量に作っていた。

津島湊《つしまみなと》からも多くの海産物を用意し、贅《ぜい》を尽くした料理がその他いくつも並んだが、母が作ったものの中で最も好評を博したのは意外にも、以前まったく好評を得なかったパンの料理であった。

母は、薄く加工した円形の鉄板で型を取り、両手で持てる程度の土俵《どひょう》のような形をしたパンを作った。そして、それを縦三段に切ってから隙間にはちみつ漬けにしたビワ・梅・柚子の果実をたっぷりと挟み込む。仕上げに塗られたのは牛乳と砂糖とをかき混ぜて作った奇妙な白い泡だ。

舐めてみると夢のように甘く、ふわりと口の中で消えた。男の俺ですら一瞬意識を奪われてしまうほどであったのだから、女たちからの人気たるやすさまじく、まだ若い妻たちは、自分の乳を使っても作れるか？　などというなかなかに恐ろしい質問をしていた。

できあがったものを切り分けると、三段に分かれたその隙間からは美しく果物の果肉が現れて、見た目もよく、口にしても旨い。わざわざ取り寄せた果物や砂糖など、材料に高級品が多すぎてそう簡単には作れないその贅沢菓子を、母は『ケーキ』と呼んだ。

俺は俺で、弟たちを呼び寄せ、相には今日はなるべく父の側にいてあげるようにと言い聞かせ、家

臣たちにはこのようなわけであるので頃合いを見計らっておめでとうございますと言いにきてほしいと頼み、そして、話がありまするると言って、父を呼び出した。

『お誕生日おめでとうござりまする』の号令を述べたのは養華院様。発起人の母にするとか、嫡男の勘九郎にするとか、いやどうせなら相に祝われた方が父も嬉しいだろうとか、いろいろな意見が出たが、最後は満場一致であった。

『貴様ら……』

と言ったきり固まってしまった父を見て、俺は成功を確信した。あれは怒っている顔ではない。どういう表情をすればいいのかわかっていない顔だ。すぐさま相をけしかけて手を引かせ、奥の席へと座らせた。その後、皆で一言一言声をかけた。俺が言ったのは、最近ようやく一武将としての心構えが身についてきた。それがどれだけ難しいのかということも理解ができた。たった一人の将ですらこれほどの重荷であるのに、織田家を率いる父のご苦労は想像もできない。まことに尊敬するばかりである。というような話であった。

ともかく父を労《ねぎら》う目的で、あるいは父を褒《ほ》め称《たた》える目的で言葉を考えてくるように皆には伝えてあった。それが良かったのか、全員の話が終わった頃には父の顔は満面これ笑みであった。

大喜びした父は、母が松の葉を利用して作ったシュワシュワと泡立つ酒を飲んだ。先ほども使われた甘い果実を入れ、酒を入れてから水で割る。甘く、飲みやすい酒の完成というわけだ。口の中で弾ける泡を『炭酸』と呼ぶらしい。水や果実で割っている分、酒の弱い父でもどんどんと飲めたのだろうが、いくら薄くてもその分大量に飲めば十分酔える。結果がこのありさまだ。

「良いか貴様ら」

相の頭に顎《あご》をのせた威厳のない様子で父が言う。普段であれば正座の上背筋を伸ばして聞く我々兄弟も、この時ばかりは何ですか？　と、料理を摘《つま》む箸を止めずに返事をした。

「俺は日ノ本をまとめ上げ、天下静謐《てんかせいひつ》を成し遂げてみせるぞ」

父の言葉に、はい、と頷く俺たち。まず父は三介に、お前はもう少し兵法《ひょうほう》というものを知れ。と叱った。続いて勘九郎には、周りに遠慮するな、自由にやるのだ。というお小言《こごと》。三七郎には何も言わずに頭を撫で、楽しそうに笑った。普段であれば話しかける順番や言葉に一々気をつけ、計算し尽くした言葉を述べる父なのだが、この場では見る影もない。

「帯刀、お前に一つ言っておきたいことがあるぞ」

「何なりと」

「俺よりも面白そうなことをするとは何事だ！　何かする時には一枚かませろといつも言っておろうが！　俺のことも混ぜろ！」

俺に対しては、お叱りというよりも、要望《ようぼう》が伝えられた。

第六十七話　伊賀調略

木刀を振っていた。

真上から刀を振り下ろす。強い踏み込みで。木刀が敵の頭部に刺さり、動きが止まる。

「こう……ではないな、こうか」

想像上の敵を一人斬り伏せてから小首を傾げた。こうではない。これだと動きが止まり、敵に取り囲まれてしまう。刃全体を使うのは首を切断する時だけで良い。目の前に十名いる敵と戦い、その中で一人でも二人でも倒すためには、切っ先の三寸以内を使って首を裂く、胸を突く、胴を切り払ってそのまま次の敵に対する。

森の中であれば、山の中であれば、船の上であれば、部屋の中であれば、そのような想像をいちいち働かせながら、俺は丁寧に木刀を振り、動きを止めず動き続けた。

「まるで剣舞《けんぶ》であるな」

しばらく木刀を振り、自分なりの型を繰り返し体に教え込んでいると、後ろから声をかけられた。振り返らず、剣舞のようだと言われた素振りを繰り返す。

「おはようございます。思っていたよりもお元気そうで何よりです」

「頭はまだ痛いがな」

笑う。笑うなと父は言い、自分もケッケケと笑ってから表情を歪《ゆが》め頭を押さえた。その様子を見て、俺はさらに笑う。

「心月斎《しんげつさい》殿も、お元気そうで」

父の後ろには、この度《たび》出家し心月斎と号するようになった森可成《もりよしなり》殿がいた。呼び名は官職名の右《う》近《こんのじょう》丞とどちらが良いか悩んだのだが、本人が心月斎という名を気に入っているようであるのでそれに倣《なら》った。権六《ごんろく》殿などは従五位下《じゅごいのげ》・修理亮《しゅりのすけ》となったことを大層喜んでいたので今後は修理亮殿とお呼びする。

「こんなに良い天気であるのに一人で鍛錬などしているものではない。相手が欲しくば後で勝蔵《しょうぞう》と忠三郎《ちゅうざぶろう》に相手をさせてやる」

「二人の相手が面倒臭いからここまで逃げてきたのですよ」

うんざりしながら言うと、父と心月斎殿が顔を見合わせて笑った。

元々俺は、本を読みつつその内容についてああでもないこうでもないなどとうんちくを垂れるのが好きな、頭でっかちな男である。だがこの頃、様々な機会を得て武を振るうことになってしまった。怯えながら、弱音を吐きながら懸命に積み重ねてきた武功は、年下の俊英《しゅんえい》たちの手本としてちょうど良かったらしく、妙に懐かれてしまった。勝蔵は森家の跡目を継いだ森長可《もりながよし》のことであり、忠三郎は相《あい》の夫となる蒲生氏郷《がもううじさと》のことである。顔を合わせれば一手御指南くださいと、二人ともうるさい。貴殿らは敵兵と直接斬り結ぶことなど考えず兵を指揮することを考えていればいいと言っても、では宇佐山《うさやま》での話を、長島《ながしま》での話を、伊勢《いせ》での話を、とせがまれてしまう。

「いったん手を休めて、座れ」

父から言われた。座れと言われてもどこに？　と問うべきか悩んでいると、父は側に控えていた者らに命じ、あっという間に小さな茶屋のような場所を設《しつら》えさせてしまった。以前、勘九郎《かんくろう》と話をした場所に似ている。あの時は母と古左《ふるさ》が設えてくれたのだったが。

「ささくれていた心が解かれるような気持ちであった」

藍色の敷物が敷かれた長椅子に座る。隣には父。杖をついている心月斎殿は、その杖を従者に預け、俺たちから少し離れた場所に座った。

「直子《なおこ》が考えたそうだな」

「左様です。母上が、自分の食う物でなく人に食わせるものであれほど積極的に動いたのを見たのは初めてです。愛されておりますな、父上は」

まあ、自分が食う分ももちろん取ってあったのであろうけれど、それにしてもだ。

「貴様も随分と骨を折ったと聞いた」

「いえいえ、俺は弟たちや重臣の方々にお声かけしたくらいで、大したことでは」

日ノ本の者が産まれ日を宴で祝うなどほぼ聞かない。その時々における帝や公方様の誕生日を祝うことはあれど、あれは祈祷であり祭事に近いものであろう。

そもそも産まれた日が何日であるのか記録に残っていない者も多い。だが、切支丹において生誕の日は重要な意味があり云々という話は聞いたことがある。変わった試みではあったが、新しいものが好きな父や変わり者の母が行うことであるからと、重臣たちも皆納得してくれた。昨日も頃合いを見計らって一人ずつ現れては父に言祝《ことほ》ぎ、父から酒を一杯頂戴して帰って行った。

「貴様には伊賀攻めを任せるぞ」

愛されていると言われたのが恥ずかしかったのか、父が話を変えた。よくあることなので気にせず、はいと頷く。動かせる兵力は少ない。だが俺は二年間自由にやらせてもらえた。手応えはある。伊賀衆も悩んでいるはずだ。亀裂は確実に入っているのだ。後は、詰めさえ誤らなければ。

「猿に負けるな。奴よりも先に伊賀を掌中に収めるのだ。さすれば貴様に伊賀一国を任せることができる」

「あの斉天大聖殿《せいてんたいせい》を相手に先んじるというのは、難しいですな」

斉天大聖殿と口に出したのは久しぶりだ。有能な人材が多くいる織田家の中ですら、やはり彼の才はひときわ優れている。

「弱気なことを言うな馬鹿者。伊賀を獲るのだ」

拳で肩をドンと押された。わかりましたと答える。俺は大坂を潰すと、返答があった。

「北陸の一向宗も、浅井《あざい》・上杉《うえすぎ》に締め上げられておる。五年十年と耐えることができたとしても、大坂に援軍を送るということはない。逆に坊官が派遣され統治の助けを受けている始末だ」

今が最大の好機であると父は言った。紀伊《きい》の東側は、徐々に織田家の勢力圏に落ちつつある。毛利家の支配する中国地方と、父と公方様の勢力圏である近畿との間に根を張る国人衆たちも、今回の勝利を見て織田になびくことだろう。大坂本願寺を降《くだ》すことができれば、織田家の天下がいよいよ現実味を帯びてくる。

「信方《のぶかた》の死は残念だったが、佐治水軍《さじすいぐん》が全滅したわけではない。与九郎《よくろう》と久右衛門《きゅうえもん》、お犬《いぬ》が二人倅《せがれ》を産んでいる。二人が佐治家を率いる歳になるまでは、俺や織田家の者らが佐治水軍をまとめる。九《く》鬼《き》水軍には今大型の船を造らせている」

「安宅船《あたけぶね》、でしたか?」

かねてより父が作らせていたものだ。石山《いしやま》すなわち大坂本願寺との戦いが始まってより、すでに足掛け四年の時がたっている。その間に父が悩まされてきたのは大坂の水運だ。阿波《あわ》三好《みよし》や三好三人衆《みよしさんにんしゅう》だけでなく、畿内の反織田勢力、雑賀《さいか》に根来《ねごろ》など、彼らが膨大な物資を素早く搬入できるのは、ひとえに摂津《せっつ》や和泉《いずみ》そして堺《さかい》といった湊《みなと》を活用しているからである。大坂城もまた然《しか》り。だからこそ、父は大型の船で川を塞《ふさ》ぎ、大坂への物資輸送を止めてしまおうと考えているようだ。

「面白いものができそうでな。できあがったら見せてやる。楽しみにしていろ」

母はいろいろな試みを行うし、俺も新しいことを始めようという気持ちは強い。だが独創性という点においては父に一歩譲らざるを得ない。その父が面白いものと言っているのだから、きっと面白いものができあがるのだろう。

「楽しみにしております。何とかそれまでに伊賀攻略の算段《さんだん》をつけてみせまする」

「そうか……」

答えると、しみじみとした口調で父が頷き、茶を一口啜《すす》った。それからおもむろに、俺に頭を下げた。

「父上?」

「礼を言う」

深々と俺に頭を下げた父は俺に言った。周囲を見回す。心月斎殿は何も見えていないかのように木漏れ日を浴び、気持ちよさげにしている。

「貴様は長男であり、そして才もある。才があるゆえ、不満もあろう。当主の座を本気で望むのであれば、勘九郎を押しのけることもできたやもしれぬ。だが、貴様はそれをせず、織田家の力となってくれた。礼を言っても言い切れぬ」

「以前、その話はしたではないですか」

あの時は確かもっと高圧的に、お前は織田家が欲しくないのかと聞かれた。勝っても負けても損をすると答えた記憶がある。その気持ちは今も変わっていない。

「そうだな、だが一度言っておきたかったのだ。俺は信玄入道《しんげんにゅうどう》ほど非情にはなれぬ。我が庶長子《しょちょうし》が貴様であったことは、僥倖《ぎょうこう》であった」

「お言葉ありがたく」

武田信玄が領国拡張の野心のために嫡男を幽閉し、さらには殺してしまったことは広く知られているが、信玄は家督相続の際に父親を追い出してもいる。父を追放した武将も息子を殺した武将もいないではないが、その両方を一人で成した大名は俺が知る限り信玄だけだ。

「伊賀を得たら何か欲しいものはあるか？」

すでに伊賀一国を俺に譲ることは決定事項のような物言いであった。しばらく考え、長島《ながしま》が欲しいと言った。

「長島？　あの地を得て何をしたいのだ？」

「母が以前行おうとしていたことを思い出しました」

お犬姉さんから聞いた話だ。母は日ノ本全土から自作の本を書いた者らを集め、大掛かりな直売会を開きたいらしい。そのために考えていた候補地は熱田神社《あつたじんじゃ》であった。あの時は、確かに熱田であれば行き来しやすかろうと思ったが、長島であればさらに良い。海から直接乗り入れることができる好立地であり、大小島々が入り組んでいる土地であるから移動も歩かず、船でできる。

「本好きの直子らしい考えだ。長島は本の、新しき学問の聖地となるやもしれぬな」

「いえ、そのようなご立派なものではなく」

父の言葉を、手を振って否定した。学術書であったり、壮大な文学書を並べるつもりはないのだ。もちろん、それがしたい者が多ければすれば良いのだが。

「某《それがし》が書いている『ゲン爺《じい》』のようなもの、母上が書いている楠木正成公《くすのきまさしげこう》と北畠顕家公《きたばたけあきいえこう》の恋愛譚《れんあいたん》のようなもの、そういった『学び』ではなく『遊び』の本を大きな規模で売ろうということです。二条《にじょう》河原《がわら》の落書《らくしょ》が如くに、今の世を虚仮《こけ》にするようなものとて禁止には致しませぬ。これまで、本は坊主ら賢《さか》しき者らのものでした。今後は虚《うつ》けどもこそ、本を読むという時代にしたいのです」

あれだけ凄惨な出来事が起こった場所であるのだから、滑稽が過ぎると言われるくらい面白おかしい場所にしてやりたかった。これ以上悲劇が起こることがないよう。悲劇が起こった場所であるからこそ、その結果このような馬鹿馬鹿しい時代がやってきたぞと誰もが笑えるように。

俺の話を聞いた父上は、しばらく考えるようにして、それから、ケッケッケ、とは笑わなかった。

「良き思案だ」

満足げに一言呟いた時の表情が、何となく父の心情を俺に読み取らせた。父は賢いゆえ、当主が迷うことの危険性をよく知っている。だから弱音を吐くということはほとんどないが、多分、そんな父の中にも後悔や躊躇《ためら》いはあったのだろう。凄惨な殲滅戦があったおかげで、長島は生まれ変わったということにできればきっと、父が背負っている荷も一つ軽くなる。

「遠山景任《とおやまかげとう》殿のお加減もいよいよ良くないようですね」

「うむ。もって今年一杯、あるいは今月すらもたぬやもしれん」

東美濃の国人衆である遠山家、織田・武田《たけだ》両属の姿勢である彼《か》の家に、織田家の男子を養子として送り込み、対武田に備えるという話は以前からあった。そのために白羽の矢が立っているのが弟御坊《ごぼう》丸《まる》だ。母も一緒についていくと言っている。

「徳川《とくがわ》殿・浅井《あざい》殿・そして母上。東と北はしばらく守れますね」

「ゆえに西と南だ」

頷いた。

そうしてしばらく話をしていると、勝蔵と忠三郎が現れ、又左《またざ》殿や佐々成政《さっさなりまさ》殿らが訓練をしているので是非にと誘われてしまった。父は行ってこいと言い、連れていかれた広場では相撲大会が開かれていた。見物者の中には相もおり、相はしきりに『そなたは兄上よりもお強いのですか？』と聞いていた。どうも強さについて俺が基準となっているようだ。相を嫁にもらう忠三郎は、俺を倒さねばならないと気合を入れており、是非とも一番、と言われた。妹思いの俺は一切の手加減をすることなく、猫だましや足払いといったずるい奇策を随所に織り交ぜつつ忠三郎を一蹴《いっしゅう》。その程度か、と叱責《しっせき》してやった。いつの間にやら後を追ってきた父上からは『お前は大人びているのか大人げないのかわからん』との言葉を賜った。お褒めに与《あず》かり光栄と答えると、褒めておらんと言われた。

相には、『兄上より弱い奴と婚姻などしてはならぬ』と忠三郎に聞こえる声で言い、そうして一日を過ごした俺たちは岐阜を出立《しゅたつ》、古渡城《ふるわたりじょう》へと戻った。

◇◇◇

「戦勝を、賀し、奉りまする」

俺が古渡城に戻った次の日、一人の客が訪ねてきた。深夜、何かに呼ばれている気がして寝所を出、中庭に出るとそこにその者はいた。どういう術なのかはわからないが、みごとなものだ。

「自ら来られるとは、ついに気持ちを決められたかな？」

中庭にて平伏するその男は、暗闇の中あえて火を灯して顔を上げ、自分の顔を映していた。何度か見たことがある。伊賀上忍三家《いがじょうにんさんけ》の一つ、百地家当主百地丹波《ももちたんば》だ。さぞかし老練な人物であろうと思っていたのだが、会ってみると俺よりも四つ年下で実に若々しい。身体能力は人のそれとは思えない常人離れしたものであった。

「お許しください。藤林《ふじばやし》家・服部《はっとり》家の説得は叶いませなんだ」

火を消し、百地丹波が俺に頭を下げる。そうかと答えた。時はかけた、これ以上ない好条件を与えた、長島殲滅という結果も見せた。それで従わないのであれば、もはや是非もなし。ことごとく討ち果たすまでだ。

「我が百地家は織田家に、文章博士《もんじょうはかせ》様に従います。以後、我らを家臣とお思い頂きますよう」

「ほう」

意外だった。伊勢もそうであったが、伊賀の国人衆は横のつながりが強い。伊賀・甲賀と言われると互いに争っているという印象があるが、彼らは山一つ隔てた隣人である。むしろ他国の介入、他勢力の触手に対しては一致団結して戦ってきた。此度も俺は全員と戦うか全員を従えるかの二択だと思っていた。

「同族の者もおろう、彼らと戦うことができるのだな?」

「この二年、殿からは常に約束通りの扶持《ふち》を頂戴して参りました。家中においてはむしろ織田家よりも村井家に仕えるべしとの声も強く、迷いはございませぬ」

頷く。ありがたい話だ。伊賀一国を敵とせずに済む。

「なれば一つ、試みたいことがある」

「試みでございますか?」

「そうだ、上手くいけば伊賀忍びたちから抵抗する気持ちを捨てさせ、彼《か》の地を長島の二の舞とせずに済むやもしれぬ」

「何なりと」

覚悟は決めてきただろうが、それでも同族と殺し合いをしたいわけではないのだろう。俺の言葉を聞いて百地丹波の声に力がみなぎった。

「比自岐川《ひじきがわ》、木津川《きづがわ》の位置は知っておるな？」

「もちろんでございます」

いずれも伊賀に流れる川だ。百地家が勢力を持つ名張《なばり》の北にあり、伊賀の中央やや南に位置する。服部家・藤林家の勢力はその北側となる。

「この地に築城し、俺の本城とする」

予《か》ねてより、伊賀を攻める際、最も効率の良い方法がどこにあるかを模索し続けてきた。伊賀一国を取り囲み攻め込む。これでは数万の兵が必要となる。むしろ伊賀の内部に織田の拠点を造ってしまい、そこで戦う方が良いはずだ。伊賀の南部が親織田派となったからには、不可能ではない。

「城、でございますか？　一体どのような」

「広大なものを造る。大河内城《おかわちじょう》以上を目指す」

大河内城、北畠家の本城である。それ以上という言葉を聞き、百地丹波が息を呑んだのがわかった。

「無理ではあるまい。貴様らが味方をするのだ。材木は密かに伐《き》り出しておいて、築城する所も決めておく。初めから大掛かりな城を造り上げろというわけではない。比自岐川と木津川が堀の一角となる。元々天然の要害であるのだ。地形を上手く使えば半月もかからず砦として使えるようになろう」

そうなった段階で俺が入城し、あとは北に圧力をかけつつ城を順次増築してゆく。

「できぬと思うか？」

「できぬとは思いませぬが」

「城ができた時、伊賀忍びはそれでも織田相手に抗《あらが》う気持ちを捨てずにいられるか？」

質問を変えた。答えはなかった。

「大和の北部も織田の勢力下にある以上、伊賀は取り囲まれている。この上で南に堅固な城ができたとなれば、戦わずに降伏する者も出よう。長島と違い、伊賀に対して織田家は降伏を認めている。城一つ建てることで無駄な血が流れずに済むのだ」

こちらとしても早く決着がつくにこしたことはない。

「かしこまりました。縄張りをし、取り急ぎ築城の用意を」

「縄張りのための指図《さしず》はすでに作った。貴様は働ける人間を集めよ。そして服部と藤林に怪しまれぬように動け。築城中に攻撃されることが最も怖い。いずれは露見するが、露見する時は少しでも遅めたい」

「承知」

「次来た時に金を渡す。行け」

そう言うと、百地丹波が音もなく消えた。

「さて……」

うまくいくかどうか。新参の家臣たちがどれだけ働いてくれるかによるところが大きい。

第六十八話　伊賀築城計画

「公方様《くぼう》に御子《おこ》ができましたか、めでたいことですな」

俺が言うと、三介《さんすけ》が、そうなのか？　と首を傾げた。木造具政《こづくりともまさ》をはじめとした旧北畠《きたばたけ》家の家臣、信紀《のぶただ》らの織田《おだ》家からの出向組、その他多くの家臣たちがいる前であるので、威厳を保ち、上座《かみざ》にて、あぐらをかいている。

「文章博士《もんじょうはかせ》よ、その方は本当に……いや、良い。男子なれば、御公儀《こうぎ》は盤石《ばんじゃく》。めでたいことである」

「仰せの通りにございます。北畠家は将軍家からも伊勢国司と認められた名門。また、此度《こたび》の御公儀の中興に多大なる貢献これあり。なればこそ、伊勢北畠家の益々の繁栄は約束されたも同然であるかと」

微笑みながら言うと、三介はうむ。と言い、俺の伊賀攻めについての質問を幾つかした。

「伊賀攻めの柱は、北から甲賀《こうか》を攻める羽柴《はしば》勢にございます。我らは山中を越え、わき側、後方《あとかた》からかき乱すことが必要かと。なれば、御本所《ごほんじょ》様におかれましては、何卒兵と銭とを御援助賜りますようにお願い申し上げまする」

「良きに計らうがよい。そちの行いは我が行いも同然、吉報を待っておる」

「ありがたき幸せ。必ずや、伊賀を降《くだ》してご覧に入れまする」

俺は名目上伊勢一国を預かり、実質的にも伊勢にて最大勢力である弟三介具豊《ともとよ》に金を無心しにきていた。話をすべき内容はそう多くなかったのでこれにて落着し、俺は失礼いたしますと言ってその場を去った。

「少々待っているようにと、御本所様が」

「言われないでもわかるさ。教えてほしいことが山ほどあると顔に書いてあった」

用事が済み、もはやいつでも帰れる状態になってから、俺はしばらく待たされることとなった。今回は景連《かげつら》も古左《ふるさ》もいない。代わりに俺の側についているのは、この度家臣として召し抱えた大木弥介《おおきやすけ》兼能《かねよし》。長島攻めの際、伏兵をけしかけ、危うく俺や義父上を殺しかけた知恵者にして強者である。

「我が殿は頼りにされておりますなー」

語尾が伸びる、あまり賢そうには思えない口調で褒められた。褒められているのかむしろ馬鹿にされているのかよくわからない言い方であるが、本人としては大いに褒めているつもりであるようだ。

「あのような偉い方々など、お身内ともろくに食事もせず、話もせず、他人と大して変わらないと拙者は思っていましたけれどなあ。殿は腹が違う弟君とも仲良しであられる」

「人による、としか言いようがないな。弥介のように、他人から受けた恩を返すために命を張るような者もおる。その一方で、親兄弟で殺し合うことも珍しくはない」

「そりゃ何とも、仰《おっしゃ》る通りで」

この弥介、長島で地獄を見たとは思えないほど明るい。性格は古左に似ているが、大きく違うのは古左は茶をはじめとし、多くの芸事を修めた多趣味な人物であるが、弥介はそういったことは一切できない。そのかわり、その辺の野草を摘んで薬を作ったり、道具もなく魚を獲ってきたり、交渉して物の値段を値切ったり、会ってすぐに人と仲良くなったりと、今日を生き延びるために必要な能力はことごとく身につけている。剣や槍、あるいは軍略は、そうやって徒手空拳で、実戦にて身につけてきたものであるらしい。野良犬の武、と自分では言っていた。俺と同い年で、大坂本願寺《おおさかほんがんじ》が蜂起した時から戦っていたそうだから、十代後半から最近まではずっと戦場に身を置いていたということになる。

家臣として働かないかと誘うと、最初は断られた。良い話とは思うが、戦いが終わったので自分がしたいことをしたいと。したいことは何かと問うと、綺麗な嫁を捕まえて幸せに暮らしたいと、何とも奥ゆかしいことを言った。その一言に惚れ込んだ、というわけでもないが、ならば戦場には出ず、輸送や伝令などの仕事でもよいのでどうだと誘うと、今度は悩んでくれた。最後に、嫁が欲しいと言うが具体的にどのように嫁を食わせてゆくのかと問うた。俺ならすぐにでも扶持《ふち》を与えられる。さしあたって永楽銭で五貫、これで身支度を整えると良い。その間にお前が暮らせる家を用意してやろう。そんなことを言うと、しばらく悩んだ後、よろしくお願いしますと言ってきた。死線においても冷静さを失わず、義理人情に篤《あつ》い豪傑。少し手柄を立てさせて百貫か二百貫くらいの禄を与えよう。

『殿はいつも金で人を買ってこられますな』

得意になって景連に報告すると、そんなひどいことを言われた。言われてみれば古左も金で引き抜いた。伊賀衆に対しても、基本的には二年間金払いを良くすることで信頼を得てきた。もしかして、俺は金で人の心を買う悪い奴なのか？　と少々悩んだ。いや、そんなことはないはずだ。恭《きょう》やハルを金でどうこうしたことはない。徳《とく》や相《あい》にも、懐いてもらうために金ではなく様々な工夫を凝らした覚えがある。それは確かに、甘い菓子を買うのに多少の金を使ったことはあるが。

「殿様?」

「ん? ああ、どうした?」

「御本所様が来られました」

内心で一人落ち込んでいると、弥介に声をかけられた。そうだ。三介を待っていたのだ。わかったと答え、弥介には馬小屋で待っているように伝えた。畏《かしこ》まりましたと言い、出てゆく弥介、それからすぐに三介が入ってきた。

「何が聞きたい?」

入ってくるなり、手に持っていた饅頭を俺に投げてよこした三介。掌《てのひら》に収まる程度のそれを口に入れながら訊いた。三介は俺の前にあぐらをかいて、いろいろあると言った。

「公方様に子供が産まれるのは、本当に良いことなのか?」

頷く。肯定したわけではない。思っていたよりも良い質問であったからだ。その質問を、先ほどは家臣の前であるという理由で呑み込んでいた。家臣の誰が公方様とつながっているのか、わかったものではないのだ。北畠家の新しい当主は公方様に子ができたことを危険視している。などという話が広まってしまうのは大層まずい。それがわかっている三介は少し成長した。

「逆に聞くが、公方様に御子が産まれて、我ら織田一門にとってどういう不都合があり得る?」

「そりゃあ、天下が公方様のものになっちまうだろう?」

三介の言葉。その通りだ。上洛戦以後、公方様は父のことを御父《おてて》と呼び、敬《けい》している。だが、だからといって勘九郎を弟とし、征夷大将軍の地位を譲るなどと言ったことはないし、考えたこともないだろう。あくまで受けた恩に対しての感謝の言葉であり、公方様が恩と感じるのは『足利幕府再興に対しての協力』だ。織田家が天下を獲ると言い切ってしまえば、公方様も足利の家臣たちも、ただちに織田の敵となる。

「女ならまだいいと思うんだ、俺は。だが男だったらまずいんじゃないのか?」

「女ならまだいい、という理由は?」

「勘九郎兄上か、その子と娶《めあわ》せればいい。公方様に男が産まれなければ俺たちの子か孫の代には、公方様の家に織田の血が入る」

「そうだな。その場合、幸いにして足利家は人を多く失っており、しかも公方様は、親戚筋と仲がよろしいとはいえない。平島公方《ひらじまくぼう》家とも十四代の座を争った。平島公方家は三好《みよし》家と昵懇《じっこん》であるし、今さら彼らに将軍職を奪われるくらいなら、父と姻戚関係を結び織田の後ろ盾を得ようとするであろう」

俺が補足するようなことを言うと、三介が成る程と頷いた。そうして、男だったらまずいよな? と俺に確認を取る。その心は? と、やはり俺は三介の言葉を促した。

「将軍職を継げるじゃないか」

頷いた。そう、その通りだ。将軍職を直接継げる子ができたとしたら、公方様は当然、その子を十五代将軍とすべく動くだろう。父上がその時どう立ち回るのか。たとえばお土《つち》の方が産んだばかりの女子、報《ほう》を嫁がせるという方法もある。報が産んだ子供が将軍となれば、父は将軍の外祖父だ。だが、父はそもそも将軍の権威などというものを本心で認めてはいない。あくまで自分が自由にできる天下を欲している。そのことについて、やはり三介は理解している。直接聞いたのか息子として肌で理解しているのか、どちらかはわからないが。

「もし男子が産まれたら、公方様は織田家を疎んじるようになると思うか？」

試しに質問をしてみると、三介は考える必要もないとばかりに頷いた。

「思う。俺は何回か公方様に会ってるが、多分あれは父上を本当に信用しているわけじゃない。坊主どもの方がもっと気に食わないから重宝して使ってるんだと思う」

「もし、公方様に男子が産まれ、紀伊《きい》まですべての寺社勢を駆逐したら、織田家はどうなる？」

「わからん。わからんけど、公方様とは戦うことになると思う」

「そうなったら、織田家は滅ぶか？」

三介が黙った。わからないようだ。三介も色々と考えるようになったなと、俺としては嬉しい。具体性には乏しいが大筋の流れとしては悪い読みではないのではなかろうか。

「確かに三介の言う通りだ。公方様と戦うおそれは常にある。天下の時勢は変わった」

上洛以来、公方義昭様と父は常に合力《ごうりき》して事に当たってきた。これまでは父も公方様も周囲を敵に囲まれ、両者の合力は必須であったのだ。だが、比叡山延暦寺を焼き、長島を取り囲んだあたりから、二人は守勢から攻勢へと転換した。となると、両者の視点は自然と上へ向かう。

畿内を制し、近畿を制さんとし、大坂攻めの後には恐らく四国や中国あるいは北陸に関東といった地域を攻めることとなるだろう。これまで棚上げにしてきた決着をつけねばならない。実力は父が上で、権威は公方様が上、そんな中途半端では許されないのだ。どちらかがどちらかよりも名実ともに上なのだと、天下に示さなければならない。そうしなければ、天下は収まらない。

「織田家にとって最悪であるのは、男子が産まれてすぐに公方様が織田家追討《ついとう》を命じることだ。そうなれば一色藤長《いっしきふじなが》殿や三淵藤英《みつぶちふじひで》殿、細川藤孝《ほそかわふじたか》殿はもちろんのこと、十兵衛《じゅうべえ》殿・和田惟正《わだこれまさ》殿・弾正少弼《だんじょうのしょうひつ》殿・池田勝正《いけだかつまさ》殿・畠山高政《はたけやまたかまさ》殿あたりもどう出るかわからん。皆少なからず御公儀の力で所領を得ているし、名目上御公儀の直参《じきさん》である者も多い。場合によっては浅井《あざい》家と徳川《とくがわ》家が敵に回る可能性すらある」

キュッと、三介が口元を引き結んだ。危機感を覚えているらしい。しかしどうすればいいのかは、わかっていない。

「俺は以前、上洛の直後に父上に申し上げたことがあった。公方様とは対立すべきではないと。公方様との対立は少しでも先延ばしにすべきと」

あの時父は、自分の方針を引っ込めて俺がやりたいようにやらせて下さった。

「此度も、俺は対立を先に延ばすべきと考えている。公方様に男子が産まれたのなら永《えい》か報《ほう》を娶《めあわ》せ、女子が産まれたなら於次丸《おつぎまる》か、お鍋《なべ》の方が産んだ三吉《さんきち》を婿とし、織田家は足利家の忠臣であるという体裁を保ち続ける」

「でも、それでは長くは保《も》たんだろう?」

「長くは保たずとも、織田家の力を隠しきれなくなるまで保てば良い。ということだ。仮に紀伊までもすべて征し、四国中国に関東まで征したとしよう。その時に今言った者らが織田家に歯向かってきたとしても、すでに織田家は独力でそれらを討伐するだけの力を持っている」

織田家の力が中途半端に強い今だから、公方様が侮《あなど》れないのだ。圧倒的に強くなってしまえば、どれほどの権威があろうとどうしようもなくなる。

「もちろん、今言ったことは俺の考えだ。父上はそうお考えではないかもしれぬ。大坂本願寺を攻め落とした後には公方様に迫り、征夷大将軍の職の返上を求めるかもしれぬし、京から追い出すのかもしれぬ」

三介が納得したような表情となった。恐らく、三介の性格からすればとっとと公方様とは決着をつけてしまいたいのだろう。

「父上と公方様はすでに背中を預け合う間柄ではない。互いに手を握ったもう一方の手で、どちらが先に刀を抜くかわからん。俺が伊賀攻めを急ぐ理由はこれだ。お前は伊勢を固めろ。家臣に目を光らせ、国を富ませ石高を少しでも高めろ。今年中に俺は伊賀を織田のものとするつもりだ」

わかったな、と俺が言うと、三介がコクコクと頷いた。俺は伊賀のことを考える。三介は俺と、紀伊を攻める彦右衛門殿が動きやすい状況をつくってくれればよい。

用は済んだからと、俺は大河内城《おかわちじょう》を辞した。

◇　◇　◇

「慶次郎《けいじろう》殿と助右衛門《すけえもん》殿が、お戻りになられましたぞ」

「通せ」

その日の夜、味の濃い漬け物をおかずに飯を食っていた俺は、報告をしてきた景連の言葉を聞き、即、返した。古左《ふるさ》と、弥介も連れてこいと伝える。味噌汁に米をすべてぶち込み、サラサラと飲み込むように食い、大きなげっぷを一つした頃に、ちょうど家臣連中が集まってきた。

「首尾《しゅび》は？」

「上々にて、ご納得いただけると思いますぞ」

前田慶次郎利益《まえだけいじろうとします》。奥村助右衛門尉永福《おくむらすけえもんのじょうながとみ》。俺とともに紀伊半島を旅し、そのまま関東へと向かったという二人も、このほど織田家に戻ってきて俺の家臣となってくれた。関東から東北、蝦夷地《えぞち》の手前まで行って今度は中国地方へ。さらに下って九州をひと廻りしてから四国へ渡り、淡路島《あわじしま》から大坂本願寺を見学し、そうして今は伊賀だ。日ノ本をもれなく一回り。二人の珍道中についての話もまた面白いものなのだが、ひとまずおいておく。今は、紆余曲折《うよきょくせつ》を経てここに来てくれたことが重要だ。慶次郎が唯一頭の上がらぬ存在、義父である利久《としひさ》が言ってくれたらしい。俺のもとに出仕した日は『とうとう人様に仕えなければならん日が来たか』と不貞腐《ふてくさ》れていたが、翌日からは俺を殿と呼ぶようになり、むしろ周囲の規範となるような家臣ぶりだ。

「築城を目指すべきは、やはりこのあたり」

比土《ひど》・上林《うえばやし》・依那古《いなこ》。伊賀の中心をうかがう地名を幾つか挙げ、築城するにふさわしい地を示す。

「柏原城《かしはらじょう》とはかなり隔たり（距離）があるな」

「近すぎては意味がございませんからな」

柏原城は伊賀の南端にあり、北以外の三方は山に囲まれた、百地家の居城だ。仮に北からの侵攻軍が伊賀を呑み込もうとするのであれば、柏原城が最後の砦となるだろう。

「いずれも近場に川は流れておりますので、羽柴《はしば》殿が墨俣《すのまた》で行ったことの真似はできますが」

日ノ本を旅してきた二人にはその経験を活かし、伊賀のいずれに築城すべきかを調べてきてくれと頼んでいた。戦に詳しく腕っ節も強く、怪しまれづらい上に旅慣れている。これ以上の適任はいなかった。

「あれは川並衆《かわなみしゅう》という秀でた腕を持つ者らがいたから成せたことである。美濃《みの》と違って、我らには土地勘《かん》もない。教えは受けるが、あれほど見事な手並みでいくとは考えぬ方がよかろう」

慶次郎の説明を聞き、答える。川並衆とは、卓越した水運の技術を持った、木曽川《きそがわ》沿いの土豪《どごう》らだ。蜂須賀小六《はちすかころく》もその一人である。なるべく血を流さぬようにと思いついた築城計画であるが、具体的に話を進めれば進めるほど、そう簡単ではないと思い知らされる。当然、何らかの策略が必要だろう。

「材木は山中で密かに伐《き》り出し、人は百地家から借りる。縄張《なわば》りについても、伊賀の者の助けを借り、織田方につかない伊賀国人衆に襲われた時のために、兵は常に用意しておく。とりあえず思いつくのはこの程度だな」

「うまくいきますかなぁ」

「うまくいかせるのだ」

「然《しか》り然《しか》り」

弥介が呑気《のんき》な声を出し、景連が叱るように答えた。古左は飄々《ひょうひょう》と頷く。確かに、できるかできないかではなく、やらねばならぬことだ。

「この築城が成功するかしないかで、伊賀が長島以上の地獄となるかならぬかが決まる。皆、心《こころ》してくれ」

◇◇◇

六月の頭に、伊賀にて築城を開始する。

第六十九話　築城戦

「成る程、これは確かに、聞いてみるとやってみるとでは勝手がまったく違うな」

元亀《げんき》四年六月八日、伊賀国《いがのくに》に築城を開始した俺は、その初日にそんな弱音にも似た感想を漏らした。

『川の上流で、符号をつけた木を流し、下流で受け取ったならばそれらの符号に合わせて木を組み合わせる』

羽柴《はしば》殿の家臣である蜂須賀小六正勝《はちすかころくまさかつ》や前野長康《まえのながやす》ら、今では『墨俣一夜城《すのまたいちやじょう》』と名高い名築城を直接指揮した者から教わったやり方を踏襲し、此度《こたび》の築城に役立てようとしている俺。その草案《そうあん》の段階で意見を出していたこともあり、聞けば自分でもできるだろうと高を括《くく》っていた方法であるが、しかしやってみると思ってもみない問題が次々に発覚した。

「符号をつけた木が合わなくなるとはなあ」

弥介《やすけ》がやれやれと頭を掻《か》きながら呟いた。原因は、上流から流す間に木材が水を吸ってしまったせいだ。考えてみれば、築材として使われる木材は、長ければ年単位で天日に干され、カラカラに乾いた状態で使用される。水に流して運ぶなどということは、もってのほかなのだろう。

「羽柴殿はどのようにしたのでしょうな？」

「濡れてもよい築材でいかだを作り、濡れてはならぬものはその上に載せた、ということでは？」

古左《ふるさ》が考え、助右衛門《すけえもん》が答えた。助右衛門の答えに、ああ成る程と周囲の者たちが頷く。俺もその一人だ。

「人ばかりが多く、彼らが遊ばされておりますな」

「組を小分けにして場所ごとに仕事に当たらせたのではなかったか？」

慶次郎《けいじろう》の言葉に、質問を返した。かつて清洲城の石垣修理をした際に、羽柴殿がとった方法だ。早かった組のものには賞金を出し、できあがったらさらに褒美を出す。競わせつつ、合力《ごうりき》もさせる良い方法だと、その頃の俺は唸《うな》り声を上げたものだが。

「指示を出す者が、何をどうしたらよいのかわかっておりませんな。この地について詳しくもなく、定まった型のある屋敷を建てているわけでもない。この地形でしか造れぬ唯一無二の城造りです、多少悩むことがあったとしても、責められますまい」

慶次郎からの返事に、成る程と言いながら眦《まなじり》を掻《か》いた。

それから一日もたつと、彼らの動きも大分良くなってきた。地元の人間や連れてきた職人たちからの指示を受け、皆よくよく真面目に働いてくれている。縄張りも適当に行ったわけではない。地図も用意してあるし、中心となる主郭《しゅかく》と曲輪《くるわ》の配置や大きさ、形や高さ、堀となる川の深さや幅などもすべて把握している。後に追加で建てられる住居の規模、形も設計できている。尾張古渡《おわりふるわたり》に城を建てろと言われているのであれば、きっとしっかり仕事をこなせているだろう。いちいち手間《てま》取ってしまったとしても、すぐにやり直せばよい。母が言うところの『トライアンドエラー』なる方法だ。挑戦し、間違ったところはその都度修正し再度挑戦する。実際、五日ほどすると皆の動きは格段に良くなった。人足として雇った地元の者たちは、金と三食を約束さえすれば言った以上の仕事をしてくれたし、古渡の兵たちは、この二年をともに戦ってきた者たちゆえ、連携は取れている。

そうして、ようやく築城のめどが立った六月の二十一日。

「伊賀勢二千が、城を打ち壊さんと向かってきております」

間者として早くも仕事をしてくれるようになった百地丹波《ももちたんば》とその一党からの報せ《しら》により、築城の手は止まった。

「攻め手は？　まさか甲賀衆《こうかしゅう》まで全員やってきたわけではないな？」

「はっ、神戸《かんべ》・上林《うえばやし》・比土《ひど》・才良《ざいりょう》・郡村《こおりむら》・沖《おき》・市部《いちべ》・猪田《いだ》・依那具《いなぐ》・四十九《しじゅく》・比自岐《ひじき》の十一人衆が集結している模様にて」

その報告を聞きながら伊賀の地図を見た。十一人衆全員が伊賀中央部からやや北まで、すなわち地元の土豪だ。地元民がそれぞれに手勢を引き連れてやってきた、ということらしい。

「慶次郎《けいじろう》、兵二千とは、織田家の見立てを遥《はる》かに超える数だ。伊賀はそれほどまでに石高《こくだか》があったのかな？」

伊賀はせいぜい十万石というのが織田家の見解であった。そこから百地一族が離脱し、北伊勢は常に羽柴殿からの圧力を受けている。片手間に二千など用意できるとは思っていなかった。だが、質問すると、慶次郎は鼻で主君を笑うという大変な無礼を働きつつ、頭でっかちな考えですな、とのたまった。

「決まった頭数を割り当て駆り出したわけではござらぬ。このままでは伊賀が滅ぼされると恐れを抱いた者らが一族総出でやってきたのでござる。長島一向門徒と戦った殿であればおわかりかと思っておりましたが」

「成る程、確かにその通りだ」

「おわかり頂けたのなら重 畳至極《ちょうじょうしごく》」

「褒美に先陣の誉《ほま》れを与えよう。単騎駆けにて敵を蹴散らしてきなさい」

「拙者に死ねと仰せかな?」

「わざわざ嫌な言い方をするからだ」

などと、慶次郎と小競り合いしていられたのもそこまでで、俺たちはただちに築陣を中止し、雇い入れていた人足、それから人足として連れてきていた者たちを東側、すなわち伊勢側の山へと逃がした。伊賀の山奥にて戦ってきた経験ならば豊富な我が古渡勢である。敵勢の襲撃に慌《あわ》てることはなく、整然と防御態勢を整えた。


「お味方千二百。敵勢はまとまらず、それぞれ一族ごとに攻めかかってくる模様にございます」

「十一の手勢がそれぞれにか」

百地家の忍び、四郎からの伝令に景連が答える。何ともやりづらそうだ。俺としてもやりづらい。遊兵《ゆうへい》、すなわち何もせず無為に過ごしている兵を作《つく》らぬことが軍を勝利に導く上での鉄則だ。そのためには兵を小分けにしてはならない。どれほど優れた将であっても、同時に二ヶ所では指揮が執《と》れない。複数の手勢が同時に攻撃を仕掛けるには、綿密な打ち合わせが必要なのだ。ましてや十一部隊など、数的優位を持つ者が分ける数ではない。兵の邪道《じゃどう》だ。だが伊賀の兵はそれをする。その方が強いという確信があるのだろう。となれば、俺たちが知っている兵の常識は通用しないということだ。

「慶次郎、助右衛門と兵三百を預ける。叩けそうな敵を叩いてきてくれ」

尋常でない敵には尋常でない味方をぶつける。俺が言うと、慶次郎は一番手柄を頂戴すると楽しげに笑い、槍を手に取った。

「弥介、お前も三百を率いて人足たちを安全な場所まで逃がしてきてくれ。今日の仕事はもうない。扶持は一日分支払うように」

「よろしいので？」

「こちらの都合で仕事がなくなったのだ、仕方があるまい」

金払いはしっかりしている村井重勝《むらいしげかつ》という評判があるのだ、金で名を買うと思おう。

「いえ、そうではなく。新参《しんざん》の某《それがし》は最も危険な先陣に送られるものとばかり」

俺が答えた場所と違う懸念を抱いていた弥介が言う。

「なるべく先陣には出さぬという約束でお主《ぬし》を家臣にしたのだ。ここまで敵が迫ったのなら戦ってもらうが、まだそこまで追い詰められてはおらん」

言うと、律儀ですなあ、と感心したように笑った弥介が首を垂れ、そして駆け出していった。残る兵は早くも半分だ。

俺たちは今、ひらがなの『と』の二画目のような半円状の川に囲まれた中央部におり、敵は南北から近づいてきている。とはいえ、俺にはどこにどう敵兵がいるのか見えてはいない。弥介は人足たちに鬨《とき》の声を上げさせ、旗指物《はたさしもの》を掲げながら東へと逃げてゆく。敵からすれば本隊が移動しているように見えるだろう。

慶次郎はといえば、無造作にも見える動きで北へと進路を取り、何の躊躇《ちゅうちょ》もせず川を渡って対岸へと出た。それから先にどうなったかはわからない。本陣に残る六百に対し、敵が打ちかかってきたからだ。

「射掛けよ！」

渡河し、野戦に持ち込もうとしてきた敵前衛を、こちらの弩兵勢が攻撃する。命中率で言えばすでに弓兵勢より鉄砲勢よりも高くなっているのではないだろうか

伊賀兵たちは、竹で作ったらしい盾《たて》を使用し弓を防いだ。損害は軽微だ。しかししつこく矢を放っていると、やがて渡河を諦め、撤退していった。

「敵襲！」

敵の第一陣を凌《しの》いだ。と思ったその瞬間、やや西寄りから敵が現れた。すでに川を渡り、未完成の城に肉薄しつつある。

「地の利、敵方にありか」

恐らく、川が浅く渡りやすい場所を知っていたのだろう。いったん撤退した正面の兵も、再び前進を始めた。

「景連は射撃を止めるな。古左、俺に続け！　斬り合いにて伊賀兵を打ち破る！」

渡ってきた敵兵は百余り。こちらは六百で、景連に半分預けても三百、三倍だ。後続がやってくる前にこれを蹴散《けち》らす。

「大将首はここだ！　討ち取って手柄としたい者はおらんか⁉」

馬上にて叫び、前進した。古左を正面に、左右からも押し包むような、鶴翼《かくよく》の陣で迎え討った。伊賀兵は鉄砲や矢を使用してこなかったが、紐を上手く利用してみごとに石礫《いしつぶて》を飛ばしてきた。遠距離攻撃としての石礫は武田家の兵も得意としている。石コロといえど馬鹿にできたものではない。とはいえ引くわけにもいかない。

「怯むな！　前進せよ」

後手に回っていると、後方からさらに敵が来てしまう。早めに蹴散らし、急ぎ戻らなければ、景連の率いる手勢が直接攻撃されてしまう。俺は馬を川へ進め、戦線を押し上げた。この場だけで言えば迎え討つではなく、包囲殲滅《せんめつ》するくらいの気持ちだ。利あらずと見た伊賀兵は無理をせず撤退。こちらも追い討ちはせず、ただちに取って返した。五百程度の敵兵が竹の盾を前面に押し出し、ジリジリと前進しつつあった。景連が呑み込まれるよりも先に、俺が率いる二百五十が敵と景連の手勢の中央に入り、槍衾《やりぶすま》を作る。そして、敵側面から古左と五十ほどの兵が斬り込み、揺さぶった。

「槍衾の後ろから援護が来るのは、やはりよいな」

敵兵からすれば左翼から古左、中央から右翼にかけてを弩兵に攻撃されている格好だ。俺の二百五十は微動だにしていない。だが、敵が撤退したのと同時に追撃を仕掛けようと思っている。それをわかっているのだろう。なかなか引こうとしない。

しばらく膠着《こうちゃく》状態が続き、状況を打ち破ったのは敵だった。後方からさらに五百が現れ、前進を始めた。それに合わせるように前線の五百が引いてゆく。俺は手勢二百五十を前進させ、追撃する。敵の前衛五百と、後軍五百が合流してしまえば形勢は逆転するので、川の中央あたりまで。そこで、古左の手勢も含めて全軍を引き揚げさせた。仕切り直しだ。仕切り直されてしまえば向こうの方が多い分優勢だろう。そう思っていると、敵後方の山地から多数の旗指物が現れ、鬨の声が上がった。

「いつの間に後詰《ごづめ》を？」

景連の言葉に、首を振って答える。俺は知らない。撤退させた人足たちを、恐らく敵軍は本隊だと思っているはずだ。ゆえに此度の戦いは両軍ともに味方の方が少ないという認識で争っている。実際に兵が少ないのはこちらだ。北に慶次郎を送った。弥介が戻ってくるまでにはもう少し時間がかかるだろう。他にありそうな援軍は。

「ああ、成る程」

考えていると、一つ答えに行き当たった。伊賀には俺に味方をしてくれる勢力がある。直接、戦闘はせずとも、後方かく乱やあのような偽兵戦術は得意中の得意であろう。

「後詰二千が来た、一気に殲滅する。と言いながら川を渡るぞ」

そうして、俺たちが追撃を開始すると、伊賀兵たちはこれぞ忍者の面目躍如《めんもくやくじょ》とでも言わんばかりの見事なる撤退を行い、消えていった。

同じ頃、北側の戦闘では、味方に倍する敵兵を打ち破り縦横に暴れていた慶次郎の手勢と、戻ってきた弥介の手勢が合流していた。彼らは戦闘を程々にして引き揚げ、味方の損害を最小限に食い止めつつ帰陣。初日の戦いは、勝敗つかず、織田勢やや優勢にて終了した。

◇◇◇

翌日からの五日間、俺たちは小競り合いを繰り返した。築城の手は止められたが、陣を守ることは成功し、どちらにとっても戦略的な目標が達成できず、痛し痒《かゆ》しな時間が続いていた。と俺は思っていたのだが。

「成る程、あれが狙いだったか」

戦いが始まって七日目の早朝、西の方を見ながら呟いていた。これまでの戦闘で、敵は南北から川を渡って攻め寄せ、東側には非戦闘員が逃げた。残る西側にある山に、砦が建てられつつある。

「あの山、名は何と?」

「地元では丸山《まるやま》と呼ばれているそうです」

聞くと、四郎がそう答えた。

「一夜城を、見事にやり返されましたなぁ」

間延びした弥介の言葉に、そうだなあと答える。景連からは、どういたしますかという質問があった。

「敵がどう出てくるかによるな。四郎。どうだ?」

「城には後詰が集まり、現在四千近くまで膨れ上がっております。すぐにでも攻めかかってきましょう」

「あの砦を奪い取ることができれば形勢は逆転するが。どうだ？　ここが攻められている間に全軍で山へ登り、奪い取る。できそうか？」

聞きながら周囲を見回す。慶次郎は面白そうな表情をしていたが、それでもできるとは言わなかった。他の家臣たちの表情は推《お》して知るべしだ。

「我が手勢、この未完成の城で、四千からの攻勢を凌げると思うか？」

聞くと、代表するかのように景連が一歩前に出た。無理ですと一言。そうだな、俺も無理だと思う。

「ならば是非もなし。築城は失敗した。撤退し、城を焼き払う」

その言葉には四郎だけが反応した。引き際がよすぎると思ったのか、もったいないと思ったのか、だがいずれにせよ、ここで無理して戦えば味方が全滅してしまう。大敗する前に逃げ出すことができたならば、攻め込んで帰ってきただけ、すなわち引き分けだ。

「伐り出した築材はまだまだあったな。よく燃えるだろう。余った弾薬などあったら撒《ま》いておけ。四郎、戦闘が始まったら敵に一つ噂を流せ。北で羽柴勢の大侵攻が始まったと」

この情報は嘘ではない。あらかじめ聞いている話によれば、今日か昨日には軍が発しているはずだ。羽柴殿は、すでに万の兵を預かって指揮した経験もある。大将には信包《のぶかね》叔父上。伊賀勢としては俺を追撃している余裕などなくなるだろう。

「敵が前進を始めたと」

ちょうどその時、物見《ものみ》からの報告が入った。俺は全員に指示を出し、今日中にここを引き払うことを改めて伝えた。そしてその日の正午前、造りかけていた城は炎上、俺たちは一目散に東を目指し、その日のうちに伊賀伊勢国境を越えた。

◇　◇　◇

「伊賀勢も撤退を開始しました」

翌日の夜明け前に、続報が入った。羽柴勢南下の報を受けた伊賀中央部の土豪たちは、建築したばかりの砦を放棄し、これを破却。ただちに北へと取って返した。国を守らんと力を振り絞ったその総兵力は八千。明らかに伊賀という国が持つ全力を超えていた。

「出陣だ」

そうして伊賀が全土戦時体制となった翌日、俺は全軍に召集をかけた。全軍、それは織田のではもちろんなく、伊勢のでもなく、村井重勝《むらいしげかつ》の兵全軍という意味での全軍だ。総数は六百。金で雇った兵はいない。本当の意味での家臣たちだ。

「俺、嘉兵衛《かへえ》、蔵人《くらんど》、景連、古左《ふるさ》、慶次郎、助右衛門《すけえもん》、弥介《やすけ》で、八つの手勢に分ける。それぞれ百地《ももち》丹波《たんば》が手の忍びに先導をしてもらい、取り急ぎ丸山城へと向かう。到着次第あらかじめの取り決め通り、築城を開始する。築城のコツはもう掴んだな？」

聞くと、前回戦場に出ていた将は全員が頷いた。古渡城《ふるわたりじょう》から呼び寄せた嘉兵衛や蔵人も、兵たちから逐一報告は受けている。わからないということはないだろう。

「ありがたくも、あの地にて最も築城に適した場所を伊賀衆が教えてくれた。四千人が踏み固めて地ならしも終わっている。焼き払われた遺構が築城の助けにもなるだろう。実地で経験も積んだ。あとは城を築くのみ。北に目を奪われた伊賀国人衆が取って返してきた時に、籠城戦が行える程度であればよい。ゆくぞ」

一同の声が重なる。手勢を分け、進軍を開始したのとほぼ同時に、助右衛門から訊かれた。

「すべて、文章博士様《もんじょうはかせ》の掌《たなごころ》の上ですか？」

「馬鹿を言うな。本当に掌の上であれば、一回目の築城で成功し、築陣されたのと同時に丸山城も奪い取っている」

こんなに手間と金がかかることをしなければならない程度には、俺だって追い詰められていたのだ。

俺の返答を聞き、助右衛門が快活に笑った。

こうして、後に織田家を守った城として名を残す丸山城を手に入れた俺は、以後伊賀守《いがのかみ》と呼ばれるようになる。

第七十話　伊賀から石山へ

丸山城《まるやまじょう》の築城については、墨俣一夜城《すのまたいちやじょう》のような特別な方法を取ることはなかった。伊賀《いが》・甲賀《こうか》の忍びや国人《こくじん》、あるいは惣と呼ばれる者たちは皆北を見ており、百地丹波《ももちたんば》の手引きにより古渡《ふるわたり》勢が丸山に入った段階では、俺が再度伊賀に侵入したことに気がついてもいなかった。

半月、山中にて築城作業を行った。人足は誰一人雇わず、まるで山賊が隠し砦《とりで》を建築しているかのようであった。気持ちの上では、赤坂城《あかさかじょう》に立て籠もる楠木正成公《くすのきまさしげこう》であったけれど。

最初は山の最高所に天守を建てた。もちろん、それは名ばかりのもので天守などと呼べば笑われてしまうような代物であったが。だが山の頂に置かれ、本丸のさらに中心を陣取るそれは、確かに天守であったと俺は思う。

それを中心に石垣を積み曲輪《くるわ》を設け、七月の半ばには六百の兵が籠《こも》って戦うことができるまでになった。その段階で、ようやく俺は周囲の村落に住む住民を雇い、普請《ふしん》の手伝いをさせることができた。集められたのは前回の戦いで弥介《やすけ》が逃がした者らだ。彼らもまた、ひと月前に築城手伝いをしたばかりであり、動きは前回と比べて格段に良かった。

俺が再び築城していると気がついた伊賀衆。大々的に村井《むらい》家の家臣となったことを表明した百地《ももち》家。百地丹波は一族郎党三百名ほどを連れて普請の手伝いをし、伊賀衆甲賀衆の全員に降伏の勧告を行った。今であれば領地は保てると。

◇◇◇

八月、羽柴《はしば》勢との戦いから伊賀衆が撤退。取って返して丸山城を目指した。その頃には、丸山城は西・南・北の尾根と丘陵斜面などの地形を利用し、大小の平坦地を設けた一端《いっぱし》の城郭《じょうかく》となっていた。本丸周辺は防御を強く意識して縄張りを行い、大小の曲輪はすでに十を超えていた。特に南側では、二段からなる帯曲輪《おびくるわ》を設けた。残る三方は川が走っており、この段階で、俺としては六百の古渡勢と三百の百地兵があれば、四千程度の敵を相手に十分な籠城戦ができるという自信があった。

「敵兵、およそ千五百」

四郎からの報告があった八月三日、俺はすでに大勢が決したことを悟った。前回のように、伊賀衆全員がなりふり構わず全力でかかってきたのであれば、まだ丸山城陥落の可能性はあったのだ。もちろんその場合でも俺は勝算のある手を打ってはいた。だが、千五百であれば手を打つ必要もない。

「囲まなかったのは誰だ？」

丸山を囲もうとする者ではなく、それに従わなかった者たちについて俺は聞いた。千五百しか集まらなかったということは、いずれかの者が兵の招集を拒否したということだ。

「百地家と、それに従う南部伊賀国人衆・忍者衆は皆出兵を拒否、殿に忠誠を誓ってございまする。伊賀上忍千賀地服部《ちがちはっとり》家の姿も見えませぬ」

となると、大将は当然三上忍筆頭《ひっとう》の藤林長門《ふじばやしながと》。思っていた以上に人が集まっていないようだ。

「わかった。百地丹波には戦の後褒美を与える。領地は与えられぬが金銭と物で埋め合わせよう。これは雇い主として払う扶持ではないぞ。主としての褒美だ。此度、百地家の要請に応えて出兵を拒否した者らに対しては、織田家に仕えることを許し、所領安堵」

四郎に言い、その場で書状を作った。百地家以外の者らをよく知らないので、百地丹波の存念次第と一筆したためる。四郎は満足そうにし、忝《かたじけの》うございますと頭を下げていた。

この四郎、百地丹波の弟子であり手の者という認識をしていたが少々違った。もちろん弟子でもあり手の者という認識でも間違ってはいないのだが、腹心でもあり右腕でもあり、一つ年下の弟分でもある。父にとっての信広《のぶひろ》義父上のようなものだ。前回の戦いにおいて、旗指物を立てて偽兵の計略を行ったのもこの四郎の独断であり、それが認められている。

「お主《ぬし》に対してもいずれ褒美を取らす」

四郎の去り際にそう伝えると、幾らか驚いていたようだった。

百地丹波に対して書状を送ったのと同日、俺はそれ以外の伊賀衆に対しても書状を送った。藤林長門に対しては、今すぐに降伏すれば所領の没収のみで許すというもの。服部ら、城を囲みもせず、織田家に味方もしていない者らに対しては今すぐ降伏すれば所領は安堵するというもの。およそ囲まれている側が書いたとは思えないような居丈高な書状であったが、効果はあった。丸山を囲んだ敵兵からの攻撃が一切なくなったのだ。対織田家強硬派の者たちですら、このような有様だ。すでに伊賀のまとまりは無きに等しい。

それから二日後、丸山を取り囲む藤林長門らの兵は引き揚げていった。理由は二つ。一つは俺からの要請を受けた伊勢北畠《いせきたばたけ》家の軍勢三千が伊賀国境に現れたからだ。大将は津田一安《つだかずやす》と滝川雄利《きたがわかつとし》。津田一安は織田一門、滝川雄利は伊勢国人の出で、ともに三介の重臣だ。

もう一つの理由は甲賀衆の敗北。伊賀衆が撤退したからといって羽柴《はしば》勢が休んでくれるはずもない。むしろ攻勢を強め、数を減らした敵軍を打ち破った。

この状況を見て、千賀地服部家とそれに従った伊賀衆が降伏を受け入れ、人質を連れて丸山城へとやってきた。俺は、手紙を書いた時点での『今すぐの降伏』になっておらず領地を没収すると言い、それを百地丹波が止め、服部らの所領については一時棚上げとなった。翌日、俺は丸山城普請、街道整備などを服部家に命じた。当然費用は服部家の持ち出しだ。所領は安堵するが、服部家の蔵はしばらく空になるだろう。

もはや抗することもできないと理解した藤林長門とその一党は伊賀を脱出、同じく甲賀から逃げ出した六角承禎《ろっかくじょうてい》・義治《よしはる》親子と共に本願寺へと逃げた。俺は追撃することなく逃げ出した藤林らの旧領を接収、これにて伊賀は織田家の領地となった。百地家とそれに従った者たちを除き、伊賀衆に対しては丸山城普請と街道整備を命じた。街道は近江路《おうみじ》や伊勢路《いせじ》にも造らせた。道幅は広く馬がすれ違ってもまだ余裕があるように。完成すれば、もはや伊賀が再び離反したとしてもそう簡単に守ることはできなくなる。

丸山城普請については、父が三層の天守を造り、壮大な拵《こしら》えをしろと命じてきた。伊賀忍びたちを始めとした国人を心服させるために必要という理由ももちろんあるが、大坂本願寺や高野山《こうやさん》に対して

の圧力としても使うつもりらしい。織田本家と北畠家から資金が援助され、建築は俺が思っていた以上の速度で行われた。

天守台の広さは六間四尺（約12ｍ）四方の広さがあり、加えて南と北には一段低い方形の張り出しを加えた。天守台の斜面に石垣を築き、これでもって天守閣が完成した。その天守閣を戴《いただ》く本丸は東西幅最大で約三十三間（約59・４ｍ）南北幅最大で約三十九間（約70・２ｍ）の歪《いびつ》な平坦地の上に建てられた。天守閣が建てられたのはその西部分で本丸周辺には高低差約二間半（約４・５ｍ）の帯曲輪が巡り、前述した南方の帯曲輪も大いに強化された。本丸の出入り口、すなわち虎口《こぐち》は東側で、その周辺には二条の土塁《どるい》と横堀によって防御された武者隠しがあり、侵入経路をところどころ屈折させ、横矢が効くようにさせた。本丸の北側にも虎口があり、これは裏口のようなものである。その先には堀切《ほりきり》と土橋からなる馬出し状の大曲輪を作り、さらに北側には小曲輪と、本丸の構えはまさに鉄壁だ。

本丸の西には二の丸を、南には三の丸を造り、そこまでの山道は九十九折《つづらおり》と呼ぶにふさわしい道が出来上がった。さらに、比自岐川の対岸には城を二つ作った。西側の城には前田蔵人城《まえだくらんどじょう》と名を付け、城主に前田利久を、東側の城には大宮大之丞城《おおみやおおのじょうじょう》と名を付け、城主に大宮景連を指名した。二の丸は百地丸、三の丸は古田丸とした。嘉兵衛は筆頭家老でもあり城代としていてもらわねばならない。試しに本丸を松下丸にするかと聞いてみると、大いに笑い、有難きお言葉と平伏した後、固辞された。

当然のことであるが、これらを取り囲む土塁や堀の類は数多く、秋口から雪深くなる直前まで伊賀衆は働き詰めだった。俺は働き手たちの食事と寝床だけは用意した。二食ではなく三食、野宿ではなく雨を凌げる建物、別に優しさを見せたわけではない。そうした方が結果として効率がよくなるから行ったのだ。

城下に家臣が住める場ができると、すでに引っ越してきていたハルがいったん古渡《ふるわたり》に向かい、しばらくして恭《きょう》を伴って戻ってきた。妻二人の間では話し合いがなされたらしく、仲は悪くない。前々から、いずれ古渡から伊賀に領地替えをとは聞いていたが、それはほぼ本決まりになり、間もなく正式に国替えとのことだ。母は伊賀には来なかった。遠山景任《とおやまかげとう》殿が八月十二日に亡くなったとのことだ。それに伴って御坊丸《ごぼうまる》が岩村城《いわむらじょう》へ行く日が近づいた。母はお勝《かつ》殿と子供らを引き連れ、岐阜城《ぎふじょう》へ入った。領地替えその他諸々の雑事は任せておけとの話であったので、本当に丸投げすることにした。

元亀《げんき》四年十一月十一日、俺は父からの書状で、正式に伊賀一国を与えられた。書状には俺のこれまでの武功が長々と書かれ、それに対しての感状《かんじょう》が添えられ、そしてこれからも織田家に対して忠義を尽くすように、というようなことが書かれていた。いつか俺に古渡を預けた時に書かれた手紙とはずいぶん違っていた。そして末尾に、お鍋《なべ》の方がまた妊娠したと控えめに加えられていた。これで十三人目だ。父上も元気なことである。

伊賀一国を石高《こくだか》に直せば、ほぼ十万石と見てよい。これまでの知行地《ちぎょうち》と比べれば三倍だ。大出世だろう。呼び名の伊賀守も正式なものとなった。今までの呼び名の文章博士《もんじょうはかせ》はかなり恥ずかしかったので、そのあたりも含めて良かったと思う。

街道はともかく、城の普請があらかた終了した十一月十五日、俺は家臣一同と、降伏した伊賀衆を集めた。普請に参加した者たちにねぎらいの言葉を述べ、今年は年貢を取らないことを発表した。驚いた伊賀衆の表情が面白かった。何故？　と思っているのだろう。何故も何も、この上でさらに年貢を徴収したら百姓が飢えで死ぬ。誰が自分のところの領民を好きこのんで殺すものだろうか。

来年一年間は伊賀から近江、伊賀から伊勢への街道整備を積極的に執《と》り行うことを発表し、服部《はっとり》らには人質を全員返した。その方らの働きを見て、二心なきことはわかった。以後は織田家に忠誠を尽くすように、という言葉を添えておいた。これで恩義に感じてくれればいいが、そこまで単純にはなかなかいかないだろう。

そして、大坂本願寺や高野山に逃げた伊賀忍びと親戚縁者がいる者には、帰参はいつでも許すと伝えるように言った。没収した領地も、手柄次第では返す。これにも伊賀衆は驚いていた。逆に昔からの家臣たちは皆、そうだろうなという表情をしていた。何か、腹を読まれているようであまり面白くはなかった。

◇　◇　◇

「よろしかったのですか？」

伊賀の仕置きを終えた翌日、四郎がやってきた。四郎がよかったのかと訊く時は、その後ろの百地丹波もまた同じことを思っているのだ。つまり伊賀忍びには俺の腹は読めていない。

「何について訊かれているのかはよくわからんが、まずいことをしたとは思っておらん。牙《きば》は抜いた。あとは俺がどう飼いならしてゆくかだ。必要以上に虐《いじ》めてやるつもりはない」

そんなことよりも、と、俺は四郎に向き直った。伊賀攻めを始めてより、この男には随分と動いてもらったものだ。まず懐より金を出し、お前の分だと言って渡した。

「それと、何か褒美を与えたいと思っていたのだ。四郎、お前苗字《みょうじ》はあるのか？」

「ありませぬ。捨て子ゆえ」

「では、生まれた地もわからんのか？　どこの村の出であるのかも？」

「石川村という村の、貧しい農民の倅《せがれ》です」

「四郎という名は？」

「四人目の子であるから四郎、家を出される時、お前はもはや死んだと思うことにすると親から言われました」

「それは何とも、気の毒な話だ」

暑苦しいくらいに愛情を注いでくる両親の子として育った身としては、正直それがどういう気分であるのかよくわからない。

「では、俺が名を付けて進ぜよう」

出身地を苗字とするのは珍しいことではない。不破光治《ふわみつはる》殿の不破などもそうであるし、伊勢平氏《いせへいし》や甲斐源氏《かいげんじ》など、地名を頭に付ける呼び名は数多い。

「今日よりお主《ぬし》の苗字は石川《いしかわ》だ。石川の家を興《おこ》し、栄えさせるとよい」

「石川、でございますか？　拙者《せっしゃ》が」

「俺に仕える百地家の優秀な家臣であろう。苗字の一つくらい持っていた方がよい。名前も変えるぞ。四郎は死んだと言われたのだからお主は五人目だ」

頭の中で、五を使った名を考える。五郎ではひねりがない。忍びの者として大成するような名前がよい。我が織田家で優秀な忍びと言うと、彦右衛門殿がいる。それにあやかって、五右衛門《ごえもん》、うん、悪くない。

「石川五右衛門。今日からそう名乗れ、強そうで良かろう」

「石川、五右衛門ですか？　拙者が？」

「そうだ、不満か？」

訊くと、慌てたように首を横に振った。不満ではないらしい。

「では、これからも頼むぞ五右衛門。伊賀村井《いがむらい》家の間諜《かんちょう》は偏《ひとえ》にお主にかかっている。間諜の戦を制すること叶わねば戦に勝利することもまた叶わぬ。ゆけ」

言うと、五右衛門はいつも通り音もなく消えた。しかし、そこには今渡したばかりの金が残っていた。

「おい、お前は銭が要《い》らんのか。ならば今後は葉っぱで支払うことになるぞ」

言うと、どこからともなく現れた五右衛門が、失礼いたしましたと言って銭を懐に入れ、再び消えた。

◇　◇　◇

俺の伊賀攻略が一つの契機になったのかどうかまではわからないが、この年元亀四年の末から元亀五年の初めは、織田家にとって朗報が続く。まず、元亀四年十一月の末に彦右衛門殿が熊野三山《くまのさんざん》の一つ、熊野速玉宮《くまのはやたまのみや》を攻め落とす。これにより紀伊《きい》の東側は完全に織田家の手に落ちた。

明けて元亀五年の一月には三好康長《みよしやすなが》が降伏し、三好家の勢力が本州から姿を消した。三好康長は天下人三好長慶《みよしながよし》の叔父であり、これまで阿波三好《あわみよし》家を支える重鎮であり続けてきた。しかし、三好長治《みよしながはる》が重臣篠原長房《しのはらながふさ》を謀殺し、畿内の争いことごとく織田家優勢となった状況においてもはや抗しがたしと、剃髪《ていはつ》し名を咲岩《しょうがん》と改めた上で降伏した。

名将の投降に父は喜び、これまでの敵対を罪に問わず、五百貫の隠居料を与えた上で中国・四国方面の外交担当として起用する。

第七十一話　その沙汰の意味とは

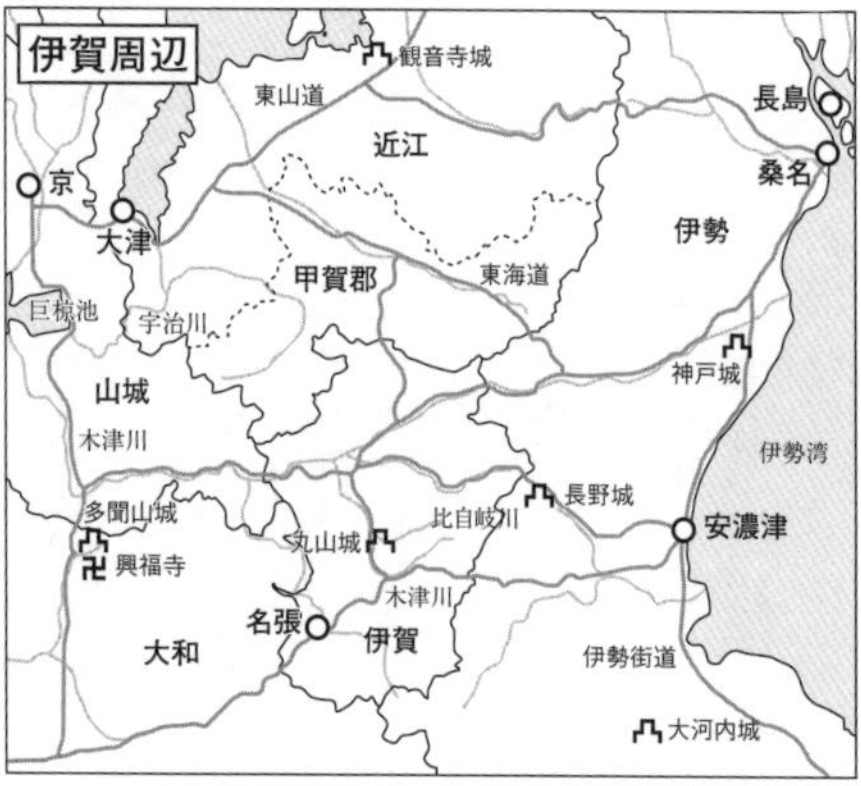

まったく逆の意味合いを持った噂が二つ流れていた。

村《むら》井《い》重勝《しげかつ》家督《かとく》相続論。

村井重勝左遷廃嫡論《させんはいちゃくろん》。

『廃嫡』とは、家督相続権を持った者すなわち嫡子からその権利を奪い取る行為であるからして、後者は明らかにおかしいのだが、まあ順を追って語ってゆこう。

前者の噂については、また出てきたかという感じだ。林秀貞《はやしひでさだ》との言い争いの頃に始まり、何度言われてきただろうか。小谷城《おだにじょう》に使者として出向いた時も、あれは奇妙丸《きみょうまる》様（勘九郎の幼名）よりも帯刀《たてわき》様を優先したからではないのか、という噂が立った。武功を上げれば毎度のように言われてきた。その度、無用な争いが起こらぬよう俺を村井《むらい》家に養子に出したり、その上で信広《のぶひろ》義父上の家に婿《むこ》養子として入れたりと、父や先見の明がある者たちはいろいろと手を打ってくれてはいたのだが。

理由、というか根拠がないでもない。まず一つに官位だ。俺は父に公方《くぼう》様との対立は避けるべしと具申《ぐしん》し、結果幕臣の方々と話し合いの席を多く求めることとなった。であるので、俺の官職・位階が低ければ侮られてしまうだろうと、早い時期に官職を得た。年齢的に早いということはこの際問題ではない。確か平家の者の中では十歳かそこらで従三位《じゅさんい》という例もあったはずだ。この時問題となる叙位の早さは、勘九郎よりも早かったという点にある。

もちろんそれにも理由はある。当時勘九郎は元服していなかった。元服すれば初陣《ういじん》を早く済ませるというのが武家の倣《なら》いであり、勘九郎を溺愛している父が危険な場所へ送ることを嫌がったがゆえに、勘九郎の元服を少々遅らせていたのだ。先に述べたように、俺に必要であったからというのも理由である。実のところを言うと、一番の理由は父がそこまで深く考えていなかったからではないのか、という疑いを俺は抱いている。抜け目ないようで時々なぜそんなところを見落とすのか、という失態を犯したりもする父であるからして。

その後、当然弟たち三人にも官職はついたのだが、それも噂を後押しする一因となった。

織田《おだ》勘九郎《かんくろう》信重《のぶしげ》　正五位下《しょうごいのげ》・出羽守《でわのかみ》
北畠《きたばたけ》三介《さんすけ》具豊《ともとよ》　従五位下《じゅごいのげ》・侍従《じじゅう》
神戸《かんべ》三七郎《さんしちろう》信孝《のぶたか》　従五位下・侍従

下の二人が俺と同じ位階である。すなわち帯刀重勝は、これまでの庶子という立場から脱却し、少なくとも勘九郎に次ぐ地位に上ったのだ。という認識をする者があったらしい。まったくもって誤認ではある。そもそも、従五位下・侍従が初任である三介と三七郎は清華《せいが》家待遇であり、本来この時点で織田《おだ》弾正忠《だんじょうのじょう》家の当主如《ごと》きよりもはるかに格上だ。三介に至っては伊勢国司《いせこくし》家、すなわち公家であるのでさらに格は上がる。なぜこのようなおかしなことが起こっているのかと問われれば、今は下《げ》克上《こくじょう》の世にて候《そうろう》。と答えることになるのだが、それがいまだに理解できてない者のなんと多いことか。

そして今回、俺が伊賀《いが》一国を預けられた。三介が預かる伊勢も、北部は三七郎のものであるし南部は実質的に彦右衛門《ひこえもん》殿が統治している。俺は独立して一国だ。勘九郎ですら、美濃《みの》一国の支配を完全に父の手から離れて行っているわけではない。これは、後に織田家を預けるために伊賀で鍛錬をさせているのではないか。

大体以上が村井重勝家督相続論者の論拠だ。続けて村井重勝左遷廃嫡説について述べてゆこう。

意外にもと言うべきか、『廃嫡』論の論拠のいくつかは相続論とまったく同じであったりする。たとえば伊賀一国を預けられたことについてだ。尾張から追い出し、未だ国人衆が心服していない伊賀《いが》へ送ることで何らかの失態をさせようとしている。そして、失態させた後伊賀を取り上げるつもりだそうだ。伊賀を取り上げた後、俺がどうなるかは幾つか意見が分かれる。優しいところであると古渡に帰り、勘九郎の直臣にされる、というものがあった。厳しいところでは追放、密かに暗殺するなどという物騒なものもあった。

母が東美濃へ向かうことも、『廃嫡』論の論拠となった。いつ攻められるかわかったものではない対武田《たけだ》の最前線に送ることは実質的な人質であるとのこと。実質的なも何も、自分の子を人質として送らざるを得ない大名などいくらでもいる。さらに言えば、母は送られるのではなく、息子について自ら行くのだ。

だが、これらの噂はそれなりの説得力があったようで、そもそも俺が庶子としてすら認められていなかった頃の話や、俺が家督を奪おうとしているという噂が流れた頃の話などと相まって、広く流布されるに至った。父と俺が本当は血が繋がっておらず、元々不仲であるという噂も聞いた。どこかで聞いたことがある話だ。だが、庶子として認められていなかった頃の話を持ち出してくるのであれば、現在においても『嫡子』でない俺のことを『廃嫡』するという行為がそもそもおかしいと気がついて頂きたい。

◇　◇　◇

「それで、実際のところどうなのですか?」

棒状に焼いた長いパンを中央で二つに割り、その真ん中に酢漬けの野菜、猪《いのしし》の腸にひき肉を詰めて焼いたもの、練《ね》り物状にして辛味を抑えたわさびなどを挟んだ携帯食を食べていると、三七郎が聞いてきた。

「実際のところ?」

もぐもぐと咀嚼《そしゃく》しながら訊き返す。三七郎は俺と同じパンを食べている。ただ、中身は少し違う。三七郎が食べているパンの具は味噌で甘辛く炒《いた》めた麺に、山椒《さんしょう》を振りかけたものだ。当然初めて食べるはずだが、まあまあ食えますなと言っていた。

「帯刀兄上は、父に疎《うと》まれて伊賀にいるのか、見込まれて伊賀にいるのか」

「その二択であれば、見込まれたのだろうけれども」

猪の腸詰めを齧《かじ》る。パチンと皮が弾けて肉汁が口の中に満ちた。それをパンとともに噛むと、肉の脂《あぶら》をパンが吸ってちょうど良くなる。うん、最初は慣れなかったが最近は嫌いじゃあなくなってきた。大変良い。

「お前はどう思っている?」

丸山城下《まるやまじょうか》の茶屋で、俺たちは話をしていた。茶屋といっても、いつぞや勘九郎と話したようなところではなく、寺の中身を少々弄《いじ》った屋敷のような場所を茶屋と呼んでいるのだ。俺たち以外には三七郎の乳兄弟《ちきょうだい》である幸田彦右衛門《こうだひこえもん》がそばについているのみで、あとは外で護衛をしている。

台所には我が家の女たちが控え、外の護衛たちに対しても何か振る舞っているようだ。囲炉裏《いろり》を囲み、暖を取りながらの会話。大変に和《なご》む。話の内容は重たいが。

「最近、帯刀兄上は人の問いに問いでもって返してきますね」

やれやれと首を振りながら、麺を啜《すす》る三七郎。それではパンだけが余ってしまうからよくない。と言いかけたけれど、そんなことを言ったらこの真面目な弟に怒られてしまうのが目に見えていたから黙った。

「兄上はいつも、その身を厳しい場所に置いておられると」

「厳しい場所？」

「はい。思えば童《わらべ》の頃から家臣と争い、元服して最初の戦で坂本《さかもと》に出陣なされました。金ケ崎《かねがさき》からの撤退戦の後、兄上は急ぎ美濃《みの》へ逃げることもできたように思います。ですが自ら志願し、結果として最も激しい戦となった坂本で戦われた。以後も、長島《ながしま》で戦い伊賀で戦い、もう少し休まれてはいかがかと思うことがあります。兄上が望めば、伊賀を受け取らぬ代わりに古渡でのんびり暮らすこともできたでしょうに」

「三七郎……」

「兄上は戦も強くなられましたが、好きではないはずです。兄上が楽しそうにしている時は、我々と遊んでいる時が一番、直子《なおこ》殿の悪ふざけに付き合っている時が二番、父上に振り回されている時が三番、すなわち、兄上は親兄弟や妻が大好きな文学の士であるということです」

まだ半分以上残っていたパンを口に放り込んだ。間を稼ぐために。いかん、ちょっと泣きそうだ。

三七郎がわざわざ伊賀までやってきた。この寒い年明け早々にだ。理由としては、北伊勢との街道整備についてや交易の拡充について意見を伺いたいということだったが、それだけではあるまいと予想はしていた。しかし、最近では話をする機会も随分と減っていた三七郎からこんなことを言われるとは思ってもいなかった。

「戦が好きな者などそうそうおるまいよ」

「俺は好きです。父も、家臣連中もそのほとんどが戦を求めております。戦って勝つということ、勝って多くの領国を得るということは楽しいことです」

「負ければすべてを失い、勝っても友を失うかもしれぬ」女たちは父や夫や息子を失うかもしれぬ」

「それはもちろん、誰であっても負けることが好きなはずはありません。

奪い、得る。そこまでを合わせて戦が好きなのでしょう。強い敵と戦うことが楽しい。と、俺のようなことを考えている者はそこまで多くないかもしれませんが」

そうか。俺は今まで、戦わなければならないから戦ってきたのだが。

確かに、慶次郎《けいじろう》などは自分で戦狂いだとか言っている。三七郎と同じであろう。

「なれば、俺のように勝ったところで相手にも家族がおり、この者とも違う出会いをしていれば友になれたやも、などと考えてしまう者は、さらに少なかろうな」

「それはもう、帯刀兄上以外には一人としておらぬのではありませんかな」

笑いながら言い返された。そうであろうなと納得しつつ、なぜだか少し落ち込んだ。

「だから、俺は此度《こたび》帯刀兄上に下された沙汰が、左遷や、いっそ勘当であれば良いと思っていたのですよ」

落ち込んだ俺に、優しい声がかけられた。いや、先ほどから三七郎は随分と俺に優しいのだが。

「俺が父上から勘当された方が良かったと？」

「そうすれば、帯刀兄上は、嫌いな戦から逃れられましょう。荷を下ろし、存分に好きなことをさせて差し上げられる」

その一言に、俺は言葉を失った。ありがたいであるとか、嬉しいであるとか、様々な思いがまじって何とも形容しがたい。そんな俺を見て、三七郎はまた笑った。

「我らが西を制したならば西の、東を制したならば東の、それぞれの土地に出向き、何か面白いことを見つけてきてくれと頼むこともできます。きっと好きでしょう？」

「確かに、俺は戦で勝つことなどより、得た土地で何か面白いことをするのが好きだな。できれば妻らや親兄弟と」

「そうでしょう？」

そうだなあと、しみじみ頷いた。そうして頷きながら、思ったことを口にする。

「だからこそ、父は俺に伊賀を預けたのかもしれないな」

流れていた話を戻した。元々、俺が伊賀一国を任されたことが優遇であるのか左遷であるのかという話だ。

「古渡《ふるわたり》は地元で居心地がよく温かい。俺が好きな弟たちも両親もいる。だからこそ、俺は親兄弟の面倒を見ることでやりたいことを満足させてしまう。そこから少し離れた伊賀で、親元を離れて暮らせば、俺がやりたいこともできる」

「そう、父上が考えたと?」

「考えてなさそうだなあ」

自分で言ったことを即座に否定し、かっかと笑った。

兄上……と、三七郎に呆れたような声を出された。まあまあとたしなめ、その肩を叩いた。

「此度の仕置きでもって、俺が織田家においてどういう立場になったのか論じている者たちが見えていないものがある。それは、伊賀一国の平定が織田家にとっての終着点ではないということだ」

すでに紀伊攻め、大坂攻めの準備は着々と進行している。それが片付いたらまずは四国の三好《みよし》、さらに播磨《はりま》辺りまでを攻略して毛利《もうり》家と対決する。

「日ノ本の一統ということですか」

「まあ、そういうことだ」

父にとってはそこすら終着点ではないようだが。何しろ唐天竺《からてんじく》のみならず大秦国《たいしんこく》まで征服するおつもりだ。大秦国まで到達した時に、こちらにも国がありますよと言われればそこも征服してしまうのだろう。

「伊賀一国、石高十万石ではあるが、隣国の大和《やまと》もいつ敵に転ぶかわからぬ。伊勢とて南部は必ずしも安定してるとは言えまい。さらに征伐して従わせた伊賀衆はいつ反乱を起こすかわかったものではない。成る程確かに、つらい状況ではあるだろう。だが、今後の織田家はそのような状況が続くぞ。紀伊を制すれば、そこを統治する者は坊主たちがいつ寝首を掻きにくるか考え続けなければならない。四国は三好に一条《いちじょう》、それに気鋭の長宗我部《ちょうそかべ》がいる。いずれにせよ。京からやってきたよそ者に対し、降伏することはあっても心服することはあるまい。毛利のいる中国も同様であるし、九州など言葉が通じぬところすらあると聞く。東も同様だ。古来《こらい》関東より北に住む者は日ノ本の人間という意識に乏しく、朝廷に従おうという気持ちが薄い。それらを一つ一つ降し、統べ、治めるのだ。統べ、治めるのに伊賀一国より過酷な地などいくらでもあろう。そのような時、伊賀で統治の修練を積んだ織田信長の息子が一人いればどうなるか」

俺の羽を伸ばさせてやろう、と父が考えていたかどうかについては大きな疑問符がつくが、帯刀をもっと使える大駒にしようとは確実に考えているはずだ。使える人材ならば農民上がりでも狐でも使い切る人であるからして。

「伊賀一国で終わりではない?」

「何だ、三七郎は俺が死ぬまで伊賀一国の主だと思っていたのか？　西へ東へと、先ほど三七郎が言っていたではないか」

いや、と言葉を濁した三七郎。だが、すでにそこまで先のことを考えているのかと、思考がついてこられていないようだ。無理もない。父の思考の展開が早いのは今に始まったことではない。俺だってついていけてはいないのだ。

「お前だってそうだぞ、三七郎。父からご指示を受け、随分と城下を栄えさせているようじゃないか」

父からの命で、三七郎は神戸検地《かんべけんち》と呼ばれる検地を行い、城下に楽市楽座《らくいちらくざ》、伝馬制《てんませい》を布《し》くなど、領地経営に力を注いでいる。これまでは長島に対しての圧力としての存在意義が強かった神戸城下は今、伊勢参宮街道の宿場として賑わい始めている。人が多ければ揉めごとも増えるのが世の常だが、今のところそのような事案も聞いていない。

「三十郎《さんじゅうろう》叔父上は長野工藤《ながのくどう》家から出た。三七郎もそのうち伊勢から出され、別の一国か、あるいは二国以上を任されるかもしれんぞ」

少なくとも、今後の統治の練習としていろいろ行わせていることは間違いないだろう。

「でしたら、兄上はどうなります？」

「村井の親父殿が京都におるのだ。五畿に伊賀を加えた六ヶ国を俺が統治する日だって、来ないとは限らないぞ」

「そ、そうなったら勘九郎兄上はどうなります？」

物のたとえで言っただけなのだが、言い返されてしまった。たとえには九州探題《きゅうしゅうたんだい》とか関東公方《かんとうくぼう》とか言っておいた方が良かったかもしれない。畿内を俺が制すると言ってしまうと、俺が織田家の棟梁になると言っているように聞こえなくもない。

「そうだな、唐《から》の洛陽《らくよう》なる都に居を構えているかもしれんな」

京洛という言葉の洛は、洛陽の洛であると聞いたことがある。千年の古《いにしえ》より、日ノ本は常に中華を真似、追いつけ追い越せの精神で発展してきた。その中華を、日ノ本の人間が制する日が来たら、それは確かに痛快なことだ。

「そうして、天竺討伐軍の大将に三七郎を、大秦国征討軍の大将に三介を、俺は蝦夷地《えぞち》からさらに北方に国がないか調査でもしていよう。旨いものが見つかったら樽《たる》に詰めて送る」

三七郎が唖然《あぜん》としていた。かっかっかと笑い、そういうことだと肩を叩く。

「今だけで、自分の目線だけで物事を考えるなよ。俺を当主にと言う者にも、俺を排すべしと言う者にもそれぞれ立場があり、考えることは違う」

原田家の人間、その中でも若い連中は、多くが村井重勝信奉者だ。より正確に言えば織田信正《おだのぶまさ》信奉者と言うべきかもしれない。俺が織田家を得れば自分たちの出世につながる。だからことあるごとに俺を押し上げようとするし、時折母からたしなめられてもいる。原田家に限らず、俺に近づき出世したいと思う者は積極的に俺を当主にという話をする。俺からすれば周りが見えていない者たちだ。直《なお》政《まさ》伯父上がしっかりしているから心配はしていないが。

逆に、敵方も噂も流しているということも、百地丹波《ももちたんば》の手の者からの情報でわかっている。劣勢に立たされた大坂本願寺《おおさかほんがんじ》は、織田家の内紛を煽《あお》り反撃の糸口を掴みたがっているのだ。当主が俺か勘九郎か、さらには三介か三七郎かとなってくれれば、つけ入る隙が生まれる。

「食わないのか？　旨いのにな」

成る程と、呆《ほう》けたように頷いている三七郎に言う。三七郎は食いますと言って、がつがつとパンを口に放り込んだ。うん、すべて食い切ったようだ。次はピザを食わせてみよう。

「あらあら、タテ様も三七郎様も、食べ終わりましたか？」

その時、温かい茶を盆にのせたハルが現れた。三七郎が、御無沙汰しております義姉上と頭を下げる。コロコロと笑いながら、ハルも頭を下げた。その後ろに、ハルの女中が如くに控えている女性がいるのを見つけ、俺は苦笑した。

「面白いものを考えられましたな。ああいったものは直子殿が得意とされているように思いましたが」

「いや、母上に習ったのだ。ハルが京都の村井屋敷から古渡まで荷を届けてな。中身はほぼすべて書物であったようだが、そのお陰で母上からも恭《きょう》からもすぐに気に入られた」

この二人に、京都でしか手に入らない貴重な本の数々というのは、これ以上ない賄賂《わいろ》であろう。ハルは俺の領地が伊賀になることがほぼ決まった頃合いで、いったん古渡に戻っていた。母上がおらぬ古渡では、恭の世話などをしてくれていたそうである。そして俺が正式に伊賀に移住するにあたって、一緒になってやってきた。

「腸詰めや炒めた麺には何を付け合わせとするのが良いのかは、奥方様と二人で考えましたよ。酢漬けは何にでも合いますけれど、それだけではつまりませんし。ねぇ、奥方様？」

幸田彦右衛門も含めて三人分の茶を注ぐハルが言い、後ろを振り向いた。そこにいた女性、我が正室恭の姿を見て、俺とハルを除いたその場の全員が驚き、居住《いず》まいを正した。

「お久しゅうございます。粗忽《そこつ》にて気がつかず、大変ご無礼を致しました」

一同を代表するように、三七郎が頭を下げ、挨拶をする。まあ、兄の正室で、従姉妹でもある相手に気がつかなかったというのは確かに無礼だ。だが、恭本人がなるべく気がつかれまいと、そっと現れたのであるから、この場合誰が悪いのかの判断は人によって異なろう。

目立たぬようにとしたことで、かえって人の目を集めてしまった恭は、お久しゅうございます、三七郎様。と、簡単な挨拶をすると、恥ずかしそうに俯き、ハルの陰に隠れてしまった。

その間に、俺はハルが持ってきた鉄製の皿を囲炉裏の上に引っ掛ける。

平べったく四角い皿には腸詰めが並べられており、それとは別に醍醐《だいご》（チーズ）が放り込まれた深皿が一つ。両方を火の上に載せ、高さを調節した。

「こんなものか？」

「そうですわね」

そばに恭を貼り付けたハルに訊く。これは火加減が難しい。ハルは皆に細く切った野菜やキノコ、餅などを載せた皿を配り、それらを刺す細い鉄の棒も一本手渡した。

「すぐに醍醐が溶けまする。その頃には腸詰めもほどよく焼けますので、醍醐につけて召し上がって下さいまし」

俺が知る限り最も醍醐を贅沢に、言葉を飾らずに言うのであれば、雑に使用する料理だ。

料理と言って良いのか怪しいくらいに簡単で、そして慣れると病みつきになる。

食った翌日の便と屁はこの世のものとは思えぬほど臭くなるが、食っている間は至福。

「寒いからな、皆温かい物を食う方が良い。ハル、外の者らにはトン汁を用意したな？」

「はい、タテ様。奥方様が手づから振る舞われて、皆様喜んで召し上がってくださいましたわ」

「皆、恭であるとは気がついておらなんだろう？」

「左様ですわね。けれど、私と奥方様の振る舞いを見て気がつく目端《めはし》の利く方もおられまして、気がつくと途端に慌ててらして、ちょっと面白かったですわ」

「そのような無体を働くものではない」

「いえいえ、無礼討《ぶれいう》ちなどできませぬし、できてもしませんわ。ねえ、奥方様？」

ハルの問いに、恭は小さく微笑み、皆様懸命に務められておりましたので。と呟いた。ならば良しと、俺はこれまで遠慮して一切話をせず、口に何も入れていなかった幸田彦右衛門に鉄串を掴ませ、そのまま腸詰めを刺すように命じた。食えというと、幸田彦衛門は失礼いたしますると言い、一口食べ、そして目を丸くした。うん、悪くない反応だ。

「……兄上は、どんどんと親に似てこられますな」

「いやいや、この珍妙な料理は俺が作ったものではないぞ。母上の話を聞いてハルと恭とが協力して作ったのだ。先ほどのパンに腸詰めや麺を挟み込むものも、最初に言い始めたの母上だが改良したのは二人だと言ったであろう？」

まったく、狐に化かされて妻たちも変わり者になってしまったと言って笑うと、ハルが酷いですわ、と笑いながら俺の膝を叩いた。俺がその肩を抱くと、ハルはあらあらと楽しげに笑った。

「私が、旦那様と奥方様をはべらしているようですわね」

見ると、確かにハルは俺に抱き寄せられ、その逆側の腕には恭が巻きついている。

おかしな格好だなと、恭も含めた三人で笑った。

「豪快で、常識にとらわれず強引なところが、父上によく似てこられました」

三七郎が言う。その言葉に、ハルが吹き出すように笑った。恭は微笑んで頷き、幸田彦衛門も笑っていた。

「そうか、似てきたか」

「はい、間違いなく、父上とあの直子殿の子であります、帯刀兄上は」

「でしたら、この方がよろしいですわね」

言いながら立ち上がったハルは、恭の手を引き、俺の左腕にその身を預け、自分は俺の右側に回り、抱きついてきた。

「何人も女をはべらしている方が、大殿様に似てよろしいですわ」

「聞こえが悪いことを言うな。何人もはべらしたりはしない。俺は二人で十分だ」

「兄上、私はそこまで馳走してくれとは言っておりませんぞ」

三七郎の言葉に、俺たちは大いに笑った。外にはちらほらと雪が見えた。

第七十二話　伊賀の冬

「せっかく来たんだ。もっといろいろと見ていったら良いのに」

「いえ、充分に学ぶことができました。帯刀《たてわき》兄上、ありがとうございました」

三七郎《さんしちろう》は三日ほど領内を見て回り、自分の領地でできそうなこと、できなそうなこと、あるいは参考になるかならないかわからない諸々のことを書き付け、そして帰った。

「伊賀《いが》の良い点は、京都にも近江《おうみ》にも美濃《みの》にも伊勢《いせ》にも近いところだ。そして、それは北伊勢にも言えること」

言うと、三七郎が頷き、後ろを歩く幸田彦右衛門《こうだひこえもん》に目配せをした。幸田彦右衛門が頷き、歩いたまま器用に書き付けをする。この三日間も、俺の言葉をいちいち書き出しては、二人で目配せをしていた。

「弟のことをよろしく頼んだ。幸田彦右衛門」

「もちろんでございます」

別れ際に声をかけると、無口な幸田彦右衛門が、その時ばかりははっきりと返事をした。三七郎とは乳兄弟《ちきょうだい》、父と池田恒興《いけだつねおき》殿の関係だ。信頼できる家臣でもあり、親友でもあるのだろう。

「焼き物では兄上に一日の長がございます。無理に勝負しようとは思いません」

「こちらには古左《ふるさ》もいるしなあ」

笑いながら答える。面白い器や、格好よい器を作らせるのであれば、古左の思い通りにやらせるのが最も良い。奴は稀代《きだい》の物狂いであるがゆえに、どれだけ長い間働かせたとしても楽しそうにしている。最近では寸暇《すんか》を惜しんで伊賀中の土地を見て回り、土を集めてはどの土が焼き物に優れているかなどと血眼になっている。今の目標は九十九髪茄子《つくもなす》の茶入れや平蜘蛛《ひらぐも》の茶釜を超える逸品を作ることだそうだ。奴に資金と場所を与え続けている限り、その地の焼き物の質は向上し続けるだろう。

「拙者は伊賀にはない海、海産物で何か使えるものがないか考えてみようと思います」

「それは良いことだ。はじめは失敗ばかりだと思うが、いろいろとやってみると良い」

伊賀に来てからも、俺は焼き物のための窯を作らせ、陶器を作成していた。土地が変わったからと言って習得した技術が使えなくなるわけではない。美濃焼《みのやき》や古渡《ふるわたり》産の茶器などは、すでに畿内でも良品として認知されている。先に挙げた地域は人が多く、また文化人が多い、彼らを相手に商売をする。海路を使っての輸送であれば海のない伊賀には勝ち目がないどころか勝負することすらできないが、山中を移動して各地に物を売って歩くということであれば、伊賀忍び以上に優れた者はいない。できたものを売ってこさせ、戻ってきたら売り上げのうち幾ばくかを輸送した者に渡す。四方八方に人を送り、収入を得ながら情報収集も行える。理にかなったやり方だと俺は思う。

「俺は村井《むらい》の親父殿や松永弾 正 少弼《まつながだんじょうのしょうひつ》殿に話をして、富裕な客を幾人か集めることができた。お前も、何かする時に伝手《つて》が必要だと思ったならば、俺を頼ると良い」

「ありがとうございます。拙者もすでに生駒《いこま》家と知遇を得て話をしております。こちらも、売れ口（販路）が確実なものとなったらお教えいたします」

「それは心強いな」

与えられるばかりではなく、一つ返してくれた。俺よりも六つ年下、まだ今年十六だ。立派なものだと思う。

「兄上」

いよいよ帰るという頃になって、三七郎が少しだけ厳しい視線で俺を見、言った。

「どうした？」

「話は理解しましたが、銭づくりはあまり大っぴらにしてはなりませぬ」

「もちろんだ、言われなくともわかっているとも」

俺が言い切ると、三七郎がちょっと目を細めた。心配しないでも父からの許可は取ってある。

「元々、銭の私鋳を行おうと言ったのは俺であるからな。俺は毎年決まった量の永楽銭《えいらくせん》を鋳造することを父上から許されている。それ以上をつくってはいない。安心しろ」

「ならば、よろしいですが」

伊賀に移るにあたって、俺は父に対し正式に私鋳銭を製造する許しを願い出た。父は量を限定するとは言ったものの銭の私鋳については許可をくれた。一年につき一万八千貫までだそうだ。

「一万八千貫も銭をつくるのに必要な人と手間は膨大だ。窯の数がそろうまではどうひっくり返っても定めを超える私鋳などできはしないさ」

一万八千貫を重さとしての貫に直せば、一万六千八百貫（63ｔ）にもなる。それだけの銅はそう簡単に集められないし、集めて鋳造を終えて、ようやく銭として使えるのだ。ただちに大金持ちになれる、というような簡単なものではない。

「ならば、よろしいですが」

少し前に口にした言葉を繰り返し、三七郎は伊賀を去った。

「百地丹波《ももちたんば》殿からの報告がありました」

その日の夜、丸山城内にて夕食を終えた俺のもとに、嘉兵衛《かへえ》がやってきた。

「刀狩りに対して、伊賀国人衆からの大きな反発はないと。むしろ米や味噌を得られて喜んでいるようです」

貨幣鋳造を行うに先立って、俺は伊賀国人衆に対し刀狩りを行った。刀は身分の証でもあるため、すべてを差し出させることはしていないが、不穏分子から力を奪うのには、最も効率がよく実績がある。古くは鎌倉幕府第三代執権北条泰時《ほうじょうやすとき》様が行ったことだ。しかしながら、今回は伊賀の国人衆から力を削ぐこと以上に、伊賀の農民たちを救うために行うという側面がある。

伊賀の貧しさを考慮して、年貢を一年免除した俺であったが、俺が思っている以上に伊賀は貧しく、それでもこの冬が越せないという貧農が多くいるようだった。もし今年も通常通りの年貢を取りたてていたら、農民の逃散や一揆が発生していたかもしれない。

「得た刀がすぐさま銭に化けるわけでもなし。これで我らの懐はすっからかんになってしまいましたが」

唐国などとは違い、日ノ本には青銅と鉄とがほぼ同時に伝わった。青銅の方が見た目が美しく、鉄の方が硬い。ゆえに、日ノ本では祭器として青銅が使われ、鉄は実用的な道具として使われるようになった。銭に使われるのは青銅だ。鉄器を溶かしてそのまま鋳型に流し込み銭にするというやり方はできない。いったん溶かして不純物を取り除き、できあがったものを再度刀として打つか、あるいは青銅と交換し、銭にするという仕事が必要になる。

「仕方がない。それでも百姓を見捨てて伊賀という国を弱らせるわけにはいかん。伊賀を長島《ながしま》の二の舞とすることは避けられたのだから、何とか懐柔してゆかねば」

不要な鉄を差し出せば、それを米や味噌と交換する。一定以上の量を差し出した場合、幾らかの銭を払うと伝えた。生活できずこのままでは飢え死にを待つのみという者らは、こぞって古い刀槍《とうそう》を差し出してくれた。

「俺たちは冬を越せるか？」

ちょっとだけ不安になって聞いてみると、嘉兵衛が笑った。さすがに、自分たちが暮らしていけなくなるまで金や米を渡しはしませんよ、と言われる。嘉兵衛ならばそうだろう。だが、うっかり俺や古左、あるいは慶次郎《けいじろう》あたりが算盤《そろばん》をはじいてしまうと、自分の食い分を計算し忘れていた。などということになりそうで少々怖い。

「冬の間は鉄を買い付ける必要はなくなりました。破却《はきゃく》した寺などから仏具や鐘なども押収しております。ですので、しばらく銭は不要です。あとはつくるのみ。大殿からは許可を得、三七郎様にもお教えしたのでしょう？」

「永楽銭の方はな」

言うと、嘉兵衛が頷いた。俺は袂《たもと》から銭を取り出し、嘉兵衛の方に放った。転がった銭はすべて永楽銭と同じ大きさで、同じ分量の銅や錫《すず》を使用している。ただし、そこに書かれている文字は永楽通宝だけではない。他に洪武通宝《こうぶつうほう》・宣徳通宝《せんとくつうほう》・弘治通宝《こうちつうほう》の計四種類だ。

「良い出来ですな」

「まあ、まったく同じ大きさの銭の、文字だけを変えたものであるからそう難しいことではないだろう」

洪武通宝も宣徳通宝も弘治通宝も、永楽通宝と同じく、明《みん》でつくられた銭だ。永楽銭ほどではないにせよ一定量が流通しており、その価値が認められている。

「永楽銭以外の銭はあわせて永楽銭と同程度鋳造する。伊賀忍びや国人衆は、幸いにして銭で報酬を支払われることを好むからな。積極的に経済を回してゆくぞ」

これら永楽銭以外の銭を鋳造していることは、父も母も知らない。古渡でつくった永楽銭がどれだけ流通しているか気になり、こっそりと刻印を入れるようになった。その際ふと、なら別の貨幣を作ってみてもいいのではと思いついてやってみたことだ。こっそりと特別な刻印をしてみるより、まったく同じ大きさの別の銭の名を刻んでみた方が効率がいいのではないかと。結果、こうして複数の銭貨を鋳造することができるようになり、父や母の目も欺《あざむ》けるようになった。

「最終的には、永楽銭一万八千貫、それ以外の銭を合計して一万八千貫作成できるようにする。古左の土いじりが上手くいけば、伊賀の石高分と同等の金銭を得ることもできよう」

石高十万石と合わせて、二十万石相当の収入を生み出すとなれば、伊賀から貧しさを駆逐することもできるはずだ。

「殿は伊賀の者らにお優しいですな。子供らの手習いに文字を教えてやったり、ご自身の著作にて伊賀忍びを持ち上げたりと」

言葉の上では褒めているが、その実からかっているような口調で言われた。文章博士《もんじょうはかせ》であるからして、と答えると、控えめにくつくつと笑われた。

御多分に漏れず、伊賀の識字率は低かった。織田家ですら、家臣連中で漢字をうまく扱えていない者が多くいたので、伊賀の人間を馬鹿にすることはできない。俺は久々に大量に竹簡を作るよう頼み、そこに帯刀仮名《たてわきがな》を書き、楽しく字を覚えられるようカルタなどを作って配った。学びの基本は楽しむことだ。カルタで遊びながら文字を覚えさせるという方法が有効であることは、すでに尾張《おわり》でも実践済みである。今、伊賀の子供らは急速に帯刀仮名を覚えつつあり、そして大人たちは漢字を覚えつつある。

大人たちが漢字を覚えつつあるのもまた、俺の筆が原因である。源氏物語を模した滑稽譚『ゲン爺《じい》』の続きを執筆し、伊賀中に配布した。ここのところ書いていなかったその内容は、いつも通り禿《ば》げた助平爺が阿呆なことをして最終的には酷い目に遭うというものだ。しかし今回は物語のそこかしこに、京の治安を密かに守る影の軍団や、帝《みかど》をお守りする正義の味方として伊賀忍びを登場させた。酷い目に遭ったゲン爺をしょうがないと言って助けてやったり、物語の裏方で誰にも知られることなく、実は伊賀忍びが動いていたお陰で万事うまくいったのだ。という描写をふんだんに取り入れた。そのような作品を連続して描いたところ、皆こぞって書を読むようになった。俺の著作は漢字と仮名が入り交じった文章だ。二度三度と読み返せば、書くことはともかく読むことはできるようになるだろう。

「読み聞かせや子供らへの手習い指南は、慶次郎《けいじろう》殿が一番人気であるそうですぞ」

やることが少なくなる冬場、すなわち最近は、村井家の者らが代わるがわる物語を読んでやったり、皆の前で書の指南などをしている。三七郎とともに食事をした茶屋などは、公共の場として広く開放してある。

「俺も昔いろいろと面倒を見てもらった。あれで意外と子煩悩な人間ではあるのだろうな。旅から帰ってきたら自分の子供が大きくなっていて、奥方から『今ごろ帰ってきてもこの子は貴方《あなた》を父親とは思いませんよ』と言われてしまったのが意外と応えているのかもしれない」

嘉兵衛がまた笑った。嘉兵衛は、自身は完全な奉行人であるが父親が槍《やり》の名手であったこともあり、慶次郎とは知らない仲ではない。今でも羽柴《はしば》殿とは時々文《ふみ》のやり取りなどして交友があるようだし、これで交友関係はかなり広い男なのだ。

「『ゲン爺』は伊賀忍びの自尊心を大いにくすぐりましたな。年貢を免除し、武器と金を交換し、伊賀の者らの心は、急速に殿へとなびきつつあります」

「さすがにそこまで簡単ではないだろうが、まあ、一冬にしては手応えはあった。これからも油断せず、適度に締め付け適度に緩め手綱《たづな》を握ってゆこう。大まかな方針は俺が打ち出すが、実務の大将はお前だ。よろしく頼むぞ、嘉兵衛」

言うと、嘉兵衛が平伏し、ははっ、と返事をした。

◇　◇　◇

「森三左衛門《もりさんざえもん》様が御三男、森乱丸《もりらんまる》様をお連れいたしました」

朝から快晴で、であるからこそ寒い冬晴れの日の朝、五右衛門《ごえもん》がやってきた。慶次郎や助右衛門《すけえもん》らとともに槍の稽古を行っている時であった。

「大義《たいぎ》、乱丸殿はお疲れではないか？」

五右衛門には母に対しての使いとして尾張へ向かわせていた。五右衛門に限らず、百地丹波が弟子とする忍者衆はあっちへこっちへと動き回ってもらっている。

「思いのほか健脚にて、疲れるようなことも弱音を吐くようなこともございませんでした」

「うん、それは良い。腹が減っているようなら先に飯を食わせてやれ。済んだら連れてくるように。五右衛門、お前も食えよ」

言って、再び稽古に戻る。しばらく慶次郎に半ば遊ばれた。最近ついてきた自信というものを打ち砕かれてよりしばし、見るからに利発そうな少年がやってきた。

「某《それがし》、森三左衛門可成《よしなり》が子、森乱丸と申しまする。この度父よりの命を受け、伊賀守《いがのかみ》様のもとへ参りました。何分若輩《じゃくはい》の身にて至らぬ点も多々あるとは存じますが、何卒ご指導ご鞭撻《べんたつ》のほどをよろしくお願いいたしまする」

まだ声変わりもしていない声で、しかしハッキリとみごとな口上を述べた森乱丸。上の二人を知っているが、長可《ながよし》よりは傳兵衛《でんべえ》君に似ている。

「そうか、乱丸。今何を食ってきた？」

大人びており、将来は大物になるだろうな。という風格がすでに漏れ出している乱丸に質問する。

トン汁と白米の握り飯という答え。旨かったかと訊くと、乱丸は大きな声ではいと答えた。

「それは良かった。まだ子供の身なれば、乱丸が成さねばならぬことは体を大きくすること。よく食べ、よく眠り、適度に運動することを心がけなさい」

「はい、ありがとうございまする」

言って頭を下げた乱丸はそれから手紙を取り出し、俺に手渡した。差出人は心月斎《しんげつさい》とある。そういえば出家したのだったなと、今さらながらに思い出した。

去年の暮れに、心月斎殿に手紙を書いた。領地も大きくなり、手が足りない。予《か》ねてより知遇のある森家の御一族に、我が家臣として良い者はおられませんか。という内容だった。親族筋とか、中でも俺のような庶子とか、そういう誰かを期待していたのだが、心月斎殿は即座に三男の乱丸を差し上げると言ってきた。ただ、まだ幼いので最初は行儀見習《ぎょうぎみなら》いのようなものとして考えて欲しいと。俺はそれを受諾し、現在に至る。

差し出された手紙には、主に乱丸のことが書かれていた。曰《いわ》く、乱丸は森家に珍しく文武両道の者で、武に優れた兄長可に付けるより、同じく文武両道の帯刀殿の御傍《おそば》に置いた方が良かろうとのこと。曰く、少々真面目過ぎるきらいがあるので、うまくほぐしてやって欲しいとのこと。曰く、我が子ながら利発で、読み書きも計算もできる。読み書きは帯刀仮名やカルタで覚え、帯刀殿の話をよくする。

恐らく帯刀殿に強い憧憬の念を抱いており、割と重たいと思うががんばって欲しい。

「ふむ……」

最後の方に少々嫌な予感のする言葉があったが、おおむね理解した。

何度も往復して手紙の内容を確かめていると、乱丸と視線が交錯した。行儀よく、俺が話し始めるのを待っているようだが、手紙に何が書かれているのだろうかと期待半分、不安半分の視線を向けている。よく躾けられた犬のようで愛らしい。

「うん、心月斎殿は乱丸を高く評価しているようだ。心月斎殿ほどのお方が褒める息子であるのなら間違いはないだろう。これからよろしく頼む」

俺の言葉を聞いて、パッと表情を輝かせた乱丸。嬉しそうに頭を下げた後、さらにもう一枚の手紙を出してきた。

「こちらは、直子《なおこ》様からでございます」

「母上から？」

手紙を受け取り、開く。母上とは定期的に文《ふみ》のやり取りをしている。こちらが統治について伺うこともあるし、母上から質問を受けることもある。わざわざ乱丸に手紙を持たせずとも良いはずなのだが。

『その者、実に愛らしい容姿にて帯刀殿の衆道初め《しゅどうぞ》の相手に相応《ふさわ》しく思われ候《そうろう》。ついては出血などせぬよう具合の良くなる秘伝の脂薬《あぶらぐすり》について伝授致し候。まず海藻と』

手紙を引き裂いた。縦に二度、横に二度、くしゃりと丸め、袂《たもと》に入れた。

一刻も早く火にくべよう。

乱丸が今度は驚いた表情をしている。

「ああ、母上とは内密の話をよくするのでね。読んだらこうしてすぐに処分してしまうのだよ。重要な情報を敵方に知られてしまってはよろしくないから」

言うと、乱丸が成る程、というように二度三度頷いた。大丈夫、邪は去った。

「五右衛門、五右衛門は母上から何か言われたりもらったりはしたか?」

問うと、言われるのを待っていましたとばかりに五右衛門が刀を一本取り出した。拵《こしら》えは白鞘で、直刀だ。一見すると仕込み杖のようにも見える。

「鉄をも切断する斬鉄剣であると直子様が仰せになった逸品にございまする。これを某《それがし》にと。何度もお断り申し上げたのですが強引に持たされてしまい」

腕を組む。手紙で、新しい家臣に石川五右衛門という名をつけたと言ったらなぜか大層喜んでいた。何が何だかよくわからないが、まあ、お気に入りということだろう。

「まあ、母上が五右衛門にと言ったのだ、忍びが持つものとしては派手でなくて良かろう。もらっておくと良い。他に何か言われたことはあるか?」

「は、『服は着流しにするか、あるいは髪をアフロにせよ』と言われました。両方同時にしてはならぬそうです。アフロとは何のことであるのか、わかりかねるのですが」

「それは、ただちに忘れて良い」

まったく意味はわからないが、何だかまた邪悪な匂いがする。

「ご苦労だった五右衛門、今日と明日は休むが良い。乱丸はこれから俺の小姓として働いてもらう。よろしく頼む」

伝えると、二人がそろって、ははっ、と返事をした。

第七十三話　長島仕置き

松下嘉兵衛之綱《まつしたかへえこれつな》・四千貫
前田蔵人利久《まえだくらんどとしひさ》・四千五百貫
大宮大之丞景連《おおみやおおのじょうかげつら》・二千三百貫
古田左介重然《ふるたさすけしげなり》・千二百貫
大木弥介兼能《おおきやすけかねよし》・百五十貫

譜代《ふだい》、もしくは俺が直接つかまえてきた家臣たちについて、新しい知行はこのようになった。筆頭家老は嘉兵衛。蔵人の禄が高いのは、この中に慶次郎《けいじろう》や助右衛門《すけえもん》、その他前田家から流れて村井《むらい》家にやってきた者らへの知行も入っているからだ。俺の石高が三倍以上になったので、景連や古左の知行も倍以上にした。三倍にできなかったのは領地安堵をした伊賀国人が多くいたからだ。弥介には二百貫を提示したのだが、まだ大した手柄を立てていないと百貫を所望され、間を取って百五十とした。その他、母の生家である原田《はらだ》家からやってきた者たちへの知行などもある。

百地《ももち》家に従った者らに対しては、領地の安堵に加え多少の加増をした。遅れて降伏した者たちに対しても、所領自体は安堵している。代わりに、城と街道の普請を言いつけ、刀狩りを行い、抵抗する力を奪った。残ったのは旧藤林《ふじばやし》領と甲賀《こうか》の一部。俺の直轄領としての石高はせいぜい二万石、恐らく一万五千程度であると思われる。加えて今年は出費だらけだ。まともにやっていれば、の話だが。

まともにやる気は毛頭ない俺は、こっそり貨幣鋳造を行っている。

そして、一月後半のこの馬鹿寒い中、伊賀《いが》を発ち、伊勢《いせ》と尾張《おわり》の中間にある島を目指した。


「ここが長島《ながしま》でございますか」

供に連れてきた乱丸《らんまる》が目を輝かせている。織田家が大勝利を収めた土地。という風に思っているのだろう。実際に戦いに出ていないのだから、そう思うのも無理はない。実際に戦った者としては、できれば二度と来たくないという思いがあり、同時に、この土地がどうなってゆくのか、見届けなければなるまいという思いもある。

「そうだ、我が村井家は、北畠《きたばたけ》勢の与力として南より軍船を並べた。長島城《ながしまじょう》陥落の際には南方より直接攻め立て……」

父親の心月斎《しんげつさい》殿からは武に偏らず、文に偏らず、何事においても広く教えてやって欲しいと手紙にて言われた。ゆえに、少々話を遡《さかのぼ》って、そもそもなぜ織田家と長島とが対立したのかなどを話して聞かせた。織田家が絶対的に正しく、長島や本願寺《ほんがんじ》の連中が馬鹿、あるいは人間の屑なのだ。などという言い方にはならぬよう、十分気をつけたつもりだ。

「その時、予期せぬ場所から伏兵が現れた。ちょうどあのあたりだ」

小舟に乗り、長島本城があった場所へと向かう。奇しくも、俺たちが最後の直接戦闘を行ったあたりで、話が終盤に差し掛かった。

「大木殿《おおき》が伏兵の計を仕掛けたということですね」

「そうだ。弥介《やすけ》は友誼《ゆうぎ》によって死地《しち》へ赴き、それでありながら敗勢においてなお自らの命を無駄にしない。大将の心がけは一にも二にも生き残ることだ。その点において、俺も乱丸も、弥介を見習わねばならない」

言いながらくしゃりと頭を撫でた。乱丸は神妙な表情になり、はいと頷いた。傳兵衛《でんべえ》君のことを思い出したのかもしれない。良い奴だった。そしてあっさり死んでしまった。人の死は随分見せられてきたが、今でも惜しいと思い、諦めきれない死はそう多くない。彼の死は多くないものの一つだ。

「綺麗に整えられたものだ」

周囲を見回しながら、嘆息とともに呟いた。水死体・凍死体・焼死体。その他鉄砲玉により蜂の巣のように穴だらけにされた死体や、なます斬りにされた死体、さらには混乱の中、踏まれて圧死していた者、首をへし折られて死んでいる者、惨たらしい死体は数多かった。それらが今は一つとして無い。

ふと振り返ると、五右衛門が何もない草原に向けて手を合わせていた。ぶつぶつと何かを呟いている。この男は身体能力が図抜けて優れている上に五感も並ではない。俺にはわからずとも、そこで多くの人間が死んでいた痕跡を見つけたのかもしれない。

「いちいち花を供えていたら、いくら花があっても足りんな。後でまとめてどこぞに花を供え、せめてもの供養とするか」

立ち止まっていることをたしなめるのはさすがに無粋であろうと思い、提案した。五右衛門はハッと気がついて俺を見、申し訳ございませんと頭を下げながら近づいてきた。

「構わん。時はまだある」

言いながら、のんびりと長島城まで向かった。船に馬を載せるのが面倒であったので、俺も含めて全員が徒歩だ。

恐らくだが五右衛門は、そして百地《もも ち》家の多くの者は本願寺門徒だ。圧倒的不利、というよりももはや勝ち目無しの状況に陥り、なお降伏しない者が多かった理由はそこだろう。織田家は一向宗禁令を出している。当然村井家でもそうだ。だが俺は、彼らに対して厳しく言いつけるような真似はしていない。三河一向一揆《みかわいっこういっき》の際には、実直な三河武士ですら大半が徳川《とくがわ》殿を裏切ったのだ。徳川殿が今川《いまがわ》の人質とされ、対織田の先鋒として使い捨ての駒にされている時期ですら、松平《まつだいら》家を見捨てなかった忠義の者どもがだ。いつか弾正少弼《だんじょうのしょうひつ》殿のところで出会った本多正信《ほんだまさのぶ》もそのうちの一人であったと記憶している。それくらいに信仰とは捨てがたいものだ。今は、この村井重勝に対し、信仰を超えて忠義を尽くしてくれていることだけで十分過ぎる。信仰そのものを捨てていないことくらいは、見て見ぬ振りしよう。

「五右衛門殿も、長島で戦われたのですか?」

「いえ、拙者は……いえ」

乱丸の質問に、五右衛門が何か言いかけて止めた。俺はゆっくりと長島城《ながしまじょう》跡に向かって歩く。城は焼け落ちたが、そこに陣幕が張られている。正午にはまだまだあるが、待ちきれなかったようだ。

乱丸と五右衛門は、意外とうまくやっている。森家は良くも悪くも誇り高い家なので、伊賀の上忍、しかもその家に拾われた使い走りになど話しかけもしないのではと考えていたのだが、そんなこともなかった。情報の大切さや、五右衛門の有能さを俺が言って聞かせたからというのもある。心月斎殿が、村井家の人間すべてが師であると思えと言って送り出したからというのもある。身体能力に秀でた五右衛門から体術や走法、山中での刀の扱い方などを教わり、その代わりに乱丸が文字や計算、式典の際の立ち居振る舞いなどを教えていた。大柄で強面《こわもて》の五右衛門が乱丸に対して何か手ほどきをしている様子は、わかりやすい子弟関係に見えるが、その逆は何だかちぐはぐで見ていて面白い。今は年の離れた友人として、互いに殿《どの》を付けて呼び合っている。微笑ましいものだ。

「喜三郎《きさぶろう》殿」

陣幕の手前で、見覚えのある顔を見つけた。原田《はらだ》家当主の嫡男、原田喜三郎安友《はらだきさぶろうやすとも》殿だ。俺よりも二つ年下で、原田家の男としては珍しい細面《ほそおもて》。体もあまり強くはないが、賢く真面目な男だ。

「お久しゅうございます伊賀守《いがのかみ》様。叔母上も滝川《たきがわ》様も、すでにお待ちでございますゆえ、こちらへ」

「わかりました。二人とも、こちらは原田家の御嫡男だ。無礼があってはならないが気さくな方ゆえ、待っている間何か不自由があれば訊くと良い」

言って、陣幕を潜った。ホホホホ、と狐の鳴き声がする。近い。

「あら、帯刀《たてわき》殿、お早かったですね」

「お久しゅうございます。帯刀殿」

母と彦右衛門殿が同時に声をかけてきた。周囲には幾つも火鉢があり、寒風吹きすさぶ中であるというのに、陣幕の中だけうっすらと温かい。母はどこでどう作ったのか知らないが、首に暖かそうな毛皮を巻きつけている。

「畑を荒らす狐を捕まえて、その毛皮で作ったのですよ。似合いませぬか？」

「御誂《おあつら》え向きすぎて面白みに欠けますな」

首巻きを手で掴み、ふりふりとする母。絶対に自分がどう思われているのかわかった上でやっていることだ。最近は『九尾《きゅうび》』なる手の者たちも増えているという。内容は世捨て人や家を失った者たちに仕事を与え、金を稼がせるということであるから別に問題はないが、『原田直子が九尾を使役している』という言葉面《づら》が何となく物騒である。

「伊賀の統治もまだ半ばであるというのにお呼びだてしてしまい申し訳ござらぬ」

「いえ、長島の仕置きは重要ゆえ、早めに話をまとめておくべきかと存ずる」

彦右衛門殿に謝られ、構わないと答えた。そう、長島の仕置きは重要なのだ。

長島一向宗全滅の後、同地の片付けを命じられたのは彦右衛門殿だった。彦右衛門殿は敵味方万を優に超す死体を暑くならぬうちにすべて埋葬する必要があり、菩提を弔い、わずかに残っていた長島一向宗の砦を破却し、そしてかつて七島《ななしま》と呼ばれていた頃の穏やかな島に戻した。

戻したことは良いが、長島は長く続いた戦いによって生産力などまったく無きに等しくなっている。彦右衛門殿とて、これからさらに紀伊《きい》奥深くへと侵攻してゆかねばならない身だ。長島の復興ばかりにかかわっていられない。そんな折、俺が戦功として長島が欲しいと求めた。俺が願うのは、この悲しい土地を面白き土地に生まれ変わらせること。今後長島をどうすべきか悩んでいた父はそれならばと、長島全体を滝川《たきがわ》・村井両者で支配するようにと命じた。俺が東側で彦右衛門殿が西側、というような区分けではない。二人でやれということだ。池田勝正《いけだかつまさ》殿、和田惟政《わだこれまさ》殿、伊丹親興《いたみちかおき》殿の摂津三守護《せっつさんしゅご》が当該地域を分割せず、共同で統治した前例もある。尾張《おわり》ではすでに俺たち二人を指して長島両守護と呼んでいるらしい。

俺としては、蔵人の妻が彦右衛門殿の従兄弟である滝川益氏《たきがわますうじ》殿の妹であるという縁を使い、蔵人と益氏殿の両名に名代《みょうだい》として長島に入ってもらうのはどうか、などと提案していた。彦右衛門殿も良い考えであると言ってくれていたので、その線で決まりかと思っていたところに、尻尾を差し挟んでくる母狐が一匹。

「長島の立て直しにおいては、農地の開墾や牧場などを営まないというのが、お二人のご意見でございましたね？」

母が言う。俺と彦右衛門殿が同時に頷いた。長島が農業に適していない土地とは思わない。むしろ馬や牛を放牧する分には逃げられないので良いとも思う。だが、長島という土地が天然の要害であることは、織田家が最も理解している。この地にて自給自足を許す恐ろしさを知っているのも織田家だ。もしそれを許し再び長島が一揆の砦となった場合、俺や彦右衛門殿の立場すら危うくなってしまう。

「しかしながら、それならば何をもって長島の土地を治めます？　米や麦を作り、売るか交換する。これが日ノ本の営みというものですよ」

「某《それがし》が愚考するに、この地を海上の宿場町《しゅくばまち》とするのがよろしかろうと存ずる。三河から伊勢《いせ》に、伊勢から三河に行く旅人を泊め、宿賃を取ります。揖斐川《いびがわ》を遡り美濃表《みのおもて》へ行く者にも重宝されるでしょう。そうして物品や人が行きかう宿場町とすれば稼ぎにもなるのではありませんか?」

母の問いに彦右衛門殿が答える。確かに理にかなった考えだ。三七郎が住まう神戸城《かんべじょう》の城下町がやろうとしていることと競合にはなってしまうが、陸地を移動する者と水上を移動する者で、それなりの棲《す》み分けはできるだろう。

「帯刀殿はいかがお考えです?」

彦右衛門殿の言葉を聞いた後、母に聞かれた。彦右衛門殿に対して良き考えと存ずると言った後、俺の思案を口に出した。

「彦右衛門殿が仰ったことはすぐにでも始めましょう。某《それがし》は、せっかく母上が一枚かむというのでしたらこの地にパンやピザの窯を大量に用意し、南蛮の者らが来たくなるような土地にしたいと思っております」

以前、母がピザやパンを作った際、多くの者は珍しいと思いつつもまた食べたいとは言わなかった。だが、俺はあの時窯を多く作っておいてくれと頼んだ。いつかこのような日が来ると思っていたからだ。

幼い頃から慣れ親しんだ食事は何よりも人の望郷の念を誘う。そこへきて、長島であればいつでも焼き立てのパンや『酪《らく》』、『醍醐《だいご》』を和《あ》えたピザを食えるとなれば、すべての南蛮渡来人は、一度長島へやってくるだろう。古《いにしえ》より日ノ本は、大陸よりの技術や思想を学び、そして発展させた者が天下の牛耳を執《と》ってきた。長島を、異国の知識が最も多く早く入る土地としてしまいたい。

「面白い、さすがは我が息子」

俺の言葉に、母はニッと笑った。彦右衛門殿も頷いている。

「窯は古渡《ふるわたり》にあるものをそのまま使いましょう。一度壊すことになりますが、壊したものをもう一度組み立てれば、同じものとなるはずです。どの道、私は今後東美濃へ向かうので古渡の窯は無用の長物となってしまうことですし」

「パンとは確か、小麦を粉にしてから焼くものでしたな。仕入れはいかがします？」

「隣近所に又左殿や三七郎殿の領地があります。そこで作って売ってもらうか、仕入れてもらいましょう」

すでに周囲は味方しかいない。合力して何とか安くあげたい。

「となると問題は金ですな。正直なところ、某《それがし》これまでの戦いと国替えとで、懐は空でござる」

「右に同じく」

彦右衛門殿の言葉に同意した。二人で苦笑しつつ顔を見合わせる。何事もはじめは金がかかるものだ。俺の貨幣鋳造も、まだ大量生産というところまでには至っていない。

とはいえ実は、金の伝手《つて》はあるにはあった。多分、彦右衛門殿にもあるだろう。俺と同じ心当たりが。

「京・大坂《おおさか》・堺《さかい》・摂津・和泉《いずみ》・近江《おうみ》の大商人たちに頼ることはまかりなりませんよ。彼らには露見せぬよう、事が表に出る直前まで隠し通します」

俺たちの心当たりを見破り、母が毅然《きぜん》とした口調で言い放った。

「彼らのような有徳人《うとくじん》（富豪）に口を出されてしまっては、彼らの金がなければ何もできなくされてしまいます。そうなればどれだけの利益を上げたとしても旨味はすべて商人のもの」

「仰せ御尤《ごもっと》も」

彦右衛門殿が言う。俺も頷く。その通りだ。だが、となるとどうする？　先立つものがなければ動くことはできない。

「最初は私が金を出します。十年貯めてきた金です。お二人の懐に銭が入る頃までなら何とか足りるでしょう」

解決策は母が出した。おお、と、二人で歓声を挙げる。

「最初に私が出す金はお二人に対しての貸しですよ。元々お二人が元手を出し、私が口を出すという約束だったのですから」

「当然ですな。儲けが出れば、必ずや色をつけてお返し致す」

「代わりと言っては何ですが母上、例の件はよろしくお願いします」

例の件、これまでに母が古渡でやってきた様々な試みについてだ。たとえばシイタケの栽培や、数を増やしてきた牛・猪・鶏の牧場。これらを譲渡して欲しいと頼んでいた。

「もちろんです。先にも言った通り、東美濃であれだけ大規模な牧場は営むことができませぬからね。三等分し、一つは帯刀殿に、一つは彦右衛門様に」

「いまだ数のそろわない山羊と羊はどうします？」

「あれらを小分けにしてしまうと数を増やせませぬ。帯刀殿か彦右衛門様に引き取って頂ければと思っているのですが」

俺の質問に、母が答える。彦右衛門殿が顎に手を当て、しばし思案してから言った。

「確か、鹿の仲間でしたな。でしたら山国の方が本来生きる土地に近いのではないでしょうか。三七郎様に養育をお願いする手もございますが」

「わらわも、できれば帯刀殿に面倒を見て欲しいと思っております」

二人の意見が一致し、ならばと俺も頷いた。話は決まりましたねと言うと、最後に一つだけと、彦右衛門殿が待ったをかけた。

「某《それがし》、この長島には直接直子様が入られると思っておりましたが、どうやらそうもいかぬようです。代官としては誰を置きましょう」

そういえばそれを考えていなかった。以前俺と彦右衛門殿とで決めた案で良いのだろうか。

「彦右衛門様の名代として滝川益氏様、帯刀殿の名代として前田利久様、それに、私の腹心となって下さっているお方をお送り致します」

「「腹心?」」

俺と彦右衛門殿の声が重なった。母には家臣のような者は沢山いるが、腹心となる人物がいたという記憶はない。

「御子を産み、夫に先立たれた可哀想なお方がおられるのです。聡明でもあり、わらわとも同好の士でありますゆえ、必ずやわらわの考え通りに動いてくれます」

彦右衛門殿から心当たりがありますか? という視線を向けられた。首を横に振って答える。

「織田家の人間としても、これ以上の適任はおられないでしょう」

えー、わかんないのー？　とばかりに、答えを焦らしてくる母。慣れた仕草であり、大層腹が立つ。

「お犬の方様ですよ」

そうして、たっぷりの時間焦らした後の言葉は、いつも通り俺の予想を超えてくるものであった。

第七十四話　清洲三国同盟

お犬《いぬ》の方様すなわち、父信長の妹であり、浅井長政《あざいながまさ》殿に嫁いだお市《いち》姉さんの妹でもある。俺から叔母上と言われることを嫌いお犬姉さんと呼ばせる織田《おだ》家の狂犬だ。

「それは……よろしいので？」

普段であれば文句は言わない。母がこうして口に出したということは、恐らく父に対しての根回しは終わっているのだろうし、暇にさせておくよりも何かやらせておけというのが父の考えでもある。

だが、犬姉さんが夫佐治信方《さじのぶかた》を失ったのは、ほかならぬ長島一向宗《ながしまいっこうしゅう》との戦いが理由だ。犬姉さんにとっては、忌《い》まわしい地であろう。

「ご本人は乗り気でありました。彼の地から一向宗の匂いをすべて取り払ってくれると」

何とも犬姉さんが言いそうなことである。

「私としても、織田軍十万、一揆軍十万、合計二十万人の来場者を収容してなお余裕がある長島のキャパに、満足しております」

「一応全員必死で戦ったんだからさ、来場者って表現するのやめてくんない？」

貴女の腹心の夫が討ち死にしたのですよ？

「コミケの予行えんしゅ、いえ、平和への地ならしは終わりました」

「今完全に予行演習と言ってはおりましたが」

何となく釈然としない最後ではあったが、こうして長島三者会談は終わり、開きとなった。俺と違い、今もって戦いが継続している彦右衛門殿は取り急ぎ紀伊へと取って返し、俺は伊賀へは戻らず、船を使って美濃《みの》方面へと向かった。

◇◇◇

「ですから、このように敵を、あるいは敵の着ている服のみを切り裂いた後、斬鉄剣をしまいながらこう呟くのです『また、つまらぬものを切ってしまった』」

「またつまらぬものを切ってしまった？」

「？　ではありません。もっと余韻をもって、重々しく、それでいて爽やかにです」

「直子《なおこ》様、拙者は服のみを切り裂くという芸当はできませぬが」

「物のたとえです。宝箱でも良いですし分厚い鉄板でもよいです。敵同士の絆《きずな》とかでも良いですよ？」

「ど、どれも切ったことがございませんが」

会合を終えた後、俺は母が岐阜城《ぎふじょう》に帰るために用意した船に乗り、川を遡上した。母は乱丸《らんまる》とはすでに仲良しで、甘い菓子で手懐《てなず》け、五右衛門《ごえもん》に対しては何だかよくわからない指導を行っていた。

「五右衛門、何一つ真面目に聞く必要はない。適当に聞き流しておけ」

母に捕まってしまった五右衛門はそのままに、俺は乱丸と囲碁などに興じていた。俺と乱丸が一緒

にいるところや、俺が何か乱丸に教えているところを見ると、母は恍惚とした表情で微笑むので何だか気持ちが悪い。

「まったく、昔っから帯刀《たてわき》殿はいけずで、母がしたいことをちっともわかってくれませんね」

「ちっともわかりませんが、それでも母上のことを他の誰よりも理解はしているつもりですよ」

母のことを理解しきれていないのは俺の理解力不足のせいではない。偏《ひとえ》に母の行動が誰にもわからない程度には常軌を逸しているからだ。

「何です？　柄にもなく緊張しているのですか？」

素っ気ない対応を繰り返し、言葉少なになっていると、母から問われた。

「それは多少の緊張はしていますよ。そろそろ三者会談が終わる頃合いですからね」

「三者会談など我々もしたではないですか」

「三者が持つ身代の大きさがまったく違います」

岐阜城を最終目的地としているこの船であるが、この船が途中必ず寄らねばならない城が一つある。織田徳川の同盟が結ばれた城、清洲城《きよすじょう》だ。現在彼《か》の地にて、父信長《のぶなが》が賓客を遇し、会合を開いている。

二年前、北条氏康《ほうじょううじやす》が死んだ。甲相駿《こうそうすん》三国同盟を締結した三人の英雄のうち、その二人目が死んだ。死に際し、北条氏康は上杉《うえすぎ》との同盟を破棄し、武田《たけだ》と再び同盟を結べと言ったという。だが、この遺言が実行されるよりも先に、戦国の世に恐ろしい同盟が締結されることとなる。すなわち、上杉輝虎《うえすぎてるとら》あらため謙信《けんしん》と武田信玄《たけだしんげん》の同盟、越甲《えっこう》同盟である。

調略や外交のうまさにおいて信玄に一歩譲る謙信と、謙信以外が相手であればほぼ負けなしの信玄。両者は結び、謙信は北陸を、信玄は関東を制そうとした。

この動きに対し、慌てたのは公方義昭様《くぼうよしあき》。大名家としての今川《いまがわ》が滅んだ東海の戦において、公方様は仲介役を担い、その中で一度は北条家の関東管領職《かんとうかんれいしょく》就任を認めてしまったからだ。最後には関東管領は上杉、関東公方を補佐するのが北条という形《かたち》にはなったが、恐らく上杉謙信からの不信は完全に拭えてはいまい。公方様は軍神の機嫌を取ろうと必死であると聞き及んでいる。

上杉謙信とまともに戦って勝てるとは露ほども思っていない父もまた、様々な贈り物を届け、もし不識庵《ふしきあん》殿（上杉謙信の号）が京に上《のぼ》られるのであれば自分が案内をすると、遜《へりくだ》った手紙を送った。

武田信玄は父が比叡山から追い、責任を追及した天台座主、覚恕法親王《かくじょほっしんのう》を領地に迎え入れ、権僧正《ごんのそうじょう》という高位を得ている。こちらはいつ織田家に対して宣戦布告することもできる状況であるということであり、それがいつであろうと、織田家にとって看過できないことである。父は正月はもちろんのこと、上巳《じょうし》（桃の節句）、端午《たんご》の節句、七夕に重陽《ちょうよう》、歳暮と、事あるごとに武田信玄の機嫌をうかがうための贈り物などをしている。その武田信玄は関東へ攻め上がり、すでに上野《こうずけ》を席巻《せっけん》しつつある。

龍虎手を携え東西へ侵攻する。最強同士の同盟は戦国の勢力図を早々に塗り変えつつあり、そしてこの両国の伸張を止めるために、織田・浅井《あざい》・徳川《とくがわ》の三者会談が開かれていた。

「内容などわかりきっておりますよ。徳川様に対しては遠江《とおとうみ》の守りを固めるように。そのための援助は惜しまぬと言っているのです。浅井様に対しては、上杉家が能登《のと》に攻め入るよりも先に加賀《かが》へと攻め入り、対抗せよと言っているのです」

「……まるで、知っているかのように話しますね」

俺もそのような予想は立てていたが、随分と自信満々に言うものだ。

「殿から直接聞いたことですので」

何か、尻尾《しっぽ》でも出さぬものかと思い、少々際どい訊き方をしてみたのだが、母はふふんと笑いながら言った。成る程、それならば間違いない。知っていて当然だ。

「越甲同盟の東、相模《さがみ》の新しき主《あるじ》は、この同盟に対抗できますか？」

「少なくとも、無為無策に敗れるようなことはありません。家を滅ぼす暗愚とも成り得ますし、天下を掴む英雄とも成り得る御仁です」

「そうですか、今のところ上野を難なく奪われてしまったような印象を受けますが」

問うてみた。それに対して母は動じることなく答える。

「あの土地は長らく北条と上杉の綱引きが続いておりましたからね。どちらにつくのもこりごりという国人衆が多くいたのです。となれば調略において東国無双の武田信玄が有利です。北条の四代目、氏政《うじまさ》殿は、相模や武蔵《むさし》の領地は譲らず、海を欲している武田信玄を相手に駿河《するが》を塞《ふさ》ぎ、守り抜いているではないですか」

そうですねと頷いた。その通りだ。俺が調べたものと同じ程度の情報を母は得ている。天下にその名をとどろかせる伊賀忍びを配下に入れた俺と同程度か、あるいはそれ以上の情報を。

「次々と、小勢力が淘汰《とうた》されてゆきます」

「時が早まっておりますか？」

訊くと、ええ、と頷かれた。母にとってはそれが最も良い結果なのだろう。極論として、その天下がたとえ織田のものでなかったとしても。

「けれど、清洲会談に帯刀殿が向かって何をするのですか？　今清洲城には殿と、三河《みかわ》守様、それと浅《あざ》井《い》下野守《しもつけのかみ》久政《ひさまさ》様がおられるはずですが」

「呼ばれたのですよ」

言うと、ああ成る程という表情で、母が笑った。

「殿に呼ばれましたか、殿もよくよく、子煩悩な方ですね」

「全員にです」

「はい？」

母の理解、いや誤解に対して修正を入れた。確かに俺は父にも呼ばれている。ともに夕餉《ゆうげ》を、とも言われているし、母も入れて三人で会話することを父は求めているのだろう。だが、それだけではない。

「徳川三河守殿と浅井下野守殿、お二人からも会って話がしたいと、指名を受けております」

緊張している理由が少しはわかってくださいましたかと言うと、母は目を丸くしながら何度か小さく頷いた。

◇　◇　◇

「又左殿《またざ》」

「お久《ひさ》しゅうございます」

清洲城に着くと、出迎えの中に、又左殿の姿があった。相変わらずすらりと背が高く、右目の下の傷が勇ましい。赤母衣《あかほろ》衆筆頭《しゅうひっとう》として、今日という日は大いに見せ場だろう。すぐ横に、黒母衣《くろほろ》衆《しゅう》筆頭佐々内蔵助成政《さっさくらのすけなりまさ》殿の姿もあった。又左殿と比べるとずんぐりむっくりしており、しかしそれが黒母衣とよく似あっている。精悍な顔つきの熊を見ているようだ。

「父上、ああいや、殿は？」

「昨日の内に話し合いは合意となり、織田が南と西へ、浅井が北へ、徳川が東へ、これにて三国同盟はまとまり申した」

「そは重畳《ちょうじょう》至極《しごく》」

「現在は鷹狩に興じておるようです。三河守様が腕の良い鷹匠《たかじょう》を連れてこられたそうで」

「左様ですか」

「帯刀殿、お犬《いぬ》殿、お話し中申し訳ありませんが、わらわは先に行かせて頂きます」

いつも鷹揚としている母が珍しく先を急いだ。どうしたことかと首を傾げていると、又左殿がこれは申し訳ありませぬと頭を下げた。

「御坊丸《ごぼうまる》様も、藤姫《ふじひめ》様も、直子《なおこ》様のお帰りをお待ちしております。こちらへ」

「ああ、大丈夫ですよ、場所はわかっておりますからね、そのかわり帯刀殿、乱丸殿をお貸しして頂けますか？」

「……変な遊びを教えたりしないでしょうな？」

「失礼ですね、母を疑っておいでですか？」

「信用される要素が見当たらないではないですか」

言うと、キッと睨みつけられた。視線を逸らし、心配だからお前もついていけと五右衛門《ごえもん》を行かせた。五右衛門は、俺を置いてゆくことに少々引け目を感じているようだったが、俺は又左殿の肩をポンポンと叩く。

「又左殿ほど頼りになる方はいない。心配するな」

「……畏《かしこ》まりました」

そして、五右衛門は、又左殿に深く一礼をしてから母の後ろを追った。

「慕《した》われておりますな」

「がんばりましたので」

そんなことを言っていると一陣、冷たい風が吹いた。俺たちは寒い寒いと言い合いながら城へ入り、俺は又左殿に言われるままに清洲城の一室へ入った。

「ここで待っていろと殿が仰《おお》せでしたので、何か飲み食いしながら待ちましょう」

通された一室は畳敷きで、広さは八畳。二人で話をする分には広いが、城主を待つ部屋として適しているとは思えない。恐らく父がこの部屋が良いと言ったのだろうから気にはしないが。

一度外に出て、それから温かい茶と餅を持ってきた又左殿。何か食いたいものはあるかと言われ、伊賀《いが》では魚が食えないと言うと、すぐに刺身が出てきた。俺は茶で、又左殿は濁り酒で乾杯をした。

「兄上や慶次郎《けいじろう》は元気ですか？」

「元気ですよ。慶次郎は、少々元気過ぎますが」

「藤吉郎《とうきちろう》が悔しがっていました。自分が伊賀を獲るつもりだったのに、まんまと出し抜かれたと」

「ようやく羽柴《はしば》殿から一本取れました。これまでは出し抜かれたり驚かされたりするばかりでしたから」

「遅くなりましたが、伊賀守《いがのかみ》任官おめでとうございます」

「ありがとうございます。石高が上がって、むしろ暮らしは貧乏になってしまいましたが」

そんな話をつらつらとすること一刻。そういえば母が長島でまたおかしなことを、と俺が言うと、又左殿が楽しそうに笑った。

「本当に、直子様はいつになっても楽しそうなことをなさいますな。某《それがし》は直子様に恩義があるゆえ、悪ふざけにはすべてお力添えいたしますが」

かつて織田家を出奔していた又左殿が金に困っていた頃、生活の面倒を見ていたのが母だ。それ以来又左殿は、母のやることなすことすべて賛成する。同様に金銭を援助してくれ、その後も仲良くしている羽柴殿に対しても常に味方をしている。こうやって言うと単に誰とでも仲良くなれる人物に聞こえかねないが、たとえ目上の人物であろうと犬だとか又左だとかうかつに呼べば、次の瞬間には拳《こぶし》か、悪ければ槍《やり》が伸びてくる。誇り高い犬なのだ、又左殿は。

「お犬姉さんまでも味方につけているとは、我が織田家家中の名犬は皆、狐の尾に絡め捕られたか」

「ははは！　公の場で言ったら問題になるお言葉だ！」

「だから又左殿の前でだけ言っているのです。母が描く衆道本《しゅどう》に又左殿もいつ描かれるかわかったものではないのです。嫌なら嫌と言うべきですよ」

「別に嫌ではありませんからなあ。衆道は武家の習いですし、直子様が描く幼い娘の絵はなかなか良いですぞ」

天日に干して乾かしたイカを噛みながら又左殿が答える。そういえばそうだった。この人はかつて父の小姓をしていた時に、その寵愛を一身に受けていたという話である。どこまでをもって『寵愛』とするかは聞けないが。それだけでなく、女性の趣味も広い。何しろ十二で嫁いできた妻のまつ殿を、翌年には孕《はら》ませてしまうのだから。まつ殿は確か今四人目を身ごもっているところである。

昼も夜も一騎当千、槍の又左の存在に改めて慄《おのの》いていると、外からタカタカと元気に走る足音が聞こえてきた。

「にーに！」

襖《ふすま》を開き、現れたのは今年で五歳になる妹藤《ふじ》だ。俺の姿を見つけるなり、体当たりするかのような勢いで胸に飛び込んできた。

「おお、また大きくなったな。元気いっぱいだ」

「お帰りにーに！　犬ちゃんも！」

俺にしがみ付きながら、正面に座る又左殿に言う。又左殿は慶次郎を彷彿とさせるニヤリとした笑みを浮かべ、おうと言った。

「俺は出かけてたわけじゃない。お帰りって言うのは違うぞ」

「いいの！　私のところに帰ってきたからお帰り！」

「はっはっは、自分が中心か、さすがに、殿の娘なだけはある」

先ほどは藤に対して藤姫様と敬称をつけて呼んでいた又左殿が、気取らないざっくばらんな口調になっている。普段はこういう感じなのだろうか。最近一緒にいられることが少ないのでわからない。

「あのねえにーに、私ねえ、お願いがあるの！」

語尾にすべて『！』がつきそうな音量で藤が言う。わかったわかったと言いつつ、とりあえずひょいと持ち上げ傍《かたわ》らに置く。藤が開け放したままの襖の向こうから、母の手を引く弟御坊丸がやってきた。

「久しぶりだね御坊丸」

俺が言うと、無口な弟御坊丸は顔全体をくしゃくしゃにするような満面の笑みを見せてくれた。双子の姉である藤が、起きている間ずっと話をしているような子供であるのに対し、御坊丸は周囲が心配するほどしゃべらない。だが、表情は豊かで、聞き上手だ。どんな話でも楽しそうに聞いてくれるので皆が御坊丸に話をしたがると、古渡《ふるわたり》ではもっぱらの噂であった。

「あら、殿はまだいらっしゃらないのですか？」

御坊丸に手を引かれて入室した母が意外そうに言った。母の言葉を聞いて、俺の肩にしがみつくようにしていた藤が御坊丸に向き直る。

「どうなの⁉」

藤に言われ、御坊丸は笑いながら首をふるふると横に振った。

「もうすぐ来るって！」

それだけの仕草ですべてを理解した藤は俺たちに言う。そしてその予言違《たが》わず、間もなく、『殿がお戻りになられた！』という声がそこかしこから聞こえた。

「何でわかった？」

驚いて俺が訊くと、御坊丸は少し恥ずかしそうに微笑みながら地面を踏みしめた。てしてしてし、と自分の口で音を鳴らしている。

「足音とかでわかったって！」

藤が言う。それを聞いて御坊丸が左の拳を握り、親指だけを立てて伸ばす。それに対し、藤が右手で同じことをし、親指同士をグッと合わせた。母がやらせそうな仕草だ。母も又左殿も驚いてない。いつもこのような感じなのだろう。

「さて、殿は『俺が来るまで待っていろ』と仰せでしたが、いかがしたらよいか。お身内の団らんを邪魔するのも申し訳ございませんゆえ」

「良いではないですか、お犬殿ならば身内でしょう」

「そう、犬ちゃんならば！　ね⁉」

言われた御坊丸がこっくりと頷き、そして、父が襖を開けた。

「お帰りなさいませ」

言いながらうかがった父の顔色は、上機嫌に見えた。

第七十五話　居酒屋鳥大名

「貴様、伊賀の忍びどもに随分と優しくしてやっているそうではないか」

やってきた父は、何の前置きもなくそう言い、俺の前に座った。父が座ると、その両脇に藤と御坊丸が貼りつくようにして座る。父は暑苦しいぞ貴様ら、と言いながらも袂《たもと》から懐紙を取り出した。中にはパンが挟まれている。ほんのり黄色く色づき、甘い香りがする。手渡された二人は満面の笑みで父に寄り掛かり、甘いパンに齧《かじ》りついた。飼いならされているなあ、この二人。

「百地丹波《ももちたんば》はともかく、他の連中は皆領地召し上げで良かったであろう。丸山城《まるやまじょう》と南伊賀の百地領があれば、ろくな抵抗もできなかったはずだ」

「そりゃあ」

いろいろあるのですよ。と言いかけて止めた。父はそのいろいろを話せと言っているのだ。回りくどいことを言っていたらいつ怒声が、次いで拳が飛んでくるかわからない。

「当家が伊賀一国を得ることは、五十万石、百万石を得たも同然です。ゆえに藤林《ふじばやし》とその一党を除き許しました。拙者の実入りは少々悪くなりましたが、当家にとってはその方が良いと考えました」

「何故百万石もの値打ちがあるのか、詳しく話せ」

父がそう言ったのとほぼ同時に、小姓たちが部屋に入ってきた。父の前に一口大《ひとくちだい》に切って竹串に刺し、直火で炙《あぶ》るように焼いた鳥を何本か置いた。その隣には陶の器、透き通った液体が入っている。

串一本無造作に掴み、食う父。両脇に座る小さな連中に『食え』と言うと、二人とも喜んで手を伸ばした。

「久太郎《きゅうたろう》、又左にもだ」

「はっ」

そう言って、小姓が部屋を出てゆき、父と子供たちが鳥を食う。それから、陶の器に注がれた液体をゴクゴクと喉を鳴らして飲む。水ではなさそうだが茶でもない。

「どうした、早く答えろ」

ふうー、と長く息を吐いた父から言われた。

早くって、小姓たちに指示を出す貴方を待っていたのではないですか、とは言わない。無駄だから。

「伊賀の北には近江《おうみ》があります。六角《ろっかく》を追い出してからすでに六年。今もって安定しなかったのは伊賀に六角親子がいたからです。伊賀さえ安定させることができれば、近江が安定します。そうすれば京から美濃《みの》への道を心安く往来できるようになり、領国すべてに益をもたらすでしょう。小さくとも、実入りは少なくとも、この土地は扇の要《かなめ》。時をかけてじっくりと叩き潰すよりも、一刻でも早く味方に付けてしまうに如かず。と考えました」

嘘は吐いていない。事実その通りだと思う。観音寺城《かんのんじじょう》ほどの名城をあっさりと捨てた六角親子は しかし、その後の抵抗は激しくそして粘り強かった。浅井《あざい》・朝倉《あさくら》・三好《みよし》・本願寺《ほんがんじ》と、その時その時で味方となる者らと組み行ってきた後方かく乱は、少なからぬ被害を織田家にもたらしている。だが、伊賀が南から制圧されたことによって抵抗の術《すべ》を失い大坂へ撤退。六角氏の影響が強かった甲賀郡《こうかぐん》も、もはや完全に沈黙している。

「それだけではあるまい。貴様の腹は読めているぞ」

俺の言葉を聞いて、父がニヤリと笑いながら言う。俺と母の前にも、父の前に置かれたものと同じ膳が置かれた。細切《こまぎ》れにした鶏肉は塩とタレ。すり身にした肉には梅肉とシソの葉がのっている。蛇腹《じゃばら》に折られてつながっている皮に、どこの部分であるかはわからないが恐らく内臓であろうと思われる部位が二つ。

「追い立てた伊賀忍びどもの半分は大坂城《おおさかじょう》に逃げた。他の半分は高野山《こうやさん》や熊野三山《くまのさんざん》など、織田と戦わんとする別の勢力に散った。そして貴様は、伊賀を捨てなかった者らに対し、もし戻ってきて帰農するのであれば、以前の土地を返すと触れを出したな」

「田畑の実りこそ、国の根本《こんぽん》ですからね」

「腹は読めていると言っておろうが」

良い香りがする鶏肉は美味そうだったが、それ以上に陶の器に注がれた液体が気になった。舐めるように一口飲むと酒だった。炭酸水に酒を混ぜ、砂糖で甘くした果実の汁を混ぜたものだ。器は外で冷やしておいたのか、雪解け水を使ったのかキンと冷えている。藤と御坊丸にも同じものが出されている。まさかあの歳の子供に酒を出しはしないだろうから、酒を抜いた果実汁だろう。

「大坂に限らず、逃げ出した伊賀忍びたちは、追い詰められれば伊賀に戻ろう。その時貴様が奴らを許せば、伊賀忍びは知る限りのことを貴様に流す。そうなれば今後の戦において、貴様は労せず敵の泣き所を手に入れることができ、戦いを有利に進められる。貴様の狙いはそこにある。であるな？」

「ご慧眼《けいがん》、感服《かんぷく》いたしました」

さすがは父だ。いや、古い家臣連中は皆、言われずとも俺の狙いを理解していたようであるし、大した計略ではないのかもしれない。だがまあ、いずれにせよ身内にバレるのならば構わない狙いだ。強《し》いて言えば、又左殿がいる前で言わないで欲しかった。

「猿《さる》に勝ちたいか」

「勝ちたいですな」

あの孫悟空のみならず、すべての家臣連中に勝ちたい。織田家をこの手にという野心はないが、俺の名を『織田信長の子』以上のものにしてやりたいという野心は強くなるばかりだ。そのためには俺の直轄領や現在の石高などは二の次で良い。銭は作れるし、稼げる。次の戦の、さらに次の戦への布《ふ》石《せき》を置き続けなければ。戦で権六《ごんろく》殿と彦右衛門《ひこえもん》殿、人脈で十兵衛《じゅうべえ》殿と弾正少弼《だんじょうのしょうひつ》殿、信頼で心月斎《しんげつさい》殿と丹羽《にわ》殿に、俺はまだまだ敵わない。今言ったほとんどすべてで羽柴《はしば》殿に勝てないし、今は俺の方が少々上に立っているが、又左殿や黒母衣衆《くろほろしゅう》筆頭の佐々内蔵助《さっさくらのすけ》殿も戦のたびに功《こう》を立てている。うかうかしている暇はないのだ。

「その野心は良し。若いのだ、味方を殺してでも上にのぼりたいと思うくらいがちょうどよい」

「父上、子供が聞いておりますれば、そのような物騒な物言いはお控えください」

たしなめるようなことを言うと、父と母とが同時に笑った。

「まだ五つの子供がこのような話を聞いてもわかるはずもあるまい」

「わかってはいなくとも覚えてはいるということもありましょう。後々の教育によくありません」

「ならば貴様はこの年の頃に大人がしていた話を覚えておったというのか？」

問われたので、もちろんですと胸を張った。生後半年の頃から、母の腕の中で聞いていた話はすべて覚えております。と言い返すとさらに笑われた。確かに、ちょっとばかり大袈裟に言ったことは認めるがそんなに笑わなくとも良いと思う。子供が大人の話を意外とよく聞いているというのは本当のことであるのに。

「父上は酒を飲まれるようになったのですね」

しょうがないので話を変えた。藤と御坊丸は父の皿から勝手に串を取ってはもしゃもしゃと食べている。代わるがわる立ち上がっては小姓たちが持ってきた皿をもらい、父の皿に鳥を追加する様子が大層愛らしい。うん。何も聞いていなさそうだ。

「濁り酒も澄み酒も好きではないが、これは果実の甘みが旨くてな。酒精も濃くない。幾らでも飲める。お前も飲め」

勧められたのでグッと飲んだ。確かに飲みやすくて旨い。鳥の串も食べやすい。藤が持ってきた完全に骨にしか見えない串に齧《かじ》りついてみた。噛んでも完全に骨だ。しかし噛み砕くことができ、コリコリとしていて旨い。何だこれは。

「母上は、父上にも増して酒嫌いだと思っておりましたが」

「そうですね、ガチの酒は嫌ですけれど、松葉でサワーが作れるとわかってからはいろいろやってみようと思うようになりましたね。果実系のお酒なら美味しいですし、最近では蜂蜜だけでなく果糖や砂糖も手に入るようになりましたし」

「果物であればこれは作れるものですか？」

　ガチの酒って何ぞ？　とは聞かず果実系の酒という点について質問してみた。母が養蜂していた蜜蜂を領地に持って帰ることはしていないが、母から養蜂のイロハは習っているので伊賀でも蜂蜜を集められるようにはするつもりだ。

「何であっても作れますよ。酒精の濃い酒に砂糖と果物を入れておけば良いのですから。琉球酒や清酒を使うと濃いものが作れます。安く作ろうと思うのでしたら口噛みの酒や濁り酒に砂糖そのまま放り込んで放置しておけばよいのです。味は劣りますが自分で作って飲む分には楽しめるでしょう。珍陀酒《ちんとしゅ》（ワイン）のようなものを作っても良いですね。潰して放っておけば発酵します。母も詳しく作り方がわかるわけではありませんので、人に聞くなり、調べるなり、試してみるなりしてみてはいかがです？」

「旨いものができたら買ってやるぞ」

　上機嫌に果実酒を飲む父が言葉を挟んだ。器を渡された藤が襖《ふすま》を開けると、小姓がうやうやしく受け取り廊下を走っていった。その間に御坊丸が大人たちの皿で空になったものをまとめている。串は竹で作った筒の中にまとめて放り込み、皿とまとめて襖の横へ。なかなかよく動く子供たちだ。藤に比べて御坊丸がする仕事量が多すぎる気もするが。

「柿に木苺《きいちご》、葡萄《ぶどう》と、枇杷《びわ》と……ああ、梅もありますね」

「柑子《こうじ》や蜜柑《みかん》の類でも良いでしょう。野菜でもやってみたらどうです？　誰もやらないことを始めた方が競合相手は少ないですよ」

言われて、成る程と頷いた。米で作る酒も、言ってみれば米という果実を使っているわけであるし、茄子《なす》やら葱《ねぎ》やら人参《にんじん》やらで作ってみても罰は当たるまい。不味かったら二度と作らなければよいだけの話だ。

「大変考えの足しになりました。母上、ありがとうございます」

しばらく、又左殿も含めた四人でああでもないこうでもないと話をし、何となくどうするべきかが見えてきた。礼を言うと、普段よりへろへろとした声で『いいんですよぅ』と言われた。母も結構酒が進んでいるな。かくいう俺も、話をしながらすでに二杯飲んでいる。三杯目もすでに用意されてある。飲みやすいからといって飲みすぎてしまう。この酒は意外と曲者《くせもの》かもしれない。

「そろそろ眠る頃ですね」

手遊びに父の手を取って指を折り曲げたり伸ばしたりしていた御坊丸が大きなあくびをしたのを見て、母が言った。御坊丸は小さく二度頷いたが、藤が『まだ！』と大きな声をあげた。

「まだにーににお願いしてない！」

その言葉を聞いて、俺以外の大人たちが三人とも『ああ』と声を漏らした。又左殿も含めて三人とも把握している話であるらしい。何だ？

「藤、お願いとは？」

父と母の顔をうかがってから藤に聞いてみた。藤は俺の視線を受けてチラリと横を見る。御坊丸が父の手を離し、両手を膝の上にのせ、こちらを見ていた。

「兄上と一緒に、近江に行きたいです」

短い言葉であったが、しっかりとした言葉だった。これまで無口でありながら表情豊かだった御坊丸が、今は真剣な表情で話している。ほほう、と俺は頷いた。三人とももちろん承知していることなのだろう。

「近江に行って何をしたいのかな？」

「近淡海《ちかつおうみ》が見たいです。それと、大きなお城も見たいです」

一瞬、近淡海より大きな外海が尾張で見られる。大きなお城も、岐阜城《ぎふじょう》が大きな城であるし、近江の観音寺城《かんのんじじょう》も多くが壊れている。と意地悪なことを言ったらどうなるか考えた。もちろん口にしない。この子の両親が怒りそうだからだ。

「歩くことになる。大変だぞ」

「大丈夫です。がんばります」

「藤も行きたいのか？」

「行きたいです！　お買い物したいです！」

「お買い物だったら熱田《あつた》や津島《つしま》でもできるぞ？」

藤には意地悪を言ってみた。でも行きたい！　と真っすぐな返事に笑う。そうだよなあ。どんな理屈で丸め込まれようと、やりたいことはやりたいし、行きたいところには行きたいよなあ。

母の顔を見て、それから父の顔を見た。母はにっこりと頷き、父は複雑そうな表情で二人の頭を撫でている。

以前俺が慶次郎《けいじろう》、助右衛門《すけえもん》とともに旅をした時とは状況が違う。あの時の俺は言っても庶子であったし、俺が死んだところで村井《むらい》家や信広《のぶひろ》系織田家、すなわち身内への迷惑で済んだ。俺の代わりに叔父の誰かが村井家の養子となり、後に信広義父上の家に婿入りしても良かったのだ。だが、俺や直政《なおまさ》伯父上の功があったため、今、御坊丸と藤の二人は、母を原田《はらだ》一族の娘とする織田家重臣の出となった。俺は伊賀を任されるようになったし、直政伯父上は着々と出世している。吉乃《きつの》様は亡くなられ、濃姫《のうひめ》様は尼となられた。当主信長の妻としても、母の立場は上がっているのだ。それらの後ろ盾が、皮肉にも二人を俺ほど自由な身とはさせられなくした。御坊丸は東美濃の要衝《ようしょう》を任され、藤にもすでに複数の縁談が寄せられている。

「これから、今まで以上に帯刀殿とこの子らがともに過ごせる時間が減ります。思いのままに羽を広げさせてあげられるのは、あるいは最後かもしれませんので、私から殿に無理を言ったのです」

それほど多く間を開けたつもりはなかったが、俺の内心を見透かしたのか母が言った。成る程。母が笑っていて、父が複雑そうな表情のまま反対しないのはそういう理由か。

「護衛はどうします?」

まさか、俺の時のように二人だけとはいかないだろう。

「原田家の者をつける。母衣《ほろ》衆もつける。犬と内蔵助に警護をさせる」

思わず笑った。母衣衆筆頭を二人ともつけるとは、相変わらず過保護だ。遊び相手には歳が近い乱《らん》丸《まる》もいる。後で五右衛門に手の者を増やすように頼んでおこう。

「わざわざ出かけて近江というのもつまらないな。観音寺城よりも岐阜城の方が見ごたえがあるし、観音寺の市も、戦乱で規模を小さくしてしまった」

話はわかった。俺としても可愛い弟妹とお出かけすることにやぶさかではない。なので、この言葉は意地悪で言っているわけではない。

「そうだ、京都行こう」

わざとらしく今思いついたかのような表情で手を打った。京都ならば信広義父上もいるし村井の親父殿もいる。最近はずいぶんと賑やかになって、治安も安定してきた。

「行きたいよな？」

「「行きたい!!」」

俺が訊くと、二人が立ち上がって答えた。親二人が驚いている。何を驚いているのやら。むしろこの二人が近江までの往復という中途半端な計画を立てていたことの方がらしくない。

「よし、話は決まった、兄はもう少し父上母上と話をしてゆくから、早く寝ると良い」

「犬、連れていってやれ、お前も今日はもう下がって良い」

たっぷり食べて酒も飲んだ又左殿が、失礼いたしますと言いながら立ち上がった。御坊丸はお休みなさいませ、と行儀良く言い、藤は父におとーさんお休みと言ってしがみついた。

「にーにやら、おとーさんやら、珍しい呼び方ですがあれは何です？」

「可愛いでしょう？　兄のことをにーにと呼ぶ美少女を育てるのが夢だったのですよ。帯刀殿と藤のお陰で夢が叶いました」

「またよくわからない夢ですね」

別に実害はないから構わないが。

「帯刀」

父が、ほんの少し真面目な口調になって俺を呼んだ。やっと本題かなと思い、はいと答える。残っていた酒をグッと飲み干し、冷たい水を所望《しょもう》した。

「春になったら大坂を囲む」

「いよいよ決着ですか？」

比叡山蜂起後の、屈辱的な和睦の後、織田家はさらに一回大坂本願寺と和睦をした。この時は織田としても上杉・武田の動きがどう出るかわからないという状況にあったので両者引き分けのかたちだった。次もし和睦があるとすれば、本願寺顕如《ほんがんじけんにょ》が屈服した時だろう。

「熊野三山《くまのさんざん》が及び腰だ。彦右衛門《ひこえもん》に速玉《はやたま》を落とされたことに随分と驚愕したらしい。寺領を認めてくれれば織田に助勢すると言って来た」

「御認めになるので？」

「一万貫払わせる。それで今年は、熊野三山との戦いは矛を収める」

「大坂が落ちたらどうなることか、わかりそうなものですけれどね」

父は寺社領など認めない。大坂が陥落し、紀伊の西側を攻撃するようになり、高野山《こうやさん》も囲むような状況になったら、改めて寺領の召し上げと武装蜂起の禁止に、砦と化している山寺の破棄などを言い渡すだろう。紀伊を今の紀伊としておきたいのであれば、少なくとも織田家とは相容《あいい》れない。

「高野聖《こうやひじり》どもも、比叡山の二の舞が怖いのか尻込みして見える。もはや連中が頼みとできるのは毛利のみ」

頷く。恐らく今回の清洲会談において徳川殿や浅井殿ともしっかり話し合ったのだろう。徳川殿は三河一向一揆以来今もって領国内で一向宗禁令を出している。浅井家も越前朝倉家をして最後まで手を焼かしめていた一向宗を国内から締め出した。本拠地たる大坂が落城となれば喜ばしいことだろう。

「伊賀からは兵二千を出します」

本当のことを言えば秋の収穫まで時間が欲しい。だが、そんなことを言える状況にないのはどこも同じだ。二千であれば何とかなる。

「いや、貴様は二百で良い」

決意とともに口にした言葉はしかし、即座に制された。どういうことですかと訊くと、他にやってほしい仕事があると言われた。

「思えば貴様が世に名を馳せたのは矛においてではなく、文において、言葉においてであったな」

「懐かしい話です」

林《はやし》秀貞《ひでさだ》の名と顔が思い出される。高野山や熊野三山を対織田戦線に引っ張ってきた立役者だ。こちらから恨んだことはないが、相手からすれば恨み骨髄だろう。

「その弁論をもって、大坂の坊官《ぼうかん》どもを打ち破れ」

「……詳しく聞かせて頂きましょうか」

水が用意された。一気に飲み干す。酔ってはいたものの、頭は冴えていた。

第七十六話　握る手と振るう手

「顕如《けんにょ》が公方《くぼう》に泣きついた」

父の言葉に、成る程と頷く。本願寺《ほんがんじ》勢は、口では織田《おだ》家を仏敵《ぶってき》と呼び、織田信長《おだのぶなが》には必ず仏罰が下ると強気の言論を繰り返している。だが、本心でも大局《たいきょく》利非《りあら》ずをわかっておるのだろう。

「戦っても勝ち目は薄い。今なら、和睦すれば往事とはいかぬまでも畿内の一勢力としての地位は確固たるもの」

「だが、俺は引かぬ」

俺が本願寺勢力の本音を想像し述べると、父が言い放った。そこで、公方様の出番だ。

公方様は天下の調停者となることを目指しておられる。日ノ本の宗教において最も勢い盛んな本願寺と、同じく石高において日ノ本一の織田家、この両勢力の間を取り持つことには大きな意味があるだろう。

「本来であれば父上にとって、公方様の御力が強くなることは望ましくありません。ですが」

父の表情を見ながら、何か手を打っているのでしょうと聞いた。父がニヤリと悪い笑い方をする。

「摂津衆《せっつしゅう》をはじめとした畿内勢力が公方に働きかけた。大坂を、一向宗を許すべきではないと」

「摂津衆と言うと、摂津三守護ですね。池田筑後守《いけだちくごのかみ》殿、和田紀伊守《わだきいのかみ》殿、伊丹大和守《いたみやまとのかみ》殿、いずれがそう仰っておるのです？」

「全員だ」

俺の質問に即答する父。少し冷めたつくねを咥《くわ》え、串から外す。

「池田と伊丹は三好三人衆に幾度となく苦汁を舐めさせられておる。

俺が三人に摂津を与えてからも隙があればすぐに攻められ、戦場となるは和泉《いずみ》か摂津であった。今さら争乱の根源である大坂を許せはするまい」

「和田殿は？」

「この度、正式に耶蘇会《やそかい》より切支丹《キリシタン》の洗礼を受けた。家臣の高山《たかやま》も熱心な信者だ」

切支丹。ルイス・フロイスら京都を統括する宣教師たちの努力により、近畿でも急速に勢力を拡大させている。日ノ本にはない、南蛮渡来の技術を惜しみなく伝え、政治には介入してこない。だが、切支丹を邪教だと忌み嫌う仏教徒たちには容赦なく、お前たちこそが邪教徒であると言ってはばからない。当然のことながら大坂本願寺とも仲は悪い。

「河内《かわち》の畠山《はたけやま》も大和《やまと》の筒井《つつい》もそれに続いた。公儀の重臣どもからも、降伏に近いかたちでなければ大坂本願寺と和議を結ぶ意味はないとの声が出ている」

「それはまことに『出ている』のですか？　父上が『出させている』のでは？」

訊くと、父が悪そうな笑みを深めた。貴様もやっていることであろうが、と一言。頷く。全員に手を伸ばしているわけではないが、幕臣の方々とは以前より誼《よしみ》を通じ織田家について便宜を図ってくださるよう根回ししている。十兵衛《じゅうべえ》殿や弾正《だんじょうのしょうひつ》少弼殿が京都近くにいることが多いので、その役目のほとんどは持っていかれた感があるが、三淵藤英《みつぶちふじひで》殿や、細川《ほそかわ》から名を変えた長岡藤孝《ながおかふじたか》殿の兄弟、あるいは一色藤長《いっしきふじなが》殿へは、事あるごとに贈り物をしている。

「十兵衛殿や弾正少弼殿はどうです？」

「十兵衛からは何もない。弾正少弼は、大坂城を退去させこれを取り壊すまでは戦いを終わらせることはできぬと言っておる。奴も甥が切支丹に帰依しておる。新し物好きでもあるしな、仏教よりは切支丹寄りよ」

「内藤如安《ないとうじょあん》といいましたか、今さらながら、切支丹に入信する者も随分増えてきましたね」

そして、切支丹は、例外なく仏教徒と争う運命にある。

「畿内における公儀の重臣どもは、公方にとって蔑ろにできぬ支持基盤だ。連中が和議に反対するのであれば、公方がそれを押し切ることはできぬ。調停者であるのだからな。正しいか正しくないかは二の次よ。己を支える連中の機嫌は損ねられぬ」

腕を組み、成る程と頷いた。俺は今まで、各勢力の調停を行うことでご自身を権威づける公方様の動きを感心しながら見ていた。どの勢力とも決定的に対立することなく、高みにおいて発言権を強めてゆく。その中で大和・山城《やましろ》・河内・和泉・摂津のいわゆる五畿内で自らの支持者を増やしていった。だが、その支持者たちがそれぞれ一つの勢力になるにつれ、公方様は彼らの機嫌もうかがわなければならなくなった。御恩と奉公は武家政治の根幹だ。御恩をくれない者に返すべき奉公などない。そして、公方様から恩を受けた畿内の幕臣は、皆父からも恩を受けているのだ。公方様と父と、どちらが己にとってより良い主《あるじ》か、常に計りながら情勢をうかがっている。

「結果公方は本願寺からの要請に応えることができなくなった」

公方様としてもここは正念場だ。本願寺に恩を売ることができれば、室町幕府がその始まり以来常に腐心してきた寺社との関係において優位に立てる。

「何とかならないかと俺に泣きついてきた公方に俺が出した案が、衆目《しゅうもく》の前にて討論を行い雌雄を決すべしという話だ」

「衆目の前にて、ですか?」

ロレンソ了斎《りょうさい》が法華宗《ほっけしゅう》の朝山日乗《あさやまにちじょう》を喝破してより、切支丹の言論の強さは畿内全域に、ひいては日ノ本全土に轟《とどろ》いた。藪をつついて蛇を出すことを恐れ、今はどの寺も、切支丹と正面切って言い合おうとはしない。先ほどの和田惟政《わだこれまさ》殿も、ほかならぬロレンソ了斎によって切支丹に傾倒し、洗礼に至った者である。

「そうだ。公方の膝元である二条御所《にじょうごしょ》前にて討論を行う」

「それは、本願寺と、切支丹がですか?」

切支丹相手とはいえ、仏教勢力が大同団結などできるのか。仏教、というくくりで一つにまとめようとしても、もはや広がりがあり過ぎて統一した話ができないような気がするが。

「議論に参加するのは浄土真宗の本願寺派と、同じ真宗だが本願寺とは不仲の高田派《たかだ》。切支丹も加わり、比叡山延暦寺《ひえいざんえんりゃくじ》の僧にも参加させる。伊勢神道《いせしんとう》と、これはまだ本決まりではないが曹洞宗《そうとうしゅう》も来させるつもりだ。それぞれ代表を送り出し、そこで討議させる」

「六勢力も」

あえて勢力という言葉を使った。宗教の数で言えば神道・仏教・切支丹の三つとなるのであろうか。

神道は、大陸からも南蛮からも影響を受けず日ノ本の民が見出し育ててきた原始宗教だ。仏教伝来は古《いにしえ》の昔、欽明帝《きんめいてい》の御代にまで遡《さかのぼ》る。その娘は日ノ本初の女帝推古の帝であり、かの天才聖徳太子《しょうとくたいし》が日ノ本を唐国の柵封体制から脱却させた時代だ。新進の切支丹とあわせ、三つの宗教がぶつかることになる。本願寺とは本来浄土真宗の本願寺派と呼ぶのが正しい。それに対し、浄土真宗の最大派閥であり、本願寺の対抗勢力であるのが高田派である。比叡山延暦寺については、今さら説明の必要などないだろう。

「曹洞宗も招かれるのですね」

「曹洞宗のみにはこだわらぬ、臨済宗《りんざいしゅう》でも良いし時宗《じしゅう》でも良い。連中は武家と争わぬからな。新仏教から一宗派集めることができればと思っておる」

曹洞宗や臨済宗もまた、空海《くうかい》や最澄《さいちょう》が日ノ本に伝えた大乗仏教の流れを汲む仏教宗派の一つである。平安以来の往生浄土を願う信仰に、これら大乗仏教の教えが加わり、さらに禅宗という教えとが混ざり、鎌倉時代に『新仏教』という一つの大系を成した。南都六宗や天台宗・真言宗などの旧仏教に対抗するかたちでできあがっていったのが新仏教六宗だ。平安時代末期から鎌倉時代にかけて仏教に変革を起こそうという流れは、法然《ほうねん》の浄土宗《じょうどしゅう》・親鸞《しんらん》の浄土真宗・一遍《いっぺん》の時宗・日蓮《にちれん》の法華宗《ほっけしゅう》・栄《えい》西《さい》の臨済宗・道元《どうげん》の曹洞宗の六つ、いわゆる『新仏教』となる。

「神道で一つ、切支丹で一つ、延暦寺は天台宗ですので旧仏教で一つ、残りの三つは新仏教ということですね」

うち二つが浄土真宗、最後の一つはまだ決まっていないが武家と争わない三宗派から連れてくるとのこと。割合としては悪くない気がする。

「討論、と申されますと、一体何についてでしょうか？」

出席者が分かったところで、気になったところを質問した。以前、父と公方様が行わせた討論は、法華宗が切支丹の矛盾を指摘し、それをロレンソ了斎が論破するという結末を見た。つまり議論の根幹は『どちらの教えが正しいのか』ということになる。此度は一体何を主題において議論をするのか。

「日ノ本に必要か否か、だ」

「それはまた、何とも……」

残酷だと口に出かかった。神道だろうが仏教だろうが切支丹だろうが、根幹として人間を救うことを目的としているのには違いがない。『必要であるかどうか』について話し合いをさせられるとなればどうなるであろうか。もし討議に敗れ『必要なし』と見做《みな》されたら権威や権力など地に落ちるどころか爆発四散する。それを公方や父の前で語り合えというのだ。

「父上らしい、まことに壮大な計略でございますな」

「そうであろう。公儀の重臣はもとより俺や織田家中の主だった者たち、畿内の大商人たち、そして公家衆。何よりも信者たちには自由に見学させる。あらん限りの右筆《ゆうひつ》をもって討論の中身を書かせ、そしてそこで話された中身は即刻畿内全域に広める」

特定の宗教に強く肩入れしていない俺が、背筋を震わせ唾《つば》を呑んだ。先に父が挙げた六宗教・宗派の信者たちが、日ノ本全土にどれだけいるだろうか。何万という数では当然きくまい。数十万、数百万あるいはそれ以上。彼らの信心の是非が問われる。ある者は否定され、ある者は肯定される。それは桶狭間《おけはざま》より、観音寺城《かんのんじじょう》より、長島《ながしま》よりも大きな意味がある戦だ。

「ならば、俺は六者が円滑に話し合えるよう裁量するのが我が役目と心得ればよろしいですか？」

討論ともなれば、詭弁を弄して話をうやむやにしようとする者もいるだろう。論点をすり替え逃げる者も、あるいは不当に攻撃しようとする者もいる。そういった不正な言論を封じ、まことに父がさせたいと考えている話をさせる。そういう役目であれば確かに、少しばかり口が達者な俺にはやりがいのある仕事である、と考え、父に是非やらせて頂きたいと頭を下げようとした。だが、

「違う、貴様には今挙げた六者に加えた七つ目の勢力、すなわち『織田家』の代表として、論議に参加してもらう」

言葉を失った。――今、何と？

「戦うのは七つの勢力。貴様は織田の正義を満天下に示すのだ」

今度は血の気が引いた。古《いにしえ》より日ノ本の智の頂点は、常に宗教家の手にあった。堕落し、凋落したと言われて久しいとはいえ、松本問答《まつもともんどう》の逸話が示す通り、ロレンソ了斎の言論が示す通り、世に名高き論客は宗教とともにあるのだ。

その、智の巨人たち相手に俺が、言葉で、戦う？

「考えたのですよ。京都を本拠とする村井の御父上様がよろしいか、それとも殿《との》の名代としてお話しすることが多い、三郎五郎《さぶろうごろう》様にお頼みするか」

「そ、それで良いではないですか」

ゆっくりと酒を飲んではほんの少しずつ食事をしている母が、箸を置いて言った。その言葉に、反

射的に同意してしまう。村井の親父殿や、信広《のぶひろ》義父上であれば、坊主相手に怖《お》じることはないだろう。俺だって安心して見ていられる。

「だが、最後には貴様と言った」

「誰がです？」

「全員だ。兄も吉兵衛《きちべえ》も直子《なおこ》も、勘九郎《かんくろう》もお前が良いと言った。あ奴《やつ》が負けたのならば、それは勝てぬ戦であったということだ。とな」

「か……」

過分《かぶん》なるお言葉、と言いかけて呑み込んだ。俺は舌鋒の鋭さにおいて村井の親父殿や信広義父上に勝てるとは思えない。いずれ勝てる日も来るだろうと思うことはあるが、今は経験があまりに違いすぎる。恐らく、今俺は信頼されているのではない。期待をかけられているのだ。槍働き、戦働きが何よりの功だとされるこの時代に、内政において功を上げてきた二人の父親が、いや、実の父を含めて三人の父親が、俺に期待をかけてくれている。武以外の働きを以《も》って天下を動かせと。

「勝てず、天下に織田の恥をさらしたる時には、この腹掻《か》っ捌《さば》いてお詫び申し上げます」

覚悟を決めて頭を下げると、頭をバチンと叩かれた。押しつぶされるように髪を撫でられ、そして父は嬉しそうに『良く言うた』と俺を褒めた。

「安心せよ。貴様が負けぬよう手は打ってある。本願寺以外は皆味方だ」

本願寺以外は味方。その言葉に、俺はしばし考える。切支丹が味方なのはわかる。織田家が切支丹を迫害せず認めているからこそ、ルイス・フロイスは安心して在京していられるのだ。現状織田家を敵に回すようなことを言いはしないだろう。神道も同じく、伊勢神宮は織田家が保護し、今では参拝客なども増えた。貴重な後ろ盾を敵にするような真似を、利に聡《さと》い宗教家がするはずもない。曹洞宗などは、昔から浄土真宗と仲が良くない。敵の敵は味方の理屈で言えば味方だろう。

「高田派が、打倒織田のために本願寺と大同団結、などということは」

「万が一にもありえぬ。連中には、本願寺派を叩き潰すことができれば本願寺派の寺を高田派の寺にさせてやると言った。大喜びであったぞ。本願寺など本来親鸞聖人《しょうにん》の墓守を任せたに過ぎぬ。必ずや論破して見せまする。だそうだ」

「成る程……となると残るは延暦寺のみ」

延暦寺焼き討ちは間違いなく我らの手による行い。怨みは深かろう。

「延暦寺にも、もし本願寺をやり込めることができたならば比叡山の再興を許すと言った。こちらも、御仏の名を騙る仏敵をみごと打ちのめしてご覧に入れますと息巻いておった」

言ってから、父が堪え切れないというようにケッケケケケケと、高らかに笑った。母が温かい茶を手渡すと、おうと頷き一口で飲み干した。

「織田家の正義こそがすべての教えに勝利するものである。と思わせろとまでは言わん。ともかく本願寺を叩け。周囲には織田家の敵方である比叡山や本願寺も含め公平に六つの勢力を集めたように見せる。公平かつ平等に見える論争の中で織田家が勝利し本願寺が敗北すれば、天下万民は織田家が正しく、本願寺が間違っていると考えるようになる。話の内容などわかるものは一握りもおらん」

「すなわち、大坂の神通力《じんつうりき》が、消える」

「然《しか》りよ。それをこそ狙っておるのだ」

宗教勢力の強さの根幹は己《おのれ》の正義を疑わないことにある。自分たちの力及ばず負けるということはあっても、自分たちが間違っているなどと思ったことは一度もないだろう。その、絶対にゆるぎない牙城《がじょう》を、攻める。

「古《いにしえ》より、真に軍略家たる者は相手の心を攻めると言いますが、まこと父上は軍略家でございます」

一言で言うと、凄い。感服《かんぷく》しましたと頭を下げると、バシバシと今度は肩を叩かれた。気付いたのだが、この人は酔って上機嫌になると叩いてくる。痛い。

「論戦の日は、いつでございましょう?」

「四月を見込んでおる。公方に対しての返事と、朝廷に対しての報せを正式に行い、大坂本願寺に使いを出す。停戦している間に熊野《くまの》を締め上げ、論戦によって大坂本願寺を否定した後、日ノ本に不要なる大坂を破却すると再び開戦する。大坂城を手中に収めたならば、そのまま紀州《きしゅう》の西を制し、丹《たん》波丹後播磨《ばたんごはりま》へ兵を出す」

「淡路《あわじ》へは?」

「もちろん考えてはおる。だが、水軍衆では今もって毛利に敵わぬ。大坂本願寺を毛利が最後まで支援するのであれば、その後毛利と三好の連合と戦うことにもなりかねぬ。まずは陸路より、潰せるところを潰してゆく」

「潰してゆく、といえば、公方様でございますが」

「わかっておる」

今回の公開討論は公方様の仲立ちにより行われる運びだ。それによって戦ではなく言論で、平和裏に事を収めたいというのが公方様の狙いであろう。だが父は、討論をきっかけにむしろ大坂本願寺を叩き潰そうとしている。それは同時に、公方様の面目をも潰すということだ。これまでは、細かなところで齟齬《そご》があったとしても、父と公方様を仲介する多くの者たちが奔走し仲を取り持ってきた。だがこうなると、もはや修復不能なまでに関係がこじれる可能性がある。

「上洛より六年か」

一乗院覚慶《いちじょういんかくけい》様が還俗《げんぞく》し、十四代様となられてすぐ、織田と足利の考えに溝があることは両者ともに理解しただろう。だがそれでも、父も公方様も、片手をつなぎ続け、もう片方の手でいつ相手を斬るか間合いを計ってきた。そして今、父がその刀を振るいつつある。

「そろそろ、良かろう」

その視線には、覚悟の色は見て取れるも、公方様に対しての憎しみの色は見て取れなかった。

第七十七話　若いキツネと三十路のタヌキ

反りの入った刀を上段に構える。目の前に立ち塞がるは、青々しく伸びた竹。右手で刀の柄の根を、左手で端を持ち、小指から締めるように握る。大きく息を吸い、そして吐き、もう一度吸って口を閉じた。

「ふっ！」

鋭く小さく息を吐きながら竹を右上から左下、袈裟懸《けさが》けに切り下ろす。振り下ろした勢いが消えないうちに、今度は左から右に振る。最後に、右下から左上に切り上げた。

竹が都合三度斬られ、バラバラと地面に落ちる。コンカン、と硬い音が地面で鳴り、その後、見学していた忠三郎《ちゅうざぶろう》の家臣たちが口々に『おみごとにございます』と言い、手を叩いた。

「こんなところだ、忠三郎。剣の腕前は俺の方が上。ということで良いな」

俺より四つ年下の義弟、蒲生忠三郎氏郷《がもうちゅうざぶろううじさと》が、ぐうと唇を噛み、それから渋々《しぶしぶ》といった様子で頷いた。

「まあ、悪くはなかったぞ、またいつか時間がある時に相手をして進ぜよう」

面構えから立ち居振る舞いまで、何をどうとっても乱世の武士といった風情を持つこの義弟は、父のお気に入りだ。何しろ、元は観音寺《かんのんじ》城《じょう》攻めにおける敵方の武将の息子で、人質として織田家にやってきた少年であったのだ。それを父は一目見て只者ではないと言い、当時たった二人しかいなかった娘のうち一人を嫁にやると決めた。徳《とく》はその当時すでに徳川家《とくがわ》に嫁入りを終えており、残りの一人はお勝殿《かつ》が産んだ相《あい》だ。当時、古渡城《ふるわたり》にてともに暮らしていた俺は、初めて起居をともにする妹ができたことが嬉しくて大層可愛がった。茶筅《ちゃせん》のちょうど八倍可愛かった。

「あ、義兄上！　立ち合いを、何とぞ一度立ち合いにての勝負をお願いいたします！」

父の眼力を、俺は高く評価している。敗勢において最後まで意地を通し抵抗した父君や、あるいは坂本《さかもと》退き口《の くち》の際に華々しく討ち死にしてみせた叔父青地茂綱《あおじしげつな》殿の血統は、見事に受け継がれ、武に長けて勇敢であり、家臣からも慕われている。今日何の気なしに仏教や切支丹の話などを振ってみると、『南蛮渡来の切支丹とはそもそも教えの根本が仏教や儒教とは異なり……』などと語って聞かせてくれた。賢くもあるようだ。ただ、現在織田家と敵対している仏教勢力の多くを嫌い、逆に織田家と協力関係を築いている切支丹を好いているなど、悪く言えば性格が短絡的ではある気がした。だがそれも、良くとらえれば一本気と言えなくもない。俺のように敵をして、彼らもまた同じ人間であるのだ。などと考えてしまうよりも楽しく自由に生きられるかもしれない。

「何だ、もう幾つも勝負はしただろう？」

「武士にとって勝負とは刀での打ち合いが本義にて、某《それがし》最後に一度、一度だけ義兄上と勝負させて頂きとうございます」

必死になって頼み込んでくる忠三郎。それも無理はない。無理はないというか、俺のせいだ。俺は以前より『兄上より弱い男と結婚してはならない』などと相に言ってはばからなかった。そして、素直な相は、その言葉通り忠三郎に訊いたらしい、兄上よりお強いのですか、と。もちろん強いと答えた忠三郎。だが、以前勝負した時には俺が勝った。それ以来、忠三郎は俺と再戦する機会を待ち望んでいたらしい。此度《こたび》も、父の護衛や徳川家、浅井家の方々をお迎えする任務の合間を縫っての勝負だった。十八歳になった忠三郎は背が伸び、腕も足も太く、立派な青年となっていた。だが、それ以上に、その眼が強い者特有のそれであった。森家の嫡男長可《ながよし》も同じ目をしており、又左《またざ》殿や内蔵助《くらのすけ》殿も稽古のため立ち合うと、あのような据わった目をする。そんな忠三郎と再会し、その姿を見た瞬間、俺は悟った。これは勝てないと。

　勝てないことを理解した俺は本当なら、大人しく忠三郎に負け、相にも負けたことを報告するのが筋なのだろう。だが、俺は負けたくなかった。俺が負ければこれからずっと相は俺を見て『忠三郎よりも弱い』と思うのだろう。それだけは避けなければならない。

　こうして俺は、木刀で実践稽古をすることを危険であるからと言って避け、俺が勝てそうな方法でもってのみ忠三郎と戦うことにした。最初は、貴族の遊びとされる扇を使っての的当て。広げた扇をふわりと投げ、誰が最も良い形となったかを競う遊びだ。母に習ってこの遊びのコツを知っていた俺は、まったく未経験の忠三郎に対して勝利、俺の勝ちであると主張した。

　その後、相撲で勝負と言われ、まともなぶつかり合いでは勝てないと踏んだ俺は『指』相撲、『押し』相撲、そして通常の相撲と、相撲三番勝負で勝負することを認めさせた。手を握り合った状態で、親指を動かして相手の親指を押さえたら勝ちである指相撲は母の特技だ。これに何とか勝利した俺は次なる押し相撲でも勝利、連勝した。その後本当の相撲ではあっさり負けたが、合わせて二勝一敗。俺の勝ちだと高らかに宣言した。

さらに、業を煮やした忠三郎が直接打ち合おうと言ってきたため、たった今していたように真剣を使い、どちらの剣の腕が優れているのかを見せ合った。この勝負もまた、幼い頃から竹に親しんできた俺が極めて有利な内容であった。無抵抗の竹を斬るという、刀の腕前を見せるようでその実、何一つ実戦とは関係のない勝負でもって三連勝をおさめたということだ。

さてこうして逃げ切ったと思ったところに、最後に一勝負《ひとしょうぶ》と言われてしまった。どうしたものか、重ねて言うが、まともに木刀で立ち合いの勝負などしたらまず勝てない。傳兵衛《でんべえ》君や森一族の男たちがそうなのであるが、勝負となった時の闘争心が違う人間というものは確実にいる。忠三郎もその一人だ。今、俺と忠三郎との剣の腕がそこまで大差あるとは思えない。だが、大差ないからこそ加減ができず大怪我をする可能性が高い。そして、怪我をさせられる側は俺である可能性が大だ。

「仕方がない。一勝負しようか」

どうにか逃げ出す方法はと思い、周囲を見回していると、そこに一人、近づいてくる男の姿が見えた。かすかに足を引きずるような動きを見せるその男を見て、内心でほくそ笑む。

「ありがたき幸せ！　誰ぞ木刀をもて！」

俺の返事を受けてニヤリと笑った忠三郎。すぐに木刀が用意され、俺は持たされた木刀を二度三度と振るい、握りを確かめるなどしつつ時を稼ぐ。

「伊賀守《いがのかみ》様」

さあ勝負、という頃になり、近づいてきた男から話しかけられた。小柄で細面《ほそおもて》、少々青白い顔色をしており、一見すると不気味というか、不吉そうな容姿を持つその男は、かつて俺が大和《やまと》で知遇を得た男。

「おや、これは本多《ほんだ》殿、徳川《とくがわ》様がお呼びですかな？」

あたかも今気がつきましたという表情を作りながら訊くと、男、本多正信《ほんだまさのぶ》が頷いた。

「忠三郎。すまぬが徳川三河守《とくがわみかわのかみ》様から呼ばれてしまった。徳川様をお待たせするわけには参らぬ。勝負はまた次の機会に」

言うと、忠三郎が苦渋の表情を作り、しかしそれでも、はいと頷いた。危ないところであった。勝負から逃げ、負けはしなかったものの、本当に忠三郎は強い。相に対しては、忠三郎は本当に強い男であるので、これからは兄より強いかどうかを気にせず、彼に尽くしなさいと手紙を書こう。

俺と本多正信は城の外から城内、現在徳川様とその御家臣一同が起居している一角へと向かい、そこで此度《こたび》の三者会談の主役が一人、徳川三河守家康《いえやす》様にお会いした。

徳川様は一見すると、小柄かつ平均的な体格で、表情を見ても容姿を見ても取り立てて特徴がないことが特徴の、平凡な外見をしておられる。この方を見て、今川家の人質から東海二国の主《あるじ》と成り上がった人物であると見極められる者はなかなかいないだろう。

「お久しぶりにございまする、徳川様」

姿を見てすぐ、そう言って跪《ひさまず》くと、徳川様は鷹揚に微笑んで、その儀《ぎ》ご無用、と俺を立たせた。

「大和では、この者が世話になり申した」

意外にも、徳川様の一言目は自分の過去の話や父上の話ではなく、俺をここに連れてきた本多正信の話であった。

以前俺は、慶次郎《けいじろう》と助右衛門《すけえもん》の二人に連れられて、弾正少弼《だんじょうのしょうひつ》殿の治めていた大和を訪れた時、この本多正信と少々会話をした。本願寺門徒として、主である徳川様に歯向かったが、恨みはなくむしろ感謝しているという話であった。その当時の俺は、もし再び徳川様にお会いする機会があれば貴殿のことをお伝えしておくと言っておいたのだが、それから俺が三河に出向く機会はなく、お会いすることは叶わなかった。代わりに文《ふみ》でもってこのような者がおりましたという話はしていたのだ。俺の文《ふみ》が作用したのかしていないのかわからないが、時を経て本多正信は、再び徳川様の元へと戻り、そして腹心《ふくしん》の一人となった。

「世話になったはこちらにございます。徳川様におかれましてはご健勝のご様子、お変わりなくおられることをお喜び申し上げまする」

言いながら頭を下げると、徳川様がにこりと微笑みながらゆっくり頷いた。

「背が伸びましたな」

頷いた。あれはまだ永禄五年の頃の話、俺が十一の時だ。十年以上も昔になる。当時の徳川様が確か、今の俺の歳より二つ下、今年徳川様が三十一となられた。

「徳は、元気にしておられましょうか？　御嫡男次郎三郎《じろうざぶろう》様にご迷惑などお掛けしておりませぬでしょうか？」

徳川様は父と比べれば子が少なく、男女それぞれ一人ずつしかいない。そのうちの一人、松平次《まつだいらじ》郎三郎信康《ろうざぶろうのぶやす》様は、徳の夫だ。

幼名の竹千代《たけちよ》も、呼び名の次郎三郎も、父である徳川様と同じ。名の信康の信は、当然のことながら父から一字拝領したもの。徳と信康様の縁組みは織田と徳川のかたい縁を象徴するものであり、一刻も早く子がなされることを両国の誰もが期待している。

「つつがなく」

俺の質問に対して、しかし徳川様の返事は短かった。そして、そのまま会話が途切れてしまう。徳川様は俺のことをまじまじと眺め、本多正信はそんな主を見て特に何かを言うでもなく側に控えている。俺の護衛には五右衛門一人がいるのだが、五右衛門は俺から話しかけない以上自分から口を開くことはまずない。

「そ、某《それがし》に何か話でもございましょうや？」

沈黙に耐え切れず、そう質問してみた。徳川様は表情を変えずに小さく首を横に振る。人となりを、見たかったのですと小さく一言。

「一局、いかがでしょう？」

その時、いつの間にか駒と盤を用意していた本多正信に言われた。ホッとする。無口な方と長く一緒にいるのは苦手なのだ。周囲が皆饒舌《じょうぜつ》な方々ばかりであるからして。恭《きょう》が側にいる時はどれだけ沈黙が続いても嫌な気はしないというのに、不思議なものである。

徳川様に対し、手で王将を指し示す。徳川様は軽く頭を下げて王将を自陣の中央に置いた。俺も王を自陣中央に、続けて金、その次に銀と、しばらくは両者がパチパチと音を鳴らして駒を並べる時間が続く。

「徳川様は、尾張で何か美味いものでも召し上がられましたか？」

「別段何も」

「そうですか、まあ、三河と隣ですからね、あまり変わりばえはしないのでしょう」

「はい」

「そういえば、以前母が徳川様の御領地から雪を頂戴したことがございました。あの折は母が大変お世話になりました。遅くなりましたが御礼申し上げまする」

「お役に立てて、何より」

序盤、俺は端から歩を突いて上がってゆき、徳川様は王を囲んで早くも長対陣の構えを見せた。

「雪で、シビを食うたと」

「シビ？　ああ、はいその通りでございます。尾張では昨今《さっこん》シビをマグロと呼んでおりますが。知っての通りシビが死ぬ日に通じ縁起が悪いからでございます。獲れたマグロをすぐにしめて氷で冷やすと、非常に美味なる魚となるのです」

「良き試みを多くしますな」

「良きと仰せになって下さるは有り難きことなれど、悪しき試みも多くござる。よくわからぬ衣服を男の胸元につけさせようとしたり、五畜以外の肉を食おうとしたり、周囲の者も日々何が起こるか戦々恐々としております」

「帯刀殿もです」

「某《それがし》ですか？　某《それがし》は、大した試みをしたことはございませぬ。父や母の二番煎じばかりで、かつておこなった帯刀仮名やら漢字のまとめも、母からの指南のもとおこなったことでござるゆえ、実質母の手柄なのです」

「伊賀《いが》衆の心を掴まれた」

「伊賀衆の心、ですか？」

言い、盤面に向けていた視線を上げた。盤上は序盤戦のいわゆる駒組みと呼ばれる状況が間もなく終わりを迎えようとしていた。どちらか歩を一つ進めれば、同歩同桂同銀と、一気に潰し合いが始まる。俺は、自ら殴り合いに向かう度胸がなく王周辺を固めた。

てっきり、伊賀衆の心を掴んだという言葉について語られるのかと思い待っていたのだが、徳川様はそれ以上何か言うこともなく長考した。そして、長考しているそのさなか、徳川様の腹がぐうと鳴った。徳川様が目だけでこちらを見、気恥ずかしそうに微笑む。

「頭を使うと腹が減りますな。いかがでしょう徳川様、某《それがし》が食事を用意させて頂きとうございます。温かいそば切りに、天ぷらなる衣をつけて油で揚げた魚介や野菜を載せたものが、冬の間は人気なのですが」

今のところ、天ぷらを不味いと言った者はいない。あれは、母が行った試みの中でも有数に良い物だった。

「ご相伴《しょうばん》に与《あず》かります」

言いながら、徳川様が歩を上げた。全面衝突の構えだ。

「よし、五右衛門、天ぷらそばだ。徳川様御家中《ごかちゅう》の全員にお出しする」

「はっ」

俺がその歩を自分の歩で取りながら言うと、五右衛門が短く返事をして部屋を出て行った。すぐさま徳川様が、桂馬《けいま》で俺の歩を取る。そしてその桂馬を俺が銀で取る。取って取られての戦いは一気に盤上全体に燃え広がり、それから半刻程度で大局は決定した。

「……負けました」

大勢決してからさらに半刻。粘りに粘った俺であったが、ついに力尽き、降伏を宣言した。優勢になった者が詰めを誤り、逆転されるということは実によくある話であるが、徳川様が詰め筋を読み間違えることはとうとうなかった。

「敗北するのであれば、早めにしてやれば無駄に将兵を殺さずに済んだのですが、下手に抵抗してしまったせいで惨めな最期となってしまいましたな」

壊滅状態の自陣を見ながら言う。徳川様は、良き粘りでしたと、やはり言葉少なだ。ただ、この一局を指している最中は楽しそうにしていた。それだけでも良かったと思う。

「殿、そば切りの準備ができましてございます」

ちょうどその時、というよりはその時を見計らっていたのだろうが、一局終わり、いったん休憩という段になって五右衛門が一言俺に言った。すぐに持ってくるように言う。俺たちが食べなければ家臣の者らが食べられない。食い切るにせよ残すにせよ、まず一口めを食べなければ。

「もう一局いかがです？」

徳川様に言われた。今度は囲碁盤が手にある。よろしいですよと答え、お互いにさっさと序盤の布石をした。徳川様が白、俺が黒。

「行儀が悪いですが、食いながら打ちましょうか」

母は何か物を食いながら別のことをされるのが大嫌いなのでできないが、こうして母がいない時に多少の無作法をするくらいは良いだろう。徳川様がにっこりと笑って同意してくれた。そば切りが運ばれてくる。大ぶりの椀にかつお節と椎茸で出汁を取り醤油で味付けした汁。麺の上にはたっぷりの葱とわかめ、そしてさらにその上に天ぷらが載る。

「少しつゆを付けて、食べてみて下さい」

衣を付けて油で揚げる料理自体はないこともないので、説明などしなくても大丈夫な気もしたが、一応一言伝えておいた。徳川様が頷き、盤上、右上の星あたりで最初の戦いが始まる。ふむ、と考えながら徳川様が手元を見ずにかき揚げを齧《かじ》る。盤上を睨み付ける徳川様の目がカッと見開き、そして

「何だこら⁉　どえらい旨さだえ！」

室内に響き渡るでかい声でそう叫んだ。

その日一日、俺と徳川様は盤上にて会話をした。俺は囲碁も将棋も一局たりとも勝てなかったが、しかし徳川様との勝負は楽しかった。そして、会話少なではあったものの、この日俺は十一年ぶりに、徳川様と旧交を温めることができた。

第七十八話　関ヶ原夜話

ともに天ぷらそばを食べてから三日後、徳川《とくがわ》様は天ぷらうどんや天丼、かき揚げ丼に豚肉の揚げ物、それにから揚げなど、可能な限り多くの揚げ物を食べ、そして三河《みかわ》に帰っていった。

「海老《えび》の天ぷらが極上でござった」

油分が多いのであまり健康的ではない。というようなことを伝えると、徳川様は悔しそうに自らの爪を噛み、それでは、二日に一度程度に抑えねば。等と呟いていた。それは抑えていると言えるのだろうか。

「旬が夏でありますゆえ此度《こたび》はお出しできませなんだが、鱚《きす》の天ぷらは非常なる美味でありました。是非ご賞味ください」

「それは良きことをお教えくださった」

強いて言えば豚肉の揚げ物が最も脂が多く体にはよろしくない。油ものである天ぷらを食べる時には、濃い茶を飲んだ方が、胃の腑がもたれず体にも良い。という、母から聞いた話をそのまま教えると、徳川様はそれらの話を一言一句逃さぬとばかりに書き付け、その後俺に深く礼を言ってきた。

「前回この地にて清洲《きよす》同盟を結んだことも我が徳川にとって吉兆でござった。此度も浅井殿を加えた三者の同盟、そして天ぷらを知り得たことと、再びの吉兆がござった」

四日間の中で、一度に話したものとして最長の言葉を述べた徳川様は、最後に俺の手を強く握りしめた。吉兆と言って頂けることは嬉しいが、おそらく戦国の世においても決して小さくない転換点となったであろう二度の同盟締結と、自分の好物を見つけただけのことを同列に語るべきではないと思う。

何度か父とも話をし、そうしてつつがなく三国同盟締結を終えた徳川様が清洲城を出発したのと同日、俺もまた、清洲城を出発した。

向かう方向は西。大垣《おおがき》を経てさらに西を行く。関ヶ原《せきがはら》を通過する道だ。

「さあ、がんばって歩くのだぞ」

藤と御坊丸に言うと、二人はそろって、はいと頷いた。

駕籠《かご》を用意してやっても良かったし、馬に乗せてやっても良かった。誰かが負《お》ぶることもできなくはなかった。実際、美濃《みの》から大垣近くまでは船で移動し、そこから大垣城《おおがきじょう》に至るまでは馬に乗せてやった。二人とも喜んでいた。兄としては馬の背から濃尾平野《のうびへいや》を見て、何か感じるところがあってくれればいいと願ってやまない。

とはいえ、自分たちで歩くと言ったのだから多少大変な思いはさせようと、大垣城から関ヶ原までの、三里半の道のりはすべて歩かせた。最初の一里は二人とも楽しそうにしていた。次の一里は進む速度が落ち、最後の一里は何もしゃべらなくなった。だが、疲労とは得てしてそのようなものなのだが、最後の一里は最初の一里よりも歩みが速く、朝大垣を出た一行は日没を迎えることなく関ヶ原へと到着することができた。

「二人とも今日はよくがんばった。明日もう一日歩き、近淡海《ちかつおうみ》の東岸に到着したら、大津《おおつ》までは船で移動する。明日も早いので、夜更《よふ》かしせず眠るように」

俺が伝えると、たくさん運動し、そして夕餉《ゆうげ》をたくさん食べた二人がはいと返事し、下がった。ちょうど西の空に日が沈んだ頃合いで、今から眠れば、恐らく明日の日の出前には出発できるだろう。

「では、内蔵助《くらのすけ》殿、二人を頼みます」

「はっ、帯刀様も、充分にお気をつけください」

二人の後ろ姿を確認し、黒母衣《くろほろ》衆《しゅう》筆頭佐々《さっさ》内蔵助成政《くらのすけなりまさ》殿にそう伝える。内蔵助殿は頷いた後、又《また》左《ざ》殿に何か目配せをし、そして又左殿も承知したとばかりに頷いた。

「二度目ですな」

「そうですね、あの時とは随分状況が変わりました。公方《くぼう》様はまだ一乗院覚慶《いちじょういんかくけい》様であらせられたし、織田家も此度の上洛がまこと上首尾に行くかどうかと不安に思いながらの出兵でした。浅井《あざい》家も近江《おうみ》北東部、小谷《おだに》城とその周辺を支配する中小大名でしかなかった」

「今や近畿は織田《おだ》・浅井両家の意向がなくば動きません」

そんな会話を又左殿としながら、俺たちは宿泊していた宿を出た。北に生駒山《いこまさん》系、東に南宮山《なんぐうさん》、南に松尾山《まつおやま》西に天満山《てんまやま》。四方を山に囲まれ、東西の勢力が決戦を行うにふさわしい土地。かつて壬申《じんしん》の乱の合戦が行われた古戦場のまさに真ん中で、俺は当時話し合いにて追い詰められた相手に会いにいく。あの時は又左殿と、今亡き友に助けられた。今回は一対一での話を御所望《ごしょもう》とのことだ。

「もう六年前の話になるのですな」

「あの時、まだ拙者は十六歳でした。乱丸《らんまる》などは三歳か」

明かりを手に持ち先導を務めてくれている乱丸に訊くと、乱丸は少し考えてから、はいと答えた。今ですら乱丸は九歳だ。御坊丸と藤の面倒を見つつ、二人が眠ったらそのまま寝て良いと伝えたのだが、『拙者は帯刀様の小姓にございます』と、随行することを希望した。夜間の移動につき、周囲には五右衛門《ごえもん》とその手の者たちがついている。

「組木細工《くみきざいく》のようだな」

やがて、暗闇の中に現れたものを見て、俺は思わずそのような感想を漏らした。周囲には何もなく、田んぼや畑、あるいは単なる野原の中心に、突如として一軒の小屋が現れる。昔話において山奥に突然民家が一軒現れる、などということは良くあるが、それに近い。浅井家の者たちが俺を招くためだけに急ごしらえしたものであるそうだ。障子の奥には部屋が一つだけ。そしてその小屋を、浅井家の武士たちが囲んでいた。

「村井伊賀守《むらいいがのかみ》様、此度は招きに応じてくださいまして、まことにかたじけのうございます」

俺たちが近づいてゆくと、小屋の前で立っていた身なりの良い武士が近づいてきて俺に頭を下げた。見覚えがある。この男もまた、六年前に俺を掌《てのひら》の上で転がした古強者《ふるつわもの》だ。遠藤直経《えんどうなおつね》。浅井家の重臣にして忠臣。我が母をして警戒すべしと言わしめた男。

「浅井下野守《あざいしもつけのかみ》が待ってござる。御準備がよろしければ、こちらへ」

「畏まった」

言いながら、腰の大小を外し、又左殿に手渡した。遠藤直経がそのままでと言いかけたが、それを手で制する。

「某《それがし》は茶飲み話でもと、下野守様に誘われここに来ておりまする。茶飲み話を刀を差したままするなどという無作法をすれば、当家の、ひいては織田家の恥となり申す。喜右衛門《きえもん》殿、槍の又左、前田《まえだ》又左衛門利家《またざえもんとしいえ》を連れて参りました。以前できなかった強き武士同士の話などもありましょう。また、ここにおるは森傅兵衛可隆《もりでんべえよしたか》の弟乱丸にございます。よろしければ昔語りなどして頂けましたらと」

言って、頭を下げた。遠藤直経と視線が交錯する。以前は明らかに俺よりも大きかったが、今は間違いなく俺の方が上背《うわぜい》がある。食生活や睡眠習慣のお陰で、もはや俺も大男と言われる程度の身長になった。又左殿には及ばないが、父がやや小柄、程度の体格をしていることを思えば十分であろう。

「失礼いたす」

そうして、襖《ふすま》を開けて小屋に入ると、そこには外見通り、わずか四畳半しかないごく狭い一室があった。中央の半畳が開かれ、そこで炭が焚かれている。その上に提げられた茶釜から、じきに五十になろうという初老の男が湯をすくっている。刀は帯びていない。もし大小を横に置くなどしていたら大笑いしてやろうと思っていたのだが。

「待っておった。久しいな、文章博士《もんじょうはかせ》よ」

射るような視線だったが、口元は笑っていた。俺は茶釜を間において、相手と部屋の対角線上に座る位置に腰を下ろし、答えた。

「そうだな、下野守の武功も聞いておる。衰えておらぬようで、旧知の身としては喜ばしく思っておるぞ」

浅井下野守久政《あざいしもつけのかみひさまさ》。以前に会った時は宮内少輔《くないのしょう》だった。一度は息子長政《ながまさ》様に家督を奪われるも、同盟を結んでいた織田家が四面楚歌に陥り窮迫する中、その息子を一時幽閉して政権を奪還。今は孫の輝政《てるまさ》を当主とし、その代わりの内政外交を執り行っている。当主の代わりを務めているのであるから、当然浅井家中においての発言権は強い。今回も、当主輝政の名代として清洲三国同盟を締結した。

対等の立場、むしろ自分の方が上であるかのような俺の物言いに、久政の手が束の間止まる。だが、先にそのような物言いをしてきたのは相手だ。浅井家の大殿《おおとの》であろうが、この男に俺が遜《へりくだ》る理由はない。下野守の名を出されれば文章博士《もんじょうはかせ》の名を出す。あくまで対等であるという立場を崩さず、機先を制したかった。

「良き成長を遂げたな。やはり、六年前に我が手で滅すべしと考えたことは間違いではなかった」

「お互い様だ。俺とてあの時その皺首を飛ばしておればと何度思ったことか」

相変わらず相手がギョッとするような言葉を何でもないことのように差し込んでくる。だが、大丈夫だ。これくらいのことは言われるだろうと思っていた。

慣れた所作で椀に湯を注ぎ、掻《か》き混ぜ、俺に椀を渡す久政。俺はそれを受け取ってから器を傾け、口元に抹茶が届く直前で止める。そして、その茶を喫することなく隣に置いた。

「おや、毒殺を恐れておるのか?」

俺が茶を飲んでいないことを目ざとく見破った久政が突っ込んでくる。怖いのか?　と視線で問うてくる。当然怖い。俺は貴様のことなど微塵も信用していないのだ。

「ここに来るまでの間、厠《かわや》がなかったことが気になってな。久しぶりに貴殿に会うのだ、長話の最中中座する無礼は避けておこうと思うたのよ」

そちらに対しての気遣いだという論旨で、俺は久政の攻撃をかわした。久政の俺を見る視線が忌々《いまいま》し気なそれに変わる。懐かしい、以前もその眼で俺を大いに追い詰めてくれたものだ。逆に俺は微笑みを返してやった。前哨戦は、やや優勢だ。

「朝倉《あさくら》家が滅びたな」

その言葉に、内心首を傾げた。確かに北陸越前《ほくりくえちぜん》の名門朝倉家は滅びた。だが、それは昨日今日の話ではない。しかも滅ぼしたのは浅井家だ。

「備前守《びぜんのかみ》様は良き武士だ。あのお方がおられる限り貴家の将来は明るかろう」

下野守久政には対等の者として話をするが、その息子備前守長政様には敬意を示した。暗に、と言うにはいささか露骨だが、下野守の権威を否定するようなやり方だ。

「備前守様は一乗谷を良く抑えておられる。いずれ加賀《かが》切り取りもできよう。恐ろしきは上杉《うえすぎ》。仮に能登《のと》と加賀《かが》を分けどりとできれば良いが、南にある加賀を先に制されれば、二国ともにみすみす持っていかれることともなりかねぬ」

御多分に洩れず、加賀一向宗も越前一向宗も度重なる戦により往時の力は失われつつある。それでも侮れない底力を持つ一向門徒を抑えるため、備前守様は自ら一乗谷《いちじょうだに》に出向き、そこに居を構えた。磯野員昌《いそのかずまさ》・藤堂高虎《とうどうたかとら》・日根野弘就《ひねのひろなり》・日根野盛就《ひねのもりなり》といった家臣や市《いち》姉さんと、彼女が産んだ子供らも連れて。本拠小谷城《おだにじょう》には現当主輝政が残り、その後見として久政が君臨する。浅井家の石高を大雑把に百万石とすれば、現在の浅井家はちょうど五十万石ずつを父子が分けて統治しているような状態だ。

「我が領内にな」

言葉の真意を測りかねていると、久政が茶を一口飲み、それから呟くように言った。

「朝倉が天下を獲るはずだったのに何故だと言い、正気を失い自ら命を絶った男がおったのだ」

「時勢の読めない者はどこにでもおるな」

「儂《わし》も最初はそう思った。だが、その男がどのような者であったのか聞く機会があり、考えを改めたのだ。少々長い話になるやもしれぬが」

「構わぬ。旧知の友人と語らうを楽しみに来たのだ。朝まででも聞こうぞ」

目を細め、歯を見せるような表情で久政が笑った。俺も笑う。うまく笑えているかはわからない。

「その者が生前していた話をまとめると、朝倉家は公方義昭《くぼうよしあき》様を奉じて上洛し、三好《みよし》を駆逐して天下に覇を唱えるはずであったそうだ」

「織田家が行ったことを、朝倉に置き換えただけではないのか？」

「そこまでならな。だが、その後が少々違う。朝倉家はやがて公方様と対立し、公方様は御内書《ごないしょ》を濫発し朝倉家を包囲。その後、我ら浅井家は織田家とともに朝倉と戦い、小谷の北、賤ケ岳《しずがだけ》にて敗北。小谷は焼かれ、浅井家は滅びるそうだ。織田家もまた、ここ関ヶ原において朝倉家と衝突、敗北し滅びるとのことであった」

「なかなか、妄想のたくましい男であったのだな」

鼻で、大きく息を吸い、そして吐く。落ち着こうと抹茶に口をつけようとして、手を伸ばしたところで止めた。動揺のせいで行ってしまったその所作を、久政は見破ったであろうか。

「浅井や織田が滅びたところで、公方様は京を追われ西、毛利《もうり》氏が治める鞆《とも》へと逃げたそうだ。鞆だ。言うておくがその者は、我が家の家臣ではない。一介の百姓であり、文字を覚えることとてできぬ身であった」

足利将軍が鞆に逃げる。その言葉を聞いて思わず唸った。確かにあり得る話だ。もし今後父が公方様と手切れとなり、そして公方様を京より追放した場合、毛利氏の勢力下に逃げるというのはかなり蓋然性の高い事象である。そして、備後国《びんごのくに》、鞆。建武《けんむ》三年、多々良浜《たたらはま》の戦いに勝利した足利尊氏《あしかがたかうじ》公がこの地で光厳天皇《こうごんてんのう》より新田義貞《にったよしさだ》追討の院宣《いんぜん》を受領している。いったんは京を追われた足利将軍が復活の足掛かりの地とするのには最もふさわしい場所といえる。だが、その事実を単なる百姓が知っているはずはない。

「単なる百姓というのは仮の姿で、いずれかのやんごとなきお方の御落胤《らくいん》だったのでは？」

「初めに考えたことだ。徹底的に調べた。間違いなく、苗字もない百姓の子として生まれ育った男であった。幼き頃より塞ぎがちで、常に世に絶望しているような男であったらしい。それでいて、時折異常な知識を披露したそうだ」

「奇妙な話である」

腕を組み、首を傾げて考えてみせる。久政と視線が交錯した。

「本当に奇妙な話であると思うておるのか？」

「どういう意味だ？」

「……その男が一つ、面白い話をしていた。男の素性《すじょう》を調べている時に知ったことだ。男は、誰に習うでもなく、ある程度の文字が書けたそうだ。そしてな、近江にも流れてきた帯刀仮名を見て、その後まとめられた漢字一覧表を読んで大いに驚いたらしい。何故、この時代にもう五十音表や常用漢字があるのかと」

長く、台本じみた言葉を述べた後、久政がグッと茶を飲み、そのまま飲み干した。

「毒など入れておらぬ。入れてもし貴殿に死なれれば織田を、いや、天下を敵に回す。もはや、そこもとは公家衆にも羨望をもって見られておるのだ。もう少し己《おのれ》の大きさを理解せよ」

言われ、俺は無造作に椀を掴み一気に飲み干した。おかわりを所望する。久政が湯を掬った。

「漢字や仮名がまとめられるのは『メイジ』よりも後だったはずだ。その男は言い、片仮名はないのかと周囲に聞いて回り、その片仮名なるものは、やはりそこもとの手によりまとめられた。男は随分と混乱したようだ」

「まるで、見てきたかのように詳しいではないか」

「その男の知人はすべて調べ、男が言ったという言葉を一言一句違わず書き写させたからな。もはや見たのも同然に知っておる」

そうして男は、織田家が勢力を伸ばす度にあり得ないあり得ないと恐れ慄くようになり、浅井家が朝倉家を滅ぼす段になり、とうとう正気を失い自ら命を絶った。

「男の言葉には幾つか予見的なものもある。朝倉が天下を獲った場合、『手取川《てどりがわ》』にて上杉と、『長篠《ながしの》』にて武田と、『木津川口《きづがわぐち》』にて毛利と雌雄を決するとのことだ。いずれも実在し、近江の住人であったその男にとってみれば生涯出向くことのなかった地である。これらがすべて妄想であると思うか?」

「単なる妄想狂でないとは思う。が、妄想以外に考えられる説明が見当たらぬな」

俺が言うと、あるではないかと、久政が俺を睨みつけてきた。

「その男がおかしいのではなく、その男が正しいのだとしたら、すべての辻褄が合う」

一度外をうかがうふりをして、首を横に向けた。そのままゆっくりと中空を眺め、そして再び久政に向き直る。

「帯刀仮名なるものも、漢字のまとめも、貴様ら母子が行っている珍妙な試みの数々も、本来その男が言う『メイジ』なる時代になって初めて得られるものであったとしたならば。本来、天下は朝倉が獲るはずであったとしたならば、間違っているのは男ではなく、天下の方である」

怒りにも似た感情が、久政の全身から発せられていた。であったとしたならば、と久政は言うが、表情は自説に確信を持っていることを物語っている。

「成る程、貴殿もなかなか、面白い妄想をする。俺に代わって物語など書きつくるがよい」

「今、日ノ本に、天命を改竄《かいざん》せんとする簒奪者《さんだつしゃ》が二人」

俺の言葉をさえぎって、久政が言う。その言葉に俺は鼻で笑って答えた。

「その二人を、俺と母というのは勝手だが、ならば貴様に勝ち目などないことも理解できよう。本来朝倉が獲るはずだった天下を俺が、あるいは我が母が奪ったとする。ならば貴様は、天命を変えることのできる者と戦わんとしておるのだ。何をしたところで、俺たちには通用せぬぞ。何しろ、俺は天命を変えられるのだからな」

「変わった天下の先を見たわけではあるまい」

俺は『メイジ』なる世からやってきた者ではない。もちろん母も違う。だが、そう結論づけた久政の推論はみごとであった。みごとであるがゆえに、それを正さず心を折りにかかったのだが、久政はただちに俺の言を否定した。

「朝倉が獲るはずだった天下はすでになくなった。すなわち、物語は変わったのだ。湊川《みなとがわ》の戦以前であれば、楠木正成《くすのきまさしげ》公に助言を与えることもできよう。だが、仮に楠木正成公を湊川の戦で死なせず、勝利させることができたならどう助言する？　その先は誰も知らぬこと。たとえ貴様らが朝倉の天下を妨害し、実際に天下から降《くだ》したとしても、それ以降はわからぬはずだ」

道理だな。と、思った。手を差し出す。早く茶の代わりを寄越せと。

「毒が入っておるぞ」

忌々し気にそう言われ、笑った。この期に及んでそのような冗句が言えるのだ。やはり浅井久政という人物は一代の傑物である。

「この時代の天下については、この時代の人間が決めること。妖魔の類《たぐい》にはお引き取り願う」

そうして、久政は俺を睨みつけながら言った。

「天命は変わったのだ。新しい天下のため、織田と手を組む。それではいけないのか？」

「織田と手を組むは肯《がえ》んじられても、貴様ら母子と手を組むことはできぬ。必ずや討伐してくれる」

束の間睨み合った。どちらも視線を外すことなくしばし、動いたのは俺だった。

「そこまでの覚悟であるのならば、この茶の中に猛毒が入っていて然るべきであるな。貴様もただでは済むまいが、少なくとも俺を殺すことはできる。この茶を飲んだ後、俺が生きていられたのならば、貴様の覚悟もその程度のものよ」

「飲む勇気があるか？」

互いに丸腰だった。この一杯を飲めば、この一夜限りの会談も終わるだろう。飲まずに置いて逃げることもできる。絶対に毒が入っていないとは言い切れない。だが。


「頂こう」


一息に、茶を飲み干した。濃厚な苦みとわずかな甘みが口中に広がり、舌の上をなぞって喉奥へと滑り落ちてゆく。二度、三度、四度と嚥下し、最後の一滴まで飲み干す。毒が入っていたのならばまず助からない。

すべて飲み干し、椀を傾けていた右手を脇に、椀を置き、久政の顔をねめつけ、笑った。

「恐るるに足りず」

第七十九話　関ヶ原回答

「…………………」


長い沈黙が続いた。俺は笑い、久政は沈黙を続けている。その表情はこれまで通り憎々し気で、そしてこれまでになく、恐ろしいものを見る目であった。

「旨い茶であった。そして貴様の肚《はら》の程度も知れた」

この時、久政の目の色が変わったように見えた。いや、今まであった覇気という色が消えたと言うべきか。

「そちらの話をすべて聞き終えたところで、俺の問いにも答えてもらおうか」

室内の空気が変わった。懐紙《かいし》で口元を拭き、口元だけで微笑んでみせる。久政は不機嫌そうに、何だと訊いてきた。


「その作り話、本当に貴様が考えたのか？」

そうして、俺が放った一言に久政が目を剥いた。はっはっはと快活に笑う。逃がすことなく、視線は久政を捕らえ続けている。

「未来を知る男など近江にはおらぬ。内容もすべて作った。朝倉《あさくら》が獲る天下の話など、貴様は知らぬ」

そうであろう？　とは聞かなかった。明らかなことであるからだ。

「な、何故」

「先ほどの話確かに、名もなき百姓がした話であるとしたら不思議であるし、その男の言が正しいと認めてしまえば辻褄は合う。だが、それ以上に辻褄が合う説がある。『学のある者らが寄ってたかってでっち上げた作り話』という説だ」

異常な知識を持っていたという事実も何一つ異常ではなくなる。そして、そう考えてみたならば、

「すべて考えられることではないか。木津川口《きづがわぐち》で戦いとなることは、毛利《もうり》家が大坂本願寺《おおさかほんがんじ》に援護を続けるのであれば自明である。手取川《てどりがわ》については恐らく、浅井《あざい》家がかねてより考えていたこと。これより先、北陸の一向門徒と戦うにあたって、あるいは軍神上杉謙信《うえすぎけんしん》を迎え討つにあたって、どこが決戦の場となるか。再び一乗谷《いちじょうだに》を戦火に沈めるわけにはいかぬゆえにな」

「な、長篠《ながしの》なる場所については？」

これは見破れまい、というような表情だった。そんな表情をしている時点で語るに落ちているのだが。しかし俺はまともに取り合わず首を横に振った。

「さあな、俺がすべてを解き明かさねばならぬというわけではなし。何らかの必然性があったのであろう。戦場となる場所の予言であるのであれば、俺でもできるぞ、戦国の世のいずれかで、ここ関ヶ原にて決戦が行われる」

美濃《みの》と近江《おうみ》、この二国をつなぐ街道となる関ヶ原。仮に東西の勢力が対立するとすれば、ここで戦いが行なわれる可能性が非常に高い。実際に、すでに古戦場でもあるのだ。何年何月何日に、誰と誰が、ということを言わないで良いのであれば、恐らくこの予言は的中するだろう。とはいえ、外れても何ら困ることではない。

「外しても構わぬ予言を言うのは楽しかったであろうな。すべて『この世界とは違う、朝倉の世では起こり得たこと』という言い訳で済む。要はこの俺にそれらしさを感じさせることが能《あた》えば良かったというわけだ。『メイジ』なる年号についても然り」

俺の言葉を聞き、薄暗い室内においてなお久政が蒼白になってゆく様子がわかった。仮に千年後の世までにその『メイジ』なる年号がなかったとして、それらしい名であれば何でも良いのであろう。

「『メイジ』なる名をどうやって持ってきたのかも当てて進ぜよう。古《いにしえ》よりの日ノ本の年号の名付け方を紐解き、古書の類《たぐい》からそれらしい名を引っ張ってきたのだ。文明《ぶんめい》に明応《めいおう》。応仁の乱以降すでに二度メイという読みは使われておる。恐らくメイは明るい。ジは何であるかな、慈むか、治めるか。十日俺にくれれば出典まで持ってきて、見せてやろうぞ」

自分で腕を伸ばし、湯を一杯すくった。茶碗に入れ、クルクルと湯を回す。そうして中途半端に色づいた茶をぐいと飲み干す。いかんな、こんなに飲んでいたら厠《かわや》が近くなってしまう。

「鞆《とも》については説明するまでもなかろう。俺でも思いつく。先の公方様を殺してしまった三好の没落は天下が知るところ。義教公を弑《しい》した赤松《あかまつ》も往時の力は取り戻せず」

朝倉に限らず織田に限らず、畿内を制した者が将軍を追放するとすれば、公方様が逃げるは鞆以上の場所はなし。鞆という地が本来ふさわしくなかったとしても、ただただ俺にそれらしさを感じされることができれば良かったという点については前に同じ。

「まだあるぞ、仮にその男がいたとして、朝倉家が滅びるまで浅井家にいることなどありえぬ。まことに後の世から現世に現れたる者であるとするのならば、帯刀仮名を見てすぐに古渡《ふるわたり》までやってきて俺に保護を求めるであろう。そやつにとって、俺と母上はこの世にたった二人しかおらぬ同郷の出、逃げ隠れする意味がどこにある？」

久政が絶句した。それはもう見事な絶句であった。そこに考えが至らなかったのか、それともそこに俺の考えが至ることはないと高をくくっていたのか。

「楠木《くすのき》正成《まさしげ》公のたとえはわかりやすく、説得力のある良きたとえであった。文章博士《もんじょうはかせ》として褒めてやる」

他に何か、俺に論破してもらいたい点はあるのかと訊くと、久政の肩からぐったりと力が抜け、そして、拳がわなわなと震えた。

実際のところ、ありえていてもおかしくない話だと思う。朝倉が公方様を戴《いただ》いて上洛しておれば。という妄想は、朝倉家の誰もが、滅ぶその時までしていただろう。ありえなかった未来ではない。当時の朝倉家上層部が決断さえしていれば、やってきた未来なのだ。

「儂《わし》は朝倉と結ぶことで浅井を大きくしたかったが、結果として儂がしたことは裏目に出た。織田《おだ》弾《だん》正忠《じょうのじょう》の器を見誤っておった。儂なりに大器であると見込んでおったつもりであったが、足りなかった」

それに関しても、この久政を無能だと、先見の明がないと言うことはできなかった。勢いこそあったが、上洛前の父はまだ高い評価を受けてはいなかったのだ。

「あの時、弾正忠が佐和山《さわやま》へ来た折に、首を取っておくべしという喜右衛門《きえもん》の進言を容《い》れておくべきであった」

佐和山へ来た折、というのはおそらく、観音寺城《かんのんじじょう》攻め前の話だ。父は当初六角《ろっかく》と戦うつもりはなく、合同にて京へ上ろうとしていた。だが六角義治《ろっかくよしはる》は父に会おうともせず、結局戦いとなり、観音寺城は落ちた。織田家に対する六角家の抵抗は今も続いている。

「何故朝倉ではないのだ……何故……何故!?　天下があのような」

「もうしゃべるべきではないな」

切り込むように、久政の言葉をさえぎった。

「思えばもう六年前にもなる」

初めて浅井久政に会った時は、何の抵抗もできず搦《から》め捕られるばかりの自分がいた。頼りになる二人が並んでいてくれていたから首の皮一枚つながったが、まともに論戦をすれば逆立ちをしても勝てないと、敗北感を植えつけられたものだ。

「浅井下野守《あざいしもつけのかみ》。何ゆえ謀殺の進言をされたことなど俺に言う？　なぜ、あのようななどという言葉をつけて我が父を貶《おとし》めようとする。それを理由に織田家が浅井家を潰しにかかることもできるのだぞ？」

六年で、俺は体が大きくなり、中身も、それなりに成長したと思う。そうして今、当時敵《かな》わなかった相手を追い詰めている。高揚も興奮も抑え、逃げられぬよう追い詰める。

「いずれにせよ、貴様は朝倉に賭け、備前守様は織田に賭け、結果織田が勝ち、貴様は賭けに負けた。戦国の世から身を引いてもらおう」

「戦国の世から引く？」

久政が顔を上げた。その一言を聞いてから、俺は入れ、と外に声をかけた。そして入ってきたのは又左《まただ》殿ら織田の兵と、遠藤直経《えんどうなおつね》ら浅井の兵両方であった。彼らは刀に手をかけたまま、久政の身柄を捕らえた。

「隠居してもらう。今度こそ本当に。俺はこれから京都へと向かう。貴様を護送しながらな」

喜右衛門《きえもん》、と、久政の悲鳴にも似た声が室内に響いた。先ほどの、父を暗殺すべしと進言した喜右衛門とやらはこの遠藤直経のことだろう。遠藤直経は、努めて無表情を貫きながら、ポツリと一言、浅井家のためですと言った。

「織田家の危機に織田を裏切ったのだ、当然であろう。和議を成し、その後は備前守《びぜんのかみ》様の活躍があったから咎めがなかったのだ」

久政の首を。という声は織田家中に幾つもあった。だが、本願寺との最初の和議の際、浅井もまた織田家と和議を成した。その後備前守様の御活躍のお陰で浅井家全体として親織田派が過半数を握っていたため、攻めるも罰するも棚上げにされてきたのだ。

「裏切ったみそぎをせねばならぬ。貴様は京都にて余生を送ってもらう。此度の三者会談、貴様が浅井の代表となったのも、そのあたりの話を詰めるためであった。西近江《おうみ》と若狭《わかさ》も召し上げとなる」

「召し上げじゃと⁉」

久政が叫び声を上げた。父とそれらの話し合いをしたのは遠藤直経であり、そしてその後ろで父親を殺すことなく、何とか浅井家存続のための方策を案じたのが備前守様だ。

「浅井が織田を裏切って得た土地は返し、裏切りの盟主である貴様は人質。当然、反織田派であった者らからも知行を奪う。これでもって、浅井家の織田家に対してのみそぎとなる。それでも、浅井家は旧朝倉領のほぼ全域を手中に収めるのだ。勝ちと言って構わんだろう？」

もちろん、表向きにそのような理由は使わない。近江は高島七頭《たかしましちとう》に、若狭は武田元明《たけだもとあき》に返すという名目だ。命令を下すのも織田弾正大弼信長ではなく公方足利義昭《あしかがよしあき》様。浅井久政も表向きは体調不良につき隠退し、余生を京都で過ごすという名目になる。

「喜右衛門！　貴様！　浅井家を織田の犬とするつもりか⁉」

「京は賑やかな町でござる。余生は茶の湯か能にでも興じ、心穏やかに過ごされればよろしいでしょう」

質問に答えず、遠藤直経が言った。この男が、誰よりも先に父を恐れて暗殺を試み、そして久政が織田家を裏切る際には逆に諌めたのだという。今は不利であっても、最終的には織田家が必ず勝つからと。二度の進言は二度とも正解であり、そして二度とも容れられなかった。それでも、遠藤直経は浅井家に尽くし、今こうして浅井家を守った。

「不忠者！　裏切者！　喜右衛門！　貴様ともあろう者が」

「訊きたいことがある」

もはや完全に平常心を失っている久政の言葉をさえぎるようにして訊いた。久政は話すことなどないわ！　と叫んだがそれを無視し、質問をする。

「貴様は嫡男を六角の人質に出した時、死んでも良いと思ったのか？　それとも死なぬと思ったのか？」

嫡男、すなわち浅井備前守長政《あざいびぜんのかみながまさ》様だ。備前守様は嫡男ではあるが、弟たちとは母親が違う。幼い備前守様は母親とともに六角氏の人質とされ、その間に久政は男子を四人、女子を三人成している。

「家臣に推され、十五で当主となった備前守様は貴様を追放しなかった。それに感謝したか？　当然と思ったか？　恨みを抱いたか？」

当時圧倒的な強さを誇った六角氏を打ち破った野良田《のらだ》の戦いの頃だ。父が今川義元《いまがわよしもと》を討ち取ったのと同じ年の出来事。似たような状況にあった甲斐《かい》の武田信玄《たけだしんげん》は、父親を甲斐から追放している。

「息子とその妻を幽閉して浅井家を再び我が物とした時、得たのは歓喜か？　それとも感傷か？」

俺の質問に、久政は答えなかった。ただ苦々《にがにが》しげな表情で俺を見据えるのみだ。

「備前守様が一乗谷を落とした時、貴様は息子の手柄を喜んだのか？　それとも朝倉の滅亡を悲しんだのか？」

この浅井久政という人物を俺が傑物であると思っていることは、今さら言うまでもないし、見習うべきところもたくさんある。だが、一つ気に入らないことがある。先ほどから天下が朝倉が浅井がと何度も言っているのにもかかわらず、息子についての話を一切しないことだ。だからこれは、何か正論として言うわけではないし、そもそも言う必要がないことだ。それでも、俺は言わずにいられなかった。

「俺は身内を蔑《ないがし》ろにする男が嫌いだ。遠藤殿、連れて行かれよ」

話を切り上げると、遠藤直経が俺に平伏《へいふく》し、そして立ち去ろうとした。

「遠藤殿、貴殿が成されようとしたことは浅井家の忠臣として当然のこと、殿にはそれを含めてお伝えした後、ゆめゆめ無体《むたい》なことをなさらぬようにと具申《ぐしん》しておく。早とちりし滅多なことなどはなさらず、今後とも浅井家のため、ひいては織田家のために働いて下され」

俺の言葉を聞いて、立ち去ろうとした遠藤直経が再び振り返り、先ほどより深く平伏し、そして去っていった。

「……手強《てごわ》かったな」

幼い頃、勝つことができなかった相手を、ようやく一人打倒することができた。あの頃より自分が成長していないと思っていたわけではない。だが、確実な結果を得て、俺は溜息を吐いた。

「……これから論戦を張る相手は、あれよりも手強いのか」

先のことを考えると気が重くなる。ともあれ俺は、眠そうな顔をしながらも起きていてくれた乱丸の頭を撫で、又左殿に片づきましたと伝えた。

「貴様の考えの中で、最も事実と異なる点は、未来からやってきた人間を簒奪者や盗人と捉えていた点だ。実際にそのような人物がいたならば、それは例外なく、被害者である」

呟きは、誰に届くこともなく風に流れた。

◇◇◇

「あの方も、御家のことをいろいろと考えた結果、御嫡男を質としたのでしょうな」

「いやまあ仰《おつしや》る通りですがね」

一戦を終えた俺は、それから乱丸には寝るようにと言い、又左殿と二人で話をしていた。

「しかし、面白き話でございましたな、朝倉家が天下を獲った先にある世から今へと産まれかわってきた者。輪廻転生の真逆ですな」

「そのようなものかもしれませんね。ただ、古今東西、神や仏の加護を得て神通力でもって世直しをする。などという話は極ありふれておりますれば、それほど深く考える必要もない類の話であるかと」

「某《それがし》途中まで、『確かにそれであれば帯刀様や直子《なおこ》様に納得ができる』と思っておりました」

「ハハハハハハハ、お戯れを、そのようなことがあるはずもなし」

「そりゃあそうですな。はっはっはっは」

そんな風に笑いあいながら、ふと気になったので質問してみた。

「仮に私や母が久政の言う通りの者であったならば、どうされました？」

「どう、とは？」

又左殿がきょとんとした顔を作る。右目の下の傷や目鼻立ちがはっきりした顔立ちのせいで武骨に見える又左殿が、そのような表情をするとむしろ子供らしく映る。

「久政が、天命を改竄せんとする簒奪者、などと言っておったではないですか」

俺が訊くと、又左殿がああ、と言いながら何でもないように答えた。

「たとえそうであったとしても、すでに直子様も帯刀様も織田家の者にございましょう。であるのならばお二人もまたこの天下の民、織田の臣《しん》、我らの仲間ではありませんか」

「又左殿……」

何だか感動してしまった。いや、断じて俺は未来から来た者でも異界からやってきた妖怪でもないのだけれど。

「先ほどの話の中で確実であるのは、朝倉は滅したということでありましょう。もはや朝倉が天下を獲ることは無し。まだしも拙者や内蔵助《くらのすけ》が天下を獲る可能性の方が高うござる」

言ってから、おどけるように笑った。冗談で言っているわけであるから、具体的にどのようにして、などと問うのは無粋《ぶすい》な話だ。

「又左殿と話をすると頭がすっきりとしますな」

「それは良かった」

笑い合って、俺はそろそろ自分も寝ると言い、立ち上がった。用意された小屋に入り、藤《ふじ》や御坊丸《ごぼうまる》が寝ていることを確認する。

「五右衛門《ごえもん》」

「ここに」

暗闇の中、ささやくように言うと、闇から五右衛門が現れた。

「百地丹波《ももちたんば》に一つ動いてもらいたいことができた。急ぎではないが、確実に調べて欲しい」

「畏まりました、して」

内容を問われ、俺はうむと頷く。

「ここ三年以内に、竹中半兵衛《たけなかはんべえ》の手の者が、あるいは羽柴《はしば》家の者が浅井久政《あざいひさまさ》に接触した形跡はないか、難しいとは思うが、調べられるか？」

承知、と言って五右衛門が姿を消した。

話をでっちあげてまでも俺に、そして母に切り込んできた浅井久政。その久政に、三千貫という高禄で召し抱えられていたことがある竹中半兵衛。三年前、母に対して警戒せよと俺に言ってきた羽柴家の者たち。なぜ、久政はあれほどまで強く俺たちに疑いを持っていたのか。久政に何か讒言《ざんげん》をする者がいるとしたら。

「考え過ぎであるなら良い、杞憂に終わるのなら、それが最善なのだ」

三日後、俺たちは京都に到着する。

書きおろし

小早川隆景の章

登場人物

毛《もう》利《り》元《もと》就《なり》

【故人・正室】妙《みょう》玖《きゅう》

乃《の》美《み》大《のおお》方《かた》

【故人・毛利家先代当主】毛《もう》利《り》隆《たか》元《もと》
——
【毛利家当主】毛《もう》利《り》輝《てる》元《もと》

五《ご》龍局《りゅうのつぼね》

吉《きっ》川《かわ》元《もと》春《はる》

小《こ》早《ばや》川《かわ》隆《たか》景《かげ》

穂《ほ》井《い》田《だ》元《もと》清《きよ》

才《さい》菊《ぎく》丸《まる》

書きおろし　小早川隆景《こばやかわたかかげ》の章

元亀元年（1569年）正月。豊前国足立山陣所《ぶぜんのくにあだちやま》。

「我が手の内に文《ふみ》二つ。一つは親父殿から。新年の言祝《ことほ》ぎと説教とを一緒くたにしたような、冗長で鬱陶《うっとう》しいものだが、一応後で読んでおくと良い」

私が手元にある二通のうち、一通を傍《かたわ》らに置きながら言うと、弟の元清《もときよ》が、酷いなと笑った

「景《かげ》さま。先代様がお亡くなりになってから、ご隠居様もご心労が溜まっておられるのですよ。きっと。それをそのように言ってしまってはお可哀想です」

「それはその通りであろうがな」

言いながら、私はため息をひとつ。

先代、つまり、三人いる正室との息子の中で、最も気が合い、最も可愛がり、そして最も長く時を過ごした長男が、わけもわからぬまま命を落としたのが六年前。齢《よわい》七十を過ぎた今になってなお、孫の後見をせねばならず、父は、さぞかし疲れているのだろう。

戦はなくならず、面従腹背《めんじゅうふくはい》の輩《やから》もいなくなることはない。しかしそれでも、毛利家は全体として優勢にことを進めており、前面には私たち倅《せがれ》どもがおるのだ。毛利元就《もうりもとなり》ともあろうお方は、もう少し鷹揚に構えていてもらいたい。

「まあ、景さまも先年には伊予《いよ》へ赴き、安芸《あき》に帰ってから休む間もなく豊前に出陣です。お疲れはご隠居様以上でしょうけれども」

にこやかに微笑みながら私を労《いたわ》ってくれる弟の言葉に、私は深く癒《いや》された。話さねばならないことを後回しにして、つい知っていることを聞いてしまう。

「今年で幾つになる?」

「十九になります。ご当主様の二つ年上です」

わかりきっていることを聞いた私に、優しい元清はわかりきった言葉で返してくれた。頷き、己《おのれ》の歳を思い出す。

「景さまは三十七。今からざっと倍生きねば兄上の年にはなれないのですな。気が遠くなりそうです」

「父上の年になりたくば、さらにその倍近く生きねばな。気が遠くどころか、うんざりする」

私が言うと、元清が品良く楽しげに笑った。

このところ、長らく陣中にあり、東に南に、そして西にと転戦を続けてきたが、正月にこの、気の良い弟とともに過ごすことができたことは、数少ない僥倖《ぎょうこう》だった。

「もう一通の文《ふみ》。誰からであると思う?」

「さて、大友《おおとも》から和議の申し入れでも来てくれると拙者としては大層嬉しいですが」

軽口を叩く元清に、それであれば私も嬉しいと答える。果てなく続く戦に、すでに家中誰もが辟易《へきえき》しているのだ。

「外れてはいるが、なかなか良いところを突いている。周旋の申し出だ。大友からではなく、京におわす公方《くぼう》様からのな」

「公方様。改元を成したばかりの、義昭《よしあき》公からですか?」

頷く。

中国地方西の雄大内《おおうち》氏、東の雄尼子《あまご》氏、その両氏を滅ぼし中国筆頭にのし上がった我が毛利家。

その毛利家に負けず劣らずの勢いで京都を制圧した織田《おだ》家の庇護のもと、権威を取り戻しつつある足利公方様だ。

「大友と豊芸和議を結び、四国の退治に向かうように、とのお達しだ。実兄の義輝《よしてる》公を弑逆《しいぎゃく》した憎き者どもなのであろうな」

「尾張《おわり》の織田《おだ》家が後ろ盾となっておられると聞いております」

私と同じことを思っていたらしく、元清が言った。

将軍家と織田家。かつては三好、さらに以前には大内が同じく後見し、将軍家を助けたこともある。傀儡や言いなりという様子ではなく、遠く九州の地から見る限り、両者の関係は悪くない。

「その織田家と大坂があまり良くないそうですが、ご隠居様はいかがなさるのでしょうか?」

「さて、顕如《けんにょ》上人からは、助けを求める文《ふみ》が父上に届いているであろうが、まだ私に話は来ていないな。毛利の立場で門徒衆を見捨てることはできまいが、さりとて織田も毛利を敵に回したくはあるまい」

急激に勢力を伸ばした織田家には、内外に敵が多い。しかも、父は門徒と対立するようなことは決してしなかったが、織田はそれをしたため、毛利家よりもなお、内に潜む敵は多い。彼ら門徒衆を己《おの》が領国に住まわせたまま、友好関係にある毛利家と真っ向勝負をしたいはずはない。公方様と織田家は同じ船に乗っている。そして三好を攻めるは公方様を助けること、大坂を助けるは織田を攻めること。

「私としては、大友と和議を結ぶことができ、水軍を率いて三好攻めができれば願ったり叶ったりなのだが」

「なのだが？」

「此《こ》の期《ご》に及んで引けまい。我らも、大友も」

五年前、毛利と大友は、今と同じような状況下にあった。

かつて中国西の雄であった大内氏は、中国の西に覇を唱えていたばかりでなく、九州にも勢力を持っていた。それが滅びたのち、その九州における領地を大友に譲り、一方で中国の領地は毛利が手にする。そうすることで毛利大友はお互いを敵とすることを避けた。

だが、実際に両家が勢力を伸ばし、要衝下関《しものせき》の両岸でその領界を接した時、両家はお互いを敵とせざるを得なくなってゆく。大友の勢力拡大により圧迫を受けた豊前の国人衆は、毛利を頼り、毛利は領国とした周防《すおう》・長門《ながと》を守るために彼らと協力した。この時は毛利・大友・国人衆が協議を重ね、最後には、父が一歩引くかたちで和議が成った。

「以前のようにはいかないのでしょうか？」

「いかないな。あの時はまだ尼子が生きていた。であるから断腸の思いで大友に譲ったのだ。あの時ですら国人衆の多くは、毛利家頼りなしと、大いに不満であった。今引いては、二度と九州の国人衆は我らに信を置くまい」

中国東の雄尼子氏、その最後の拠点、月山富田城《がっさんとだじょう》での戦いは、足掛け四年に及んだ。

斜陽の尼子氏、脆弱な家老衆に守られてなお月山富田城は強固であり続けた。戦いが始まってすぐ、力攻めはいたずらに兵を損なうばかりであると、父のみならず将兵皆が理解した。やがて大友と毛利の和議が成り、尼子氏がすがった援軍の到来が絶望視され、それでも二年戦いを継続した。

周囲の城を落とし、月山富田城を孤立させ、糧道を絶ち、降伏を待つ。敵にとっては地獄であったろう。だが攻め手の我らとて、もし此の期に及んで腹背を突いてくる敵がおればこれまでの苦労が水の泡となる。決して心安らかなる日々ではなかった。

長い攻城戦において将兵を慰めてくれるものは少なく、陣中にて『太平記《たいへいき》』を全巻書写する変わり者が出たほどだ。

「追い詰められている大友方が和議に頷くやもしれませんが」

「いや、それは余計にない。我ら以上に大友は引けぬ。何しろ己の膝元に多くの反対勢力がおるのだ。これをどうにかせねば和議などもってのほかと考えておろう」

「では、和議できぬ理由はほぼ景さまにあるということですな」

痛いところを突かれ、私は黙った。

高橋《たかはし》・秋月《あきづき》・宗像《むなかた》といった豊後《ぶんご》・豊前国人衆は、四年前の戦いより親毛利、反大友であった。彼らと最も多く連絡を取っているのは私であり、加えて肥後《ひご》の相良《さがら》氏や、その客分の菊池《きくち》氏といった者らに働きかけているのも、私の判断だ。少弐氏《しょうにし》を滅ぼし勢力を強めている龍造寺《りゅうぞうじ》氏とともに、大友を包囲する計略もまた同じく。

「私だけではない。兄上にも協力を仰いでおる。父上にも当然了解を得た。宍戸《ししど》の義兄上《あにうえ》にも」

「言い訳ですなあ。ご隠居様は戦となれば吉川《きっかわ》様には敵わずと仰せになり、謀《はかりごと》となれば、今や毛利随一は景さまでございましょう」

言い訳を、即座に言い訳と看破され、私は頷いた。

戦を終わらせるために智能を絞って編んだ策が、かえって戦を終わらせられなくなる枷《かせ》となるのは、なんとも皮肉に思う。

「勝てば良いのだ」

なかば己に言い聞かせるように、私はそう言い切った。元清が柏手を打ち、そうでなければと笑う。

「さすが、我らの長兄。それくらい格好良くあっていただかねば。私は国に帰ってから景さまのご活躍を弟たちに伝えるという仕事もあるのですから」

「私は長男ではない。三男だ」

「ご隠居様もご先代様も吉川様も、我らにとっては主家であって、父や兄という風ではないのですよ」

元清の言葉は朗らかな声色であり、忸怩《じくじ》たる思い、というようなものは感じられない。だが、だからこそ、その当たり前に口から出てきた言葉に、私は少々の寂しさを覚えた。

偉大過ぎる父元就を、弟たちは敬するというよりも、畏れている。

私が三男で、十八歳下の元清が四男。ここに、曲がりなりにも父を助けてきた上の三人と、物心ついた時にはすでに父が中国の覇者であった弟たちとの違いがある。私はまだしも弟たちとのつながりがあったがゆえに兄と思われているが、亡き長兄はもちろんのこと、存命でともに陣を張る次兄ですら、元清は『吉川様』と呼んでいる。それより下の弟たちも、おおむね似たようなところだ。

「父上にも、ああ言わねばならぬ事情があったのだ。本当に虫けらのごときと思っていたわけではない。許してやってくれ」

「怒ってなどおりませんよ。妙玖《みょうきゅう》様がお産みになった兄上方や、五龍《ごりゅう》殿が毛利を支え、我らその他の子らは、才なくば大人しくし、才あれば兄上方や宗家をお助けする。これこそ教訓状の正しき理解と心得ておりますれば」

私が父上を庇《かば》うと、元清が薄く笑いながら答えた。言葉通り、怒りがあるわけではないようだ。

十二年前、私を含めた上三人の兄弟に書きつけられ、送られた教訓状。

普段より話も筆も冗長な父上が、特に冗長にしたためた十四条の中には、我ら三人へ、協力を求める文言が繰り返されている。加えて、先立たれた妻、三人にとっての母の供養を求め、我らと母を同じくし、宍戸隆家《ししどたかいえ》殿に嫁がれた、五龍局《ごりゅうのつぼね》ことしん姉上についても、心を砕くよう求めている。

しかし、それ以外の弟たちについては『今、虫けらのように分別のない子供たちがいる』とし、才あれば用い、なければどうしてくれても構わないと述べてある。虫けらというのは、まだ子供であるという意味であり、わざわざ『才がなければ』どうしてくれても構わないと記していることが、できることならそうしないで欲しいという父の心情を透かしていた。

「母上も拙者も、弟や妹らには困りごとあらば何事も景さまに相談するよう申し付けておりますれば、ご隠居様のようなことにはなりませぬ」

言葉の最後を少々ぼかしながら、元清が言った。

嫡男や正室、長女にまで先立たれている父は、腹違いの弟にも先立たれている。しかし、他の三人と異なるのは、異母弟を殺したのは他ならぬ父自身であるという点だ。

我ら兄弟は、元清以下は皆腹違い。同じことを繰り返さぬため、少々強い文言で正室の子と側室の子とを区別したのであろう。如才無い父のことであるから、元清の母である乃美大方《のみのおおかた》様には、また別の文《ふみ》を送りつけているのであろうことは、想像に難くない。

「荷が重いな、家中も、戦も」

「戦は優位にことが運んでおりましょう？　大友が引けぬところまで追い詰めたのは景さまなのですから。これよりはどう攻めます？」

いろいろと回り道した話が、本筋に戻された。私は気を引き締め。元清も顔を引き締めた。地図を取り出し、指で示す。

「岩屋《いわや》・宝満城《ほうまんじょう》の高橋鑑種《たかはしあきたね》殿、古処山城《こしょさんじょう》の秋月種実《あきづきたねざね》殿はすでに味方だ。昨年九月よりの戦いで大友方の三岳城《みつがたけじょう》は落ちた。ここまで来れば立花城《たちばなじょう》は目の前」

「戸次鑑連《べっきあきつら》に奪い取られた城ですね？」

頷く。奪われたのは昨年の四月。大友方反撃の狼煙《のろし》として、十分過ぎる戦果であった。この戦いにより、北九州の戦いが毛利優勢から大友優勢に傾くと思われた。

当時私と元春《もとはる》兄上は四国の伊予にて、大友家の後援を得た土佐《とさ》一条《いちじょう》家と争っており、九州へと向かえる情勢ではなかった。ゆえに父は、大友傘下の国人衆たちを扇動し離反させようと謀った。その中でも肥前は佐賀城《さがじょう》の龍造寺隆信《りゅうぞうじたかのぶ》は、無視することのできない力を有しており、大友宗麟《おおともそうりん》は、龍造寺攻めのために兵を割かざるを得なくなった。そのため現在、立花城は防衛のためわずかな兵が置かれるのみである。

そして、私と元春兄上は、四国の勝利を得てすぐに召喚され、こうして北九州にてさらなる戦いを強いられている。

「立花城を奪還することが叶えば、大陸との貿易の要である博多《はかた》も手に入れられる。それすなわち、旧大内領をすべて制したということである」

そのために、さらに多くの調略を仕掛け、大友を東西から攻め上げ、大軍でもって制圧する。

四年前とは違い、尼子は滅びた。毛利の総力を挙げ、北九州の覇権を確立する。

「身が震えます。ここに勝てば、毛利は中国筆頭ではなく日ノ本の西国筆頭になりますね」

「かもしれんが、向こうも必死だ。大友宗麟ともあろう者がなんの手立てもなくただやられるはずもない。気を引き締めねばならん」

「わかっておりますとも。拙者は、拙者の活躍を期待している母上にも、よき知らせを届ける仕事があるのです」

母思いの元清らしい言葉に、私は微笑ましい心持ちとなった。頼りにしているぞと、元清の頭を撫でれば、人懐こい弟はくしゃりと笑った。

◇ ◇ ◇

元亀元年（1569年）年二月、公方義昭公の顔を立てて一応行われた和睦交渉は予想通りに決裂した。毛利家は総力を挙げて越境する準備を進め、総勢四万が渡航するという連絡が、内々のうちに私に届けられた。

同三月、病床の身にある父元就が出馬する、との連絡が入る。同時に、総大将である甥の輝元《てるもと》も出馬し、下関へと向かうとのこと。

四月二十六日、父元就が吉田《よしだ》を出立。輝元には安芸本国にあって背後を固めよと言い含めていた様子であったが、当の輝元が制止を振り切り、長門へ出陣。両名とも渡航はせず、戦場においては私と兄上が指揮を執ることとなった。

◇ ◇ ◇

そして、五月。筑前立花城にて。

「矛を収めたか」

言葉数の少ない兄元春が、言葉の足りていない一語を述べた。

「龍造《りゅうぞう》寺《じ》隆信《たかのぶ》は大友宗麟《おおともそうりん》の出兵を受けて降伏。特に所領の没収や粛清が行われた様子もなく、これまで通り龍造寺家は大友家に従属するかたちになり申した。大友宗麟はその上で立花城を救援に北上。

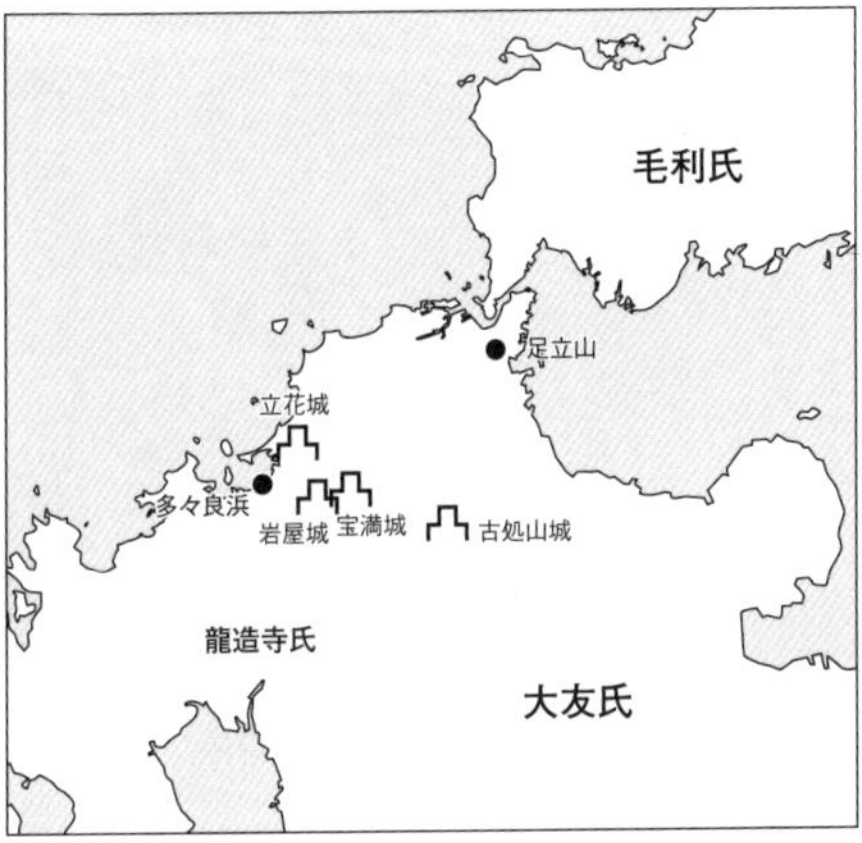

我らは立花城包囲を解かず、城下多々良浜《たたらはま》・香椎《かしい》のあたりで迎え撃つ。敵は戸次鑑連《べっきあきつら》、臼杵鑑速《うすきあきすみ》、吉弘鑑理《よしひろあきまさ》」

三名の名を聞き、場がにわかにざわめいた。

名高き大友三宿老が、そろいもそろって出陣となった。こちらもまた、兄吉川元春《きっかわもとはる》と私の、毛利両川に加え、姉上の婿である宍戸隆家《ししどたかいえ》殿を加えた三兄弟がそろい、当然、弟の元清《もときよ》も出陣している。福原貞俊《ふくばらさだとし》殿、吉見正頼《よしみまさより》殿ら、毛利の支柱たる者らが名を連ねている。

「殿は、ご隠居様とともに長府《ちょうふ》にて陣を布《し》かれたとのこと。大友軍は、秋月種実《あきづきたねざね》殿ら国人衆への攻撃を止め、総力を以って我らにあたる構え。総力は、約四万。我らとほぼ変わらぬ数にござる」

大友軍の動き、数を伝えると、歴戦の毛利家家臣らはかえってざわめきを鎮《しず》めた。

我々は現在、立花城を取り囲み、その上で毛利派の国人衆を助けねばならぬという状況にあった。遠征しているのが我らである以上、地の利は向こうにある。しかし、総力を持って決戦に及ぶとあれば、我らはここにて待ち受ければ良い。先に戦場に兵を置いた軍が有利であることは、誰もが知るところだ。

「城はどうか?」

元春兄上が私に訊く。兄上とはすべて話をした上で軍議を行っているゆえ、これは確認であり諸将への連絡である。

「城将立花弥十郎《たちばなやじゅうろう》以下立花城の兵精強にて、口惜しかれど大友軍が到着するまでに落城させること能わず。兵五千を以って籠城兵を城に封じ込め、敵の後詰《ごづめ》を撃破することをもってしてこの士気を挫く」

「ゆえに、迎え撃つべきは多々良浜あたりということでございますな？」

「左様」

「布陣において我らが有利、数において敵方が有利、総じて互角。勝敗は我らの奮戦次第」

「御意にござる」

宍戸隆家殿、福原貞俊殿が続けて言い、私は鷹揚に頷いた。

毛利家中においての兄上と私の立場は揺るぎない。しかし、だからといって彼らを軽視することは決してない。時に自ら裏切り、時に裏切りを誘発させ、ここまで成長してきた毛利家。毛利元就《もうりもとなり》は、自らがそれをされないために家臣への気遣いを怠らない。当然、我ら兄弟にもそれを強く戒《いまし》めている。

「先陣は、我ら小早川《こばやかわ》勢が受け持たせて頂く。毛利一門一致団結の上敵に当たれば、勝利は疑いなきものと存ずる」

そうして、幾つかの発言とそれに対しての回答を述べたのち、私はそうまとめつつ、チラリと元清を見た。

末席にほど近い位置にいる元清は、口元を真一文字に引き締め、普段にはなく緊張した面持ちでいる。

「しょ、勝利とは」

「いかがした？」

小声で、他の発言にかき消されてしまいそうな元清の言葉を、私はあえて大きく聞き返し、発言の続きを促した。それまで何か話をしていた諸将が黙り、元清の発言を待つ。

「勝利、とは、我らの、何があり、勝利したこととなるべき、あ、いや」

「此度の戦、我らは何をもって勝利、と見做せましょうや？」

元清の隣に座っている男が助けるように言い、言い終えてすぐに元清に頷きかけた。元清はうんうんと、何度も頷いてから私を見る。苦笑と呆れと情けなさが交じったため息を何とか堪える。しかし、怒りは湧いてこないのであるから私も甘い。

「守り勝てば良い」

黙って話を聞いていた元春兄上が言う。重みのある一言に、それだけで諸将が成る程と思いかけてしまうが、やはりそれだけでは足りるまいと私が言葉を引き継ぐ。

「攻めよせる大友軍を撤退に追い込むことが叶えば我らの勝利。なぜならば、此度の戦、大陸との貿易の要たる博多を、ひいては豊前・筑前《ちくぜん》の二国を得んがための出兵にござる。広大な干潟の続く多々良川で大友を迎え撃ち、これを足止め。後詰来ずと知らしめれば、早晩立花城は陥落しましょう。助けるべき立花城陥落を知れば、大友勢も撤退する以外に道はなし。我らはそれを見届けた上で、筑前国人衆の秋月種実殿や彦山霊仙寺《ひこさんりょうせんじ》の座主連忠《ざすれんちゅう》殿を助け、九州北岸から完全に大友勢を駆逐。勝利を殿に献上する所存」

さらに肥後《ひご》の相良義陽《さがらよしひ》らを通じ南へと進む道もあるが、今そこまで話すのは時期尚早であろう。攻めるに難く、守るに易い干潟にて迎え撃てば良いのだ。手火矢《てびや》（鉄砲）も十分に用意してある。

「他に、何かある者はござろうか？」

一座を見回しながら、私は尋ねた。私の視線を受け、ある者は頷き、ある者は視線を逸らし、しかしこれ以上何か話をせんとする者はなく、軍議はそれまでとなった。

「兄上」

「あのように緊張することもなかろうが」

軍議ののち、珍しくしょげている元清に声をかけられ、私は答えながら軽く肩を小突いた。

「申し訳ありません」

「気にすることはない。あれだけの者がそろっているのだ。追い追いなれてゆけ」

言ってから、その後ろに従う大男に軽く頭を下げる。

「宗勝《むねかつ》にはいつも苦労をかける」

「いえ、あの程度」

乃美宗勝《のみむねかつ》。沼田《ぬた》小早川家の庶流乃美氏の出で、小早川水軍の頭目でもある。村上海賊との繋がりも深い、私の右腕だ。

「……村上武吉《むらかみたけよし》の動きはどうだ？」

「今のところは滞りなく伊予灘の警固をしているようですが、あの者は読めません」

瀬戸内の海賊衆村上水軍は宗家の能島《のしま》村上、分家の因島《いんのしま》村上、来島《くるしま》村上の三氏に分かれる。因島村上氏の村上吉充《よしみつ》は宗勝の妹婿。来島村上氏は伊予の河野《こうの》氏と半ば主従の関係にあり、その河野氏と毛利家は、先だっての伊予出陣により関係が強化されている。だが、宗家の村上武吉、この男が何を思い、どう出るのかは誰にもわからない。

「あれがいなければ我らの今もないという事実が、何とも歯がゆいな」

憤りを込めて、私は呟いた。毛利元就一世一代の勝負と言われれば、誰もが厳島《いつくしま》の戦いと言うであろう。そして、厳島の戦いの際、圧倒的に不利であった毛利を勝たせたのは村上水軍であり、宗勝の説得に応じて加勢した村上武吉である。

「此度主な戦場《いくさば》となるべき場は陸にて、そう大きなことができるとは思えません。まずは此度の一戦、やはり最も恐ろしきは戸次鑑連」

宗勝に言われ、私は頷く。長府《ちょうふ》に着いた父上から、激励と説教と愚痴が入り交じった文が連日届くようになるのは翌日からであった。

◇◇◇

元亀元年、五月十八日。


「突っ込んできますな」

「馬鹿め、死にに来るようなものだ。と、言い切れぬ不気味さがあるな」

近づいてくる地響きを聞きながら、私は隣に立つ宗勝《むねかつ》と話をしていた。

「守り勝てば良い。まずは矢弾《やだま》にて迎え撃つのだ」

軍配をかざし、狙いを定めさせる。馬上にて味方の前に出た私は、まだもう少し引き付けるのだと、軍配を振り下ろすことなく敵を見据える。

「元清《もときよ》は後ろに置いてきて良かったな」

「左様で」

敵の数に生唾を飲んでいた弟元清の様子を思い出す。もしここにいたならば、私が軍配を振り下ろすより先に馬から転げ落ち、そのまま首を奪われてしまいそうに見えた。

「放て！」

私の声が、兵の隅々にまで届いたとは思わなかったが、軍配を振り下ろしながら、味方の後方へと下がった様子は見て取れたであろう。すぐに、耳を劈《つんざ》く破裂音が辺りに鳴り響き、敵の兵が倒れ、そして敵味方の馬が暴れ出した。

「思っていた以上だ」

私が乗っていた馬も、轟音に驚き一瞬恐慌を来した。慌ててなだめ、何とか落馬はせずにおられたが、宗勝やその他の将がまたがる馬も同じように暴れている。一斉に発射する鉄砲の音が知れた。まとまった数をそろえれば間違いなく馬の脚を止められる。

「宗勝。小早《こはや》の舟にて鉄砲の一斉発射はできると思うか？」

「難しきかと。小早は揺れが大きく、狙いが定まりませぬ。また、縦に並んでは前の舟が邪魔で一斉に発射することができませぬ。かといって横に五十も百もと小早を並べるのは、小早の利を捨てるのに等しきかと」

私の問いに、長く考えることなく答える宗勝。うんと頷き、まだまだ思案の余地があると腕を組む。

水にも弱いと聞いている。ならばそもそも、船の上での戦いには不向きであると考えることもできる。

「弓より、明らかに敵兵を倒しているように見えるな」

「御意」

「なれば、鉄砲を持った兵を横に並べ、一斉に発射させたのち槍衾《やりぶすま》を組ませる。というやり方は有効であろう」

「御意」

「弓と違い、一発放ってしまうと弾込めには随分と時を要するな。これをどう短くするかを考えるべきだが、それはもはや、職人のすべき仕事か」

多々良浜にて、毛利大友の都合八万近い大軍による戦いが始まった。我が小早川勢は先方を賜り、敵方最強と目される戸次鑑連《べっきあきつら》と当たる位置にて布陣している。

「敵方数を増やし、さらに突撃せんとの構え！」

「当然であろうな。桂《かつら》と坂《さか》の手勢を前面に！　私も前に出る！　此度の戦、下がる敵を追うことは求めぬ。しかしながら一切の後退は許さぬ！　我ら小早川《こばやかわ》勢と戸次勢の力比べぞ、断じて引けをとってはならぬ！」

足場の悪い湿地帯を、倒《こ》けつ転《まろ》びつ前進してくる敵勢を見ながら、私は気勢をあげた。隣の宗勝が腕を振り上げ、迫る敵を押し返すべく手勢を率いて前進してゆく。私はそれからしばらくの間、馬上にて前を見据え続けた。水戦でも攻城戦でも奇襲でもなく、真正面からのぶつかり合い、どちらかが決定的に崩れぬ限り、凄惨な殺し合いが続く。人ひとりが死ねば、それすなわち、国の力が一つ失われるということだ。功名を求める若武者であれば誰もが求める戦であり、兵を率い、民を治める大将であれば誰もが嫌がる戦。避けられず、引くこともできない。顔に覚えがある者たちが槍を構えて進み、倒れ臥してゆく。

「景さま」

「元清か」

戦いは一進一退に見えた。押し切られそうに見える場所があればそこに兵を加え、敵を追い散らせた場所があれば深追いせず兵を休ませる。顔を青白くした弟が話しかけてきた時が、戦が始まってどれほどたった時なのかはわからなかったが、まだまだ終わりそうにはないとは誰もが思っていたはずだ。

「我らに後詰《ごづめ》は不要であるが、他の者らはどうか？」

「いずれも劣勢にて、吉川様が各所に助勢し持ちこたえております」

「味方の士気は？」

「吉川、小早川、宍戸、その他幾つかは高く、さりながら大半は逃げ去らぬのが不思議なほど」

頷く。さもありなん。博多の獲得、九州北部においての覇権は、毛利元就や毛利一門の悲願ではあっても、戦に付き合わされる国人衆にとってみれば迷惑以外の何物でもない。謀聖《ぼうせい》・毛利元就の軍門に降り、その傘下に収まることを余儀なくされた者たちは、本心において毛利への忠誠などない。滅びて喜ぶような者すら多いであろう。前線に私が、そして後方に兄上がいる今の状況においては逃げられない。だがいったん誰かが逃げ出し、陣が崩れ去れば、それを言い訳にすることができる。そうなったら雪崩《なだれ》をうって味方は潰走する。

「こ、ここは平気でしょうか？」

「さて、どうであろうな。大友宗麟《おおともそうりん》は此度の戦で毛利両川を討ち果たす所存と息巻いていると聞く。戸次鑑連も、ともかく私の首を取って戦を早く終わらせたいように見える」

薄く、顔に笑みを貼り付かせながら答えると、元清が泣きそうな顔を作って見返してきた。怖くはないのかと聞かれているような気がした。

「それもまた、どうであろうな。もちろん戦は怖い。早く家に帰り、のんびりと餅でも食っていたい。だが、毛利元就の子に生まれてしまい、半端に才を受け継いでしまった。私の一生とは、こういうものであるのだと、それなりに諦めもついてしまった」

私の言葉に、元清がさらに泣きそうな顔を作った。

間も無く、私は死ぬかも知れぬ。私が死ねば、味方は崩れるであろう。だが、兄上がいれば負けはない。立花城の囲いを堅守し、援軍が来たれども毛利は引かず、と思わせ続けることができれば、必ず城は音をあげる。守り勝つべく、策はすでに兄上に伝えてある。

「景さま、死なないでください」

我が小早川隊に援軍は不要であるとの言葉とともに、後陣に下がるよう元清に命じた。元清はやはり泣きそうな表情を作りながら私にそう言った。

「死なないで、か、成る程」

その言葉を反芻しながら、思えば私は、私たち親子は誰一人として、己の死をそこまで恐れていないと言うことに気がついた。

それから半日、士気の低い毛利勢において、敵方最も猛勢なる戸次隊と戦い続けた私たち小早川勢は、よく戦ったものだと自賛する。陣を押し込まれたのはこちらであるが、矢と鉄砲、敵が近づいてよりは槍衾と、冷静に敵を受け止めた我らは、人の被害は少なかった。死者や怪我人は確実に戸次勢の方が多くいたはずである。

「日暮れまで、まだ一刻はある。持ちこたえられそうにはないな」

それでも、我らは日没まで敵の攻勢には耐えられなかった。元より敵方最強の猛者どもを受け止めている我らは、周囲の味方から援護を求められ、足りていない味方をさらに減らされた。その兵をすべて私の使いたいように使えていれば、戸次の横あいを突けたものを、突出した敵を取り囲めたものを、と思わぬでもない。

「赤子のような腑抜けどもの面倒さえ見ておらねば、いかようにもできたものを、忸怩《じくじ》たる思いにござる」

普段温厚な宗勝が、悔しさを隠さないまま、私が考えていたのと大差ないことを吐き捨てた。頷く、私とて悔しい。どのような経過を辿《たど》ったにせよ、これにより残るのは小早川が戸次に突破されたという事実だ。

「それでも、私がこの場に残っていては味方が引き揚げること叶わず。私が戸次の攻勢に耐えきれず引いたというかたちがあれば、味方も引くことが許される。味方が崩れることなく引いたのであれば、敗走ではなく、一当たりし強さを確かめた後、予定に従って引き揚げたのだと言うことができよう」

相手は勝ったと言い張ろうが、立花城の救援が叶わぬ以上、我らとて負けていない。立花城は必ず落城させる。

「我が首、欲しければやってこい。刺し違えでいいのなら、くれてやらぬこともないぞ」

顔も知らぬ敵将、戸次鑑連に、私は挑発じみた言葉を呟き、そうして陣を後退させた。

◇◇◇

多々良浜《たたらはま》の戦いの直後、私は宝満城《ほうまんじょう》の高橋鑑種《たかはしあきたね》殿を助けるため、一隊を切り離し、救援軍を差し向けた。この動きを大友勢は察知しておらず、救援は成功するかに見えた。相手を出し抜くことに成功し、九分九厘《くぶくりん》成功していた策を打ち破ったのは、またしても戸次鑑連《べっきあきつら》。極少数の手勢を率い急遽《きゅうきょ》宝満城へ向かった戸次は、果敢というよりなお捨て身と呼ぶが正しいほどの強襲にて、我が手勢を防いだ。

以降、私は味方を救う援軍を出せなくなり、大友《おおとも》勢はその援軍を防ぐために手勢を割いた関係で、肝心の立花城を攻められなくなった。こうして戦いは徐々にその中心を調略と謀略に移していった。

両軍がにらみ合いを続ける六月の初頭、立花城はついに降伏。開城した城主立花弥十郎《たちばなやじゅうろう》以下城兵は皆助命され、城を出た。多々良浜にて毛利勢を押し切った大友勢は、我らが九州より撤退すると見込んでいたようであったが、戦いに前後し、私は立花城の水の手を切り、さらに包囲を厚くした上で全軍をもって大友軍と戦う姿勢を見せ続けた。大友宗麟《おおともそうりん》が総力を挙げて兵を北上させたのにもかかわらず落城を防げなかったことは、国人衆に毛利勢有利を強く印象づけた。

しかしそれから、優勢と思われた毛利に良くない知らせが続く。毛利に味方していた古処山城《こしょさんじょう》の秋月種実《あきづきたねざね》殿が大友に降伏。その秋月種実殿と連携を取っていた彦山《ひこさん》霊仙寺《りょうせんじ》は座主《ざす》の連忠《れんちゅう》が誅殺され、肥後《ひご》の相良義陽《さがらよしひ》殿も大友の圧力に屈した。

それでも、私たちは毛利が劣勢であるとは考えていなかった。碁盤の端で、いくつか石を取られたとしても、此度の戦い、天元《てんげん》となるは立花城。その立花城はすでに落城し、戦いの目的は達した。この状況が続けば、先に音をあげて撤退するのは大友である。その際に追撃を仕掛け、あわよくば名のある武将を討ち取れれば御の字。此度大友に靡《なび》いた国人衆も、決定的な毛利の勝利を見せつければまたすぐに毛利に靡《なび》く。よほどのことがない限りは、毛利優勢のかたちは変わらない。

私のその考えは、間違いではなく、そして浅はかであった。よほどのことがなければ、と己自身で考えている通り、よほどのことがあれば形勢は傾く。そして、この戦国の世において、よほどのことなどたやすく起こっており、この日すでに、そのよほどのことは起こり、我ら毛利を蝕《むしば》んでいた。

旧尼子家臣、隠岐《おき》より出雲《いずも》に上陸し蜂起。月山富田城《がっさんとだじょう》を目指し進撃中。と言う報せが九州の我ら兄弟に届いたのは、七月の頭のことであった。

「出雲・伯耆《ほうき》二ヶ国から集まった兵はすでに六千を超えた。総大将は尼子孫四郎勝久《あまごまごしろうかつひさ》。京都の東福寺《とうふくじ》で仏門に帰依していたが還俗し、旗揚げの時を待っていたようだ。従う尼子旧臣のうち、最も名のある者は秋上三郎右衛門綱平《あきあげさぶろうえもんつなひら》とその一族。そして、勝久を還俗させ、尼子再興の兵を起こさせた立原源太兵衛《たちはらげんたべえ》と、山中鹿介《やまなかしかのすけ》」

「白鹿城《しらがじょう》の若武者か」

かつて尼子は自らの手で有力な一門衆を皆殺しにしている。

この『新宮党事件《しんぐうとう》』は、毛利で言えば当主の輝元《てるもと》が、一門衆最強の兄元春《もとはる》を斬るようなものであり、尼子滅亡の大きな一因となっている。

その事件を起こさせたのは誰あろう、我が父毛利元就《もうりもとなり》であるのだが、新宮党の党首であった尼子国久《あまごくにひさ》の孫が、此度の旗頭勝久である。秋上綱平は、尼子氏最後の地、月山富田城にて最後まで戦い続けた豪の者だ。度重なる奸計に嵌《はま》った尼子旧臣は疑心暗鬼に陥り、重臣とて一晩で主人を裏切る有様であったが、その中にあって最後の最後まで戦い続けた秋上綱平たちの名は重い。だが元春兄上は、それらの名を差し置いて、当時身分も低く名もなかった一人の若武者を重要視した。

「山中にある小さな城、白鹿城を救うために現れた若武者、名を山中鹿介。まことに、物語のようにできすぎた名であるな」

兄上の嘆息について、気持ちを十分に理解できる私は、話を変えることなく頷く。

中国東の雄尼子氏滅亡の際、最後に残ったのが名城月山富田城である。月山富田城の周囲を囲む城の一つが白鹿城であった。この戦い自体は、先も言った通り、志気の低かった尼子老臣の無策により毛利が勝った。だがこの戦いの中、殿《しんがり》にて武を振るったのが鹿介であり、その後、鹿介は毛利の武者品川大膳《しながわだいぜん》を一騎討ちにて討ち取るなど、一人気を吐き続ける。

「富田城降伏の際、兄上は鹿介を見ているそうだが、記憶にあるのか？」

「目の色が違う若者が数名いた。その数名の顔は覚えた。秋上綱平の倅《せがれ》、立原源太兵衛、其奴《そやつ》らの中心にて、今にも噛みついてきそうな目で、我らを見ていた」

眉をひそめ、そう語る兄上は、しかし言葉や表情とは裏腹にどこか明るく見えた。

主従の縁は御恩と奉公、鎌倉の御代より続く武家の習いによって結ばれている。戦国の世になり、主人は家臣に対し、常に満足のいく餌を与え続けなければならなくなった。

ゆえに、家臣が主人を捨てることも当世の「流行りもの」として、当たり前に受け入れられている。調略と謀略によって身を立ててきた父上は特にその流行りを知っており、今さらそれを卑怯や臆病などと言う者の方が笑われるであろう。だが、本心で言えば、それを虚しく思う心もあるにはあるのだ。

私や父とは違い、元春兄上のような武人気質な男は特に。

「富田城において、皆殺しにしてしまった方が良かったと、今も思うか？」

兄上に問われた。

富田城が降伏開城した際、残っていた尼子氏宗家の男は三名。最後の当主たる尼子《あまご》義久《よしひさ》とその実弟二人。後顧の憂いを断つため、私も兄上もこの三名は首を打つべしと主張した。当然、周囲の者らもそうなると思っていた。だが、父元就がそれを止めた。弓矢の法であるとか、人の道であるとか、幾つか説教じみた訓戒は頂戴したが、それらの言葉はすべて、当の父上本人が踏みにじってきたようなことばかりであったので、我らはしきりに首を傾げたものであった。

「兄上、尼子の三兄弟が、その後怪しい動きをしたことがあったか?」

「見張りの者が拍子抜けしている」

兄上の言葉に、しばし二人で苦笑を漏らした。執念深い父上がため息を吐くほどに、尼子義久は粘り強く抵抗をした。だがその義久は安芸で囚われの身となって以降、尼子再興などもともと考えてすらいないかのように穏やかな生活を送っている。その変わりようを見て、父上ただ一人はさもありなんという表情だ。

「私も兄上も、尼子宗家の男たちを斬るべしと考えていただけであり、山中らまで皆殺しにすべきとは思っておらなんだ。もし、あの時父上を押し切って三兄弟のみ斬っていたなら、此度の挙兵に応じる尼子旧臣はさらに多かったであろう」

第一、此度の旗頭は三兄弟のいずれでもない。彼らの生死は此度の挙兵とは別に考えるべきである。

「まだ先は長いのだ。尼子旧臣が仮に一万になったところで、まだ依《よ》って立つ地を持たぬ流浪の軍に過ぎぬ。まずは目の前の大友とのひとまずの決着をつけねば」

「これより先、があると思うか?」

「思う。私は、大内も尼子も大勢決してよりあれほど粘ると思っていなかった。此度の戦がたとえ大勝利に終わったとしても、すなわち大友の滅亡とはならぬ。大友三宿老《しゅくろう》は最後まで我らに抵抗しよう。それこそ秋上のようにな。我らは大友を相手に五年十年と戦が続くと思うべきである。そしてその五年後十年後に、父上が存命である公算はあまりに低い」

むう、と、兄上が呻《うめ》くような声を漏らした。

「できることならば、俺は出雲に向かい、山中と戦い、話がしたい」

「話？」

「秋上、品川、そして山中鹿介。あの忠義の者どもを下し、俺の手で動かすことができれば、雲伯《うんぱく》どころではない、美作《みまさか》に因幡《いなば》、播磨《はりま》まで攻め落とすことも、できるような気がしている」

九州と中国の間を通る海峡下関《しものせき》。その北岸となるのが長門《ながと》、東へ向かうと、銀山を巡り毛利・尼子両家が争った石見《いわみ》があり、その東こそが出雲《いずも》である。その出雲と、さらに東の伯耆《ほうき》を合わせ、通称雲伯。伯耆の東側にて境を接する因幡・美作。その南東に位置し、五畿内の一つ摂津《せっつ》と接する国、播《はり》磨《ま》。ここまで攻め落とすことができたのならば、毛利は中国筆頭ではなく、中国唯一の巨大勢力となる。六分の一殿と呼ばれ、足利義満《あしかがよしみつ》公に恐れられた山名《やまな》氏を遥かに凌ぐ、西国一の大名だ。それ以上を望むのならば、残るは天下以外にない。

「どの家にも、忠臣はおる。その忠義者こそ俺は欲しい。我が家には……」

愚痴を言いかけた兄が、途中で口を閉ざし、自嘲気味に笑った。それから一言、まるで父上のようなことを言いかけてしまったと零《こぼ》す。声を上げて私は笑った。

「名城は落ちた時にどれほどの名城であったのかがわかる。忠臣も主家が斜陽の時にこそその忠義がわかる。どちらもわからぬ我らは、日輪からの加護を得ているのだと思おうではないか、兄上」

「そうしよう」

納得した兄が膝を崩し、白湯を一杯あおった。傍らには、戦場《いくさば》であるというのに本が何冊か。強く、典雅なる兄らしいと思う。もっとも、それすらも父からすれば『流行りものばかり追いかけてみっともない』と小言に変えられてしまうのだが。

「此度は『太平記』を書き写す暇が見当たらなんだな、兄上」

「二度はよい。織田の小倅《こせがれ》が著したという、源氏物語の滑稽譚を読んだ」

それも書き写してはどうかと訊くと、それも悪くないと言われた。

「我が毛利の小倅たちは元気か？」

「毛利の小倅、兄上と私がか？」

「俺たちは吉川と小早川の当主だ。元清から下がいるであろう」

合点がいき、私は頷いた。先ほどの本を著した織田の長男、そしてその弟たちはちょうど、元清ら毛利の子らと同じ歳の頃だ。

「父上や私が何かを言っても、恐れられてしまうからな」

「そんなことはないのだが」

しかし、気軽に話ができる間柄でもない。何から話すべきかと思い、思いついたことから順繰りに話すと、兄上はどこからか取り出した紙と筆で何かを書き付けていた。兄弟上三人の中で、最も口数が少ないのは次兄であったが、筆まめであるのもまた次兄だ。

「余計なことを伝えて、父上が無駄な心配をせぬように頼むよ」

「わかっている」

◇　◇　◇

七月、我らは撤退をせず、大友勢との睨み合いを続けた。父元就《もとなり》は、一度は断った公方様よりの和議の申し出を受け入れ、停戦と撤退を望んだが、毛利勢に痛撃を与える絶好の機会を得た大友宗麟はそれを受け入れず、再び交渉は決裂した。大友宗麟は反毛利の連合を組まんと画策し、その意を汲んだ山中鹿介が縦横に動き回った。備前の宇喜多直家《うきたなおいえ》、美作の三浦貞盛《みうらさだもり》、備後の藤井皓玄《ふじいこうげん》は反毛利に回り、手薄な毛利方の城を落とし漁夫の利を得た。

八月、孤立した月山富田城《がっさんとだじょう》は、城主天野隆重《あまのたかしげ》以下わずか二百余りの兵が粘り強く戦いを続けるも、援軍は未だ富田城へと至らず、山中鹿介は西、石見にて毛利との戦いに及び、決着はつかず、東でも戦線が膠着しつつあった。

九月、父元就より、下関へと撤退する準備を進めるよう命令が届く。今もって毛利を頼りとしている北九州の国人衆に対しては、父が直々に説得を進め、大友宗麟《おおともそうりん》に対しても公方様よりの文とあわせ、和議と撤退について話し合いを進めるとのこと。

そして十月。


「撤退？」

私が伝えた言葉を、その男はただ繰り返してみせた。驚いてみせる風もなく、さりとて納得したわけでもない。波が砂浜に打ち寄せる音を、ただ口で真似して見せただけ。そのような風情の、極々感情の乏しい言葉であった。

「何故であると思う？」

「さて……」

大友宗麟との折衝はまだ決着していない。決着していないうちからの退却とは、すなわち敗走であり、追撃を受ける危険が十分にある。そんな中での、有無を言わせぬ撤退であることを、私は伝えていた。

「また、ご隠居様がお加減を悪くされましたかな？」

「無論良くはなかろう。我らがことをしくじればさらに悪くなるやもしれん」

「それはそれは、良くありませんなあ」

ふうとため息を吐きながら首を横に振った男に、私は他に何か思うところはないかとさらに問う。

男は、わかりますともわかりませんとも言わず、ただ腕を組み、何か思案しているような様子で小首を傾げるのみ。何ら、意味のある言葉を述べないまま、ただ時が流れた。

「またも反毛利の兵が起こった」

「尼子の旧臣がまだおりましたか？」

「生き残りは生き残りだが、そちらではない」

「と、申しますと？」

考えていることがわからぬ相手に対し、私は努めてこちらも表情から内心を読まれぬようにと、能面のような顔、振る舞いを心がけながら話す。貴様がわかっておらぬはずはあるまいと怒鳴りつけてやりたい気持ちを抑えることは難しいことではない。だが、たやすくもない。

「大内《おおうち》にも、生き残りがいた」

「なんと」

大仰な驚き方は、白々しさに満ちていたが、私はそれを無視した。

「大内家の庶流に大内輝弘《おおうちてるひろ》なるものがおるそうだ。大友宗麟が寄宿させ、手元に置いていたようだが、此度の戦、切り札として盤上にあげたのであろうな。二千の兵を与え、豊後国《ぶんごのくに》杵築《きつき》より海路を経て長門《ながと》の秋穂浦《あいおうら》へと上陸した。そのまま山口へと乱入し、旧大内館に陣を構え高嶺城《こうのみねじょう》を包囲した。こちらにも大内の兵が続々と参集しておるらしい。尼子と同様に、六千は下るまい」

「これは、由々しき事態と、相成りましたな」

いま私が何を言っているのか、そして自分が何を言われんとしているのか、機を見るに敏なるこの男がわかっていないとは到底思えない。それでも、私の揺さぶりに対して、男はそよりとも揺るがず、ともすれば鈍い、無能な一大将と勘違いさせられてしまいそうなほど、何一つ察した様子なく受け答えを続けた。

「海を越え、長門へと侵入したのだ。伊予灘《いよなだ》を、その方が支配する瀬戸内の海を越えたのだ。わかるか、瀬戸内の主、村上水軍の棟梁よ」

そうして私はとうとう、男から、村上武吉《むらかみたけよし》から何ら意味のある言葉を引き出せぬまま、核心に迫る言葉を口にした。

「それは、痛恨の極み。我が村上水軍、ひいてはこの武吉の無力というもの。心の臓を引きちぎられるような心持ちにて、以降このようなことがなきよう、これまで以上に粉骨砕身、毛利に忠節を尽くしまする」

言われてようやく気がついたという顔を作った村上武吉は、私に深々と頭を下げげつつ、此度二千もの人間を乗せた軍船が何らの妨害もされず長門へと渡ったことを、無力であると言い切った。不作為ではなく、無力と。

「敵の船を見て、能島村上《のしまむらかみ》は一戦すら交えなかったと聞き及んでおるが」

「なにぶん突然の、それも大軍でありましたゆえ、二の足を踏んだのでございましょう。所詮は海の上に住む漁民の群れと変わりませぬ。小早川《こばやかわ》様が率いる水軍衆と比べれば、ものの数にもならぬ我らにて」

「それにしても、無策が過ぎようというものだ」

「返す言葉もございませぬ」

「此度の戦すべてが片付いた後、それなりの責任を負うてもらうつもりであるが、存念を聞こう」

「異存これなく、我が首でよろしいのでしたら、ただちに献上つかまつる」

村上武吉は、私の威儀に恐れおののいたかのような態度で、床に這いつくばってみせた。撤退するかしないかを話し合っている最中に、わざわざ陣中に呼びつけられたのだ。何かあると当然わかっていただろう。私がこの話をするところまで、あるいは読み切っていたのかもしれない。だが、這いつくばり、床に頭を擦りつけているその顔が、今どのような表情を作っているのかは分からない。

「……九州の領地は諦め、雲伯の地を尼子に奪われ、今また大内に防長《ぼうちょう》の地を奪われるとあれば、毛利は中国の覇者から、滅亡必至の亡国となろう」

話の趣を、少々変えた。頭を上げずにいる村上武吉が、わずかに身じろぎしたような気がした。

「だが、もしこの危難を弾き返したならば、毛利はさらに一回り大きくなろう」

北九州は捨てる。だが、出雲と伯耆、そして長門と周防の地から不穏分子を叩き出す。それが叶えば、毛利が外へ向けられる力はこれまでより大きくなる。

「京都《みやこ》の朝山日乗《あさやまにちじょう》を通じ、織田に協力を要請した。すでに、織田方の将である羽柴秀吉《はしばひでよし》・坂井政尚《さかいまさひさ》なる者らが但馬《たじま》へ出兵しておる。そのまま播磨へと矛を進め、尼子に合力する者らの後方を脅かす。但馬・播磨は織田分国に、因幡・美作・備前は毛利分国にすることで、合意は成された」

無論、早い者勝ちの切り取り次第であろう。我らがうかうかしている間に備前や美作が織田に奪われたとして、約に従ってその領国を差し出してくれるとは思えぬ。逆もまた然り。

「この撤退が成れば、毛利四万の兵が長門へと戻る。ただちに大内の残党を打ちのめし、防長を安堵する」

「さすがは名高き毛利両川にございます。この武吉、恐れ入りました」

まだ、顔を上げようとしない村上武吉。今の話を、知らなかったのか、すでに知っていたのか。はたまた起こる前より予見していたとしてもおかしくはない。

「父上は我ら倅どもに、毛利は分を弁《わきま》え、天下を望むなと仰せになった。ご当主輝元様も、兄上も私も、己らが日ノ本を制するだけの大器であると考えてはおらぬ。だが、毛利に天下を望む資格なしとも考えておらぬ」

立ち上がり、村上武吉に近づいた。まだ、村上武吉は顔を上げない。平伏し、目を合わさず、何を考えているのか、腹の内を読ませない。それは明らかに、味方に対しての行動とは違うものだ。

「吉川の兄上は、此度の戦で尼子の血族を討つつもりである。だが旧主のために立ち上がった忠義の者たちを皆殺しにするつもりはない。国人の寄り合い所帯である我が毛利にこそ、決して裏切らぬ忠義者が必要であるのだ。斜陽の尼子において、突如彗星のごとく現れその求心力となった、山中鹿介のような」

手を伸ばせば触れられる距離にまで近づき、座る。村上武吉が顔を上げれば、そのまま同じ高さで視線が交錯する位置だ。

「私も今、喉より手が出るほどに欲しい男がおる。古くは山名《やまな》や細川《ほそかわ》、後には尼子に大内、大友、一条に三好、どれほど強き者どもでも飼いならすことができなかった、瀬戸内の海賊衆。その中でも当代筆頭、いや、古今において並ぶ者なき海の男、村上武吉が私に力を尽くしてくれるのであれば、我ら兄弟では足りぬ力が補える。毛利元就亡き後の毛利家を、さらに大きくすることができる」

それは、私が初めて語る天下への野心であった。父上は、どれほど長く保ったとしてもあと五年で死ぬ。それでも、兄上が山中鹿介を従えて陸で戦い、私は村上武吉を従え海に戦うことができれば、弟の元清らが当主である輝元を支え、一門の結束と中国地方が持つ自力を余さず使うことができれば、我らは日ノ本を制することができる。

「頼む」

先ほどから頭を下げ続けている相手に、私の方から頭を下げた。厳島の戦いにおいて、村上武吉は毛利を勝たせようとし、結果毛利元就は奇跡的な勝利を挙げた。今、毛利は強くなったが、その毛利を今度は負かせ、大内や大友を勝たせようと我らに不利益な行動を行なっている。中国の覇者、その決定権は依然としてこの男の掌中にある。

「陸の上は、変わりましたな」

その時、声がかけられた。頭をあげると、それまで下げていた頭を上げ、私をまっすぐに見つめる村上武吉の姿があった。

「我ら所詮、その日の潮の流れ次第で揺れ動く海の者にて、先のことなど考えてもおりませぬ。しかし、割拠していた国人衆がまとまり、戦いは大きくなり、いずれ日ノ本の土地は大きな幾つかの家に分かれましょう。それらが最後に戦い、勝った一つが、新しい帝にでもなるのか、公方様と呼ばれるのか」

そこまで言ってから、村上武吉がいったん言葉を区切った。私は視線を逸らさず、村上武吉も、私をじっと見つめている。

「そうなってしまえば、我々海賊衆が何をしようが、天下は小揺るぎもしなくなりましょう。せいぜいが、適当な土地を頂戴し、畑を耕す。関銭などをもらって、瀬戸内の主を気取るなど、夢のまた夢」

それでも、と、続けながら、村上武吉は後ろに下がり、ゆっくりとした所作で、立ち上がろうとした。腰を浮かせ、しかし、私よりも高い位置に頭をあげることが無礼であると思ってか、腰を曲げたまま、ひどく不恰好な構えを取る。

「百万一心を掲げ、千年先のことまでを考えるお方は、まことに日輪の加護を得た大器と思し召しまする。私のような愚か者は、今日という日が一千年続くよう、ただ日に日を継いで、生きてゆく以外にできることはございませぬ」

言って、村上武吉は、寂しげな、羨ましげな視線を私に向けた後、今度こそ立ち上がった。

「小早川様のお言葉、我が手の者どもに、しかと伝え申す。毛利の天下を支えることこそが、村上にとって最も有益なことであることも同様に」

「そうか……頼んだ。今後とも、能島村上と毛利家、そして小早川家は入魂《じっこん》である」

「承知」

◇ ◇ ◇

元亀元年（1569年）

十月十五日、毛利《もうり》勢は九州より総撤退。撤退の先頭は、兄吉川元春《きっかわもとはる》。十八日には長府《ちょうふ》へと帰還し、二十一日には福原貞俊《ふくはらさだとし》殿とともに山口へ急行。一万の兵を率い、大内《おおうち》勢を粉砕しながら進んだ。撤退の殿軍は我が小早川勢。追撃の抑えに、決死の思いで立花城に残ったのは、坂元祐《さかもとすけ》、桂元重《かつらもとしげ》、そして乃美宗勝《のみむねかつ》ら約五百。私は、九州において毛利が持つ唯一最後の所領となった門司《もじじょう》城にて、三将及び兵の助命を求め、大友《おおとも》と最後の交渉を行った。

「大内は、またも見捨てられたか」

十月二十五日、兄上が大内勢と戦いを始めてよりわずか五日目に、大内輝弘《おおうちてるひろ》は敗北し、切腹して果てた。その知らせを聞いた時、私はまだ長府にて大友とのやりとり、そして毛利勢の逐次撤退の差配をしている最中であった。

「九州に帰る船を、素通りはさせなんだか」

勝ったことよりも、そちらの方が気になった。村上武吉《むらかみたけよし》は何を思って大内輝弘を渡らせ、そして帰さなかったのか。ともあれ、大内が再び滅びてから三日後の十月二十八日には長府の陣も引き払われ、私は父上、そして甥の輝元《てるもと》とともに郡山城《こおりやまじょう》に帰還。尼子追討は年明け後、年内は宗勝ら立花城の者らを救うこと、西の戦闘を完全に終わらせることを優先させた。

「殿が立花弥十郎《たちばなやじゅうろう》を助けたことで、城兵も、この宗勝も命拾いいたしました」

粛々と立花城を開城し撤退してきた宗勝は、戻ってきて開口一番そう言った。堂々とした宗勝らの態度は称賛を受けたが、それ以上に『死を覚悟した敵を追うのは智謀なきところである』と述べたとされる戸次鑑連《べっきあきつら》の言葉は長く語り草となる。最初から最後まで、あの男にしてやられた。大友はこのたびの戦いにおいて地図上では攻められて押し返しただけであるが、その過程において多くの国人衆を屈服させた。その結果、戦いの前よりも大友の力は大きくなる。

◇◇◇

そうして、激動であった元亀元年の年の瀬、私は久方ぶりに腰を落ち着けた吉田《よしだ》郡山城《こおりやまじょう》にて、早くも次の戦に目を向けざるをえなかった。

「出立は正月明けて五日。兵は一万三千。総大将は輝元《てるもと》。私と兄上は補佐。妥当であるな」

進路は石見路、雪深い季節であるので注意をしろ。寒いからと言って酒を飲みすぎるな。父からはそのような小言が多く、辟易して逃げ出してきた城の一室にて。

「あ、あのう」

「どうした?」

私と同じように父親から逃げてきた元清《もときよ》とともに、我々の甥で、主人でもある男がやってきた。

「あの、叔父上」

「だから、どうしたのだ?」

「一万三千で、兵は足りるのでしょうか?」

いくつか私の元へ届いていた文《ふみ》を読みながら、私は甥の問いに、明確な答えを返すことなく、かえって質問を投げかけた。

「足りぬと思うのであれば、どれだけの兵を投入すべしと思う?」

「九州には四万の兵を渡したわけでありますから、そのまま」

「此度、尼子や大内が挙兵に及んだは、ひとえに毛利の領国が手薄になったからである。その愚を再び繰り返して何とする」

私が言うと、輝元が、あ、と声を漏らした。同時に私はため息を漏らし、重ねて問う。

「東が今、どのような情勢にあるのか、お主もわかっていよう。最も重要と考えるべきは何であると思う?」

「それは、もちろん月山富田城《がっさんとだじょう》にて頑強に戦い続けている天野隆重《あまのたかしげ》ら、忠義の将兵こそ大事」

その言葉に呆気にとられ、私はしばらく黙った。以前より少々大人びた甥の顔。懐かしき彼《か》の人の血を紛れもなく受け継いだその顔に、私は思わず、兄上と言いかけ、言葉を飲み込んだ。

「な、何か考え違いがありましたでしょうか、叔父上?」

「ああいや、違わぬ。月山富田城を守る将兵こそ大事であるのは、もちろんである。我らは一刻も早く援軍として富田城へと向かう。尼子再興軍は今もってその数一万には至らず、富田城の包囲をしたまま毛利の援軍を迎え討たんとするのならば、それよりも西にて決戦に及ぶ必要がある。繰り出せる兵はせいぜいが六千から七千。一万三千の兵があれば敵に倍する数にて当たることができる。三万や四万の兵を繰り出せば、その分時がかかる。今は一刻も早く、富田城が持ちこたえているうちに我らが東へ向かう必要があるのだ。良いな?」

伝えると、成る程成る程と、輝元が何回か頷き、紙に何か書きつけた。その様子は、筆まめな父上によく似ている。

「此度の戦で、敵味方ははっきりした。尼子再興軍が出雲に上陸してすぐの頃は、誰もが出雲はただちに尼子の手に落ちると思っておった。出雲の末吉城《すえよしじょう》を守っておった神西元通《じんざいもとみち》など、在地の武士は多くが尼子に帰順した。遠く九州の陣におったにもかかわらず、長駆して尼子に帰順した米原綱寛《よねはらつなひろ》のような者もおる。だが、天野のように、毛利を捨てず戦い続けてくれる者も少なからずいることもわかった。兵一万三千と我ら兄弟を従えた毛利家の当主が、動揺した出雲に静謐《せいひつ》を取り戻す。毛利家の二代目、いや、三代目の武威を示すのだ」

励ましを多分に含めた私の言葉に、しかしながら輝元は不安そうな表情を見せた。見慣れた表情である。

「拙者には、お祖父様の代わりなど」

「代わりなどせずとも良い。毛利両川がいる。お主の父と同じように、我らを使えば良いのだ」

「父上も、今の拙者と同じように悩んでおったと聞き及んでおります」

「知っておる。私も何度となく愚痴を聞かされた。私や吉川の兄上が、己の家にのみかまけて毛利をないがしろにしていると言われたこともある。自分の器量が、弟たちに劣ると悩んでいたことも知っておる。まことに、今のお主と瓜二つである」

「なれば」

「だからこそ、毛利の棟梁は毛利輝元にこそふさわしいのだ」

亡き兄上そっくりの表情で弱音を吐こうとする甥に、私は強く言い募った。

「たまたま嫡男に生まれたのであるから、それがお主の宿業である。と言いたいわけではない。同じ条件の者がいたとして、それでもふさわしいのはお前だと言いたいのだ。父上から謀《はかりごと》の才を受け継いだのは、成る程確かに私かもしれぬ。果断なる武威を受け継いだのは、間違いなく吉川の兄であろう。亡き兄上には、そのどちらもなかった。だが、我ら三兄弟において、毛利元就の覇業に最も貢献したものは誰であるのか、それは間違いなく長兄隆元《たかもと》、お主の父だ」

誇張でも謙遜でも無く、事実である。

小早川隆景《こばやかわたかかげ》や吉川元春《きっかわもとはる》が今日までに挙げた武功など、毛利隆元のそれに比べれば小さきもの。何しろそれは、毛利元就の生涯において最大の勝ちを引き込んだという大功であるがゆえに。

「厳島《いつくしま》の戦いの以前、毛利家は安芸《あき》において最大の力を持つ国人ではあったものの、大内家を乗っ取った陶晴賢《すえはるかた》と比べれば小さなものであった。ゆえに、陶から命じられれば、毛利家は唇をかみしめて従う以外に道はなかったのだ。それを、陶晴賢に従うべきではないと父に真っ向から反対し、父が頷かぬと見るや重臣たちに道理を説き伏せて回り、安芸・石見《いわみ》・備後《びんご》の力を結集させ、父を決戦の場に向かわせたのは、ほかならぬお主の父だ」

あの勝利がなければ、毛利は今もって、良いところ大内・尼子に次ぐ中国三番手の勢力であっただろう。

「あの時、亡き兄上は、皆に謀《はかりごと》を言って聞かせたのではない。陶は人としての道理に反している。今従ったところで、いずれは大きくなった毛利が邪魔であるからと難癖をつけられ踏み潰されるは必《ひっ》定《じょう》。晴賢は必ずお屋形様を弑《しい》した報いを受ける。立つべきは今である」

亡き兄上が言うお屋形様とは、陶晴賢が殺した大内義隆《おおうちよしたか》であり、隆元の隆の字を与えた人物でもある。兄上は義や誠をもって、梟雄陶晴賢に対抗すべしと言った。それは、謀《はかりごと》によって敵と対峙してきた父元就にとって、最もらしくない理由であり、それによって中国の覇者たる道が拓けたのは何とも皮肉な話と言える。

「父上はな。これまでに多くの、大切な者に先立たれてきた。その中で、最もその死を嘆いてきた二人が、私の母と、兄だ」

何度となく、文《ふみ》につけ、説教につけ、女々しく泣き言を述べるのは、いつも『亡き妻が偲ばれる』であった。兄上の、突然の訃報を聞いた時、父上は前後不覚に陥り、しばらくの間は身動きが取れずにいた。私や吉川の兄上が死んでも、あそこまでの狼狽はしなかったであろう。

「亡き兄上は、父上の才は受け継がなかった。だが、父上が誰よりも愛した母上の才を色濃く受け継いでいたのだ。それは、我が毛利が、父上が目指す『百万一心』を体現するために絶対に必要な才であり、我らが持ち得ぬものであるのだ。それすなわち、仁であり忠であり孝だ」

愛した二人を失い、それでも父上が生きる希望を失わなかった理由を、私は知っている。ひとえに、あの二人の面影を強く強く残した孫がいるからである。母上や兄上がそうであったように、幾らか卑屈に過ぎ、あまりにも気が弱い。だがそれでも、本当に己が信じたことについては曲がらぬ。そんな孫が、己を頼りにしてくれていることが、父上の心の支えであったのだ。

「胸を張ってくれ。お主の中に、母や兄の才が受け継がれている。毛利を中国の覇者たらしめたその才が」

「しかし、拙者は」

「先ほど、お主は言うたぞ。天野隆重ら、忠義の将兵こそ大事。と」

私が思ったことは少々違った。月山富田城そのものが大事であって、その中身は二の次と思っていた。恐らく父とて、血の滲む思いで奪い取った月山富田城というものがあった上で、ではその中には誰を配するべきかと考えたであろう。

「きっと父上は、それを亡き兄上から学んだがゆえに、月山富田城落城の際、尼子三兄弟を助命したのだ。もし殺していたのであれば、尼子再興軍の兵は今頃一万を超えていたであろう。私や吉川の兄も、父上がそう考えて立花城の将兵を殺さずに開城させたのだと今ではわかる。お陰で私は宗勝や忠義の兵を失わずに済んだ。わかるか？　武略でも、謀略でもない、最後の最後に人を味方とするためには、誰よりも毛利に愛されしお主が大将である必要があるのだ。毛利輝元こそが、毛利元就を、毛利隆元を受け継ぐにふさわしいのだ。わかるか？」

言い、輝元の手を取った。輝元は泣いていた。私はこのような場面で泣くにはいささか齢を重ね過ぎてしまったがために、柄にもなく熱くなってしまった己を面映《おもはゆ》く思いながら、しばらく輝元の手を取り、視線をさまよわせていた。

「やはり、我ら虫けらが如き子らは、何かことが起これば万事一切を景様に頼るべしですなあ」

しんみりとし過ぎてしまった場の雰囲気をどうにかしてほしいと思い、ずっと黙って話を聞いていた元清に視線を向けると、元清はおどけてそのようなことを言ってみせた。

◇◇◇

正月、雪深い石見路《いわみじ》を、我らは東進した。中国山地を乗り越え、石見都賀《つが》を経て出雲《いずも》は赤穴《あかな》へ。行軍は無論楽ではなかったが、兵糧や軍需物資は水軍大将児玉就英《こだまなりひで》が大小二百艘《そう》の船にて運んだため、行軍中の死者や落伍者は軽微であった。

二十八日には出雲飯石郡《いいしぐん》へと軍を進め、多久和城《たくわじょう》を攻略。後詰に赴いた尼子再興軍は我らの数を見て戦わず撤退。近隣の国人衆は、相次いで毛利に帰順し、先を争い輝元《てるもと》に頭を下げにきた。

「叔父上、先日多久和城の後詰に現れた敵勢の大将は誰か？」

「は、秋上綱平《あきあげつなひら》の嫡男、宗信《むねのぶ》にございます」

年の瀬と異なり陣中ゆえに、あくまで主従として、輝元《てるもと》の問いに答えた。

「今もって月山富田城《がっさんとだじょう》は持ちこたえておる。にもかかわらずここに後詰が来たということは、包囲が薄くなったということであるな」

「御意」

「その上で、何もできず秋上の軍が引いたということは、相手にとって失策であったと考えて良いのか？」

「遊兵を作らぬことが兵法には適《かな》っております。尼子はいたずらに兵を動かし、疲弊させたばかり。すなわち無駄足にございます。我らは兵は神速を貴ぶの言葉通り、急ぎ東進し、戦わぬうちに失地を回復することができましてございます。これすなわち殿のお力によるもの」

敵も人であり、味方も人である。すでに足掛け三年続く戦の中で、こちらの失策は九州侵攻を急ぎ過ぎたこと。父上の寿命が尽きかけていることを理解していながら、なお父の名があるうちに戦を進めてしまおうとしたこと。尼子の失策は、月山富田城を落とさぬうちから方々に手を回してしまったことだ。毛利を包囲することは良い。だがそれ以上に、まずはどれだけの犠牲を払ったとしても月山富田城を落とすことを優先すべきであった。私が山中鹿介《やまなかしかのすけ》であれば、今からでも月山富田城を総攻撃する。

「なれば毛利の勝利は近い。さらに東へ、月山富田城救援を成し遂げ、尼子勝久《あまごかつひさ》を打ち破り、雲伯《うんぱく》の地を再び毛利のものとする」

力強く言い切った輝元の言葉は、確実に味方の士気を上げた。私が何かを言ったからといってすぐに人の性格が変わるわけではないであろうが、口うるさい祖父や叔父二人の顔色をうかがって育った輝元は、翻《ひるがえ》って己の顔色をうかがう者らにも聡い。敵の心胆を寒からしめることは不得手でも、味方の心を掴むのは得手である。

出雲の西側は大きな戦いなく奪還し、降兵が増えたことで、毛利軍は接収した土地に守備兵を配しながらも兵一万三千を減らすことなく東進を続けた。二月には月山富田城と我らとはいよいよ指呼《しこ》の間《かん》となり、尼子勝久は月山富田城を睨む新山城《しんやまじょう》に居座り、山中鹿介、立原久綱《たちはらひさつな》らは六千八百の兵でもって出撃、富田より南方三里（約12キロ）の布部山《ふべやま》にて毛利との決戦に及ぶ構えを見せた。

そして、二月十三日深夜。雪も風も強い夜に、我らは西比田《にしひだ》に構えた屯所を出立し、北向きに陣を構えた。総大将の輝元がいるため、此度は私だけでなく、元春《もとはる》兄上も先陣を賜っている。

「大内とは違《ち》ごうて、中々に堅い」

布陣を終えるか終えないかという頃合いに、兄上が供回りを連れて小早川《こばやかわ》隊の陣にやってきた。何があるわけではないが、かがり火で温めた湯を渡す。

「兄上は、何が違うと見る？」

布部山、向かって左に水谷口《みずたにぐち》、右に中山口《なかやまぐち》、我らはそろって向かって左、山中鹿介や、尼子に帰順した米原綱寛《よねばらつなひろ》と対陣していた。

私と兄上がこちらにいる以上、敵はこちらが本命と見るであろう。中山口には秋上親子らが布陣しているようである。

「味方に倍する敵が攻めてくると知り、逃げることなくこの場にやってきた六千八百の精兵。それを従える尼子勝久という男もまた、一廉《ひとかど》なのであろう」

うむと私は頷く。確かに、それ以外にはない。

「我らは飯梨川《いいなしがわ》を越え、まっすぐに攻めあがる。それで良いな」

「それで良い。兄上を止めねば陣が崩れると敵に思わせてくれれば」

それで本当に突き崩せればよし。吉川・小早川を抑えようと敵が群がってくるようであれば、それもまた構わぬ。

「委細承知した。また戦の後に会おうぞ」

「戦場で、山中や立原を口説くような真似はせぬようにな」

「それは、約束しかねるな。何しろ金にも力にも屈さぬ男どもだ。直接話をする以外にやりようはあるまい」

言いながら、兄上は兄上らしい優雅な所作で馬の首を返し、去って行った。

それからすぐ、元亀二年二月十四日、まだ夜も明けきらぬ未明に、『尼子毛利の国争いも今日を限り』と言われるほどの激戦となる、布部山の戦いが始まった。

「玉薬も鉄砲も十分にある。無理に進む必要はない。確実に押し込んでゆけ」

私の指示通り、小早川勢、吉川勢はともに、槍衾《やりぶすま》を構えゆっくりと前進した。はじめに戦いがあったのは川を挟んだ対岸でのこと。相手方から矢と銃弾が放たれ、前線の兵がバタバタと倒れた。

「放て」

白白《しらじら》と、向かって右側から少しずつ陽の光が差し込んでくるその中で、私は小さくそう呟いた。大《だい》音声《おんじょう》で命を下す必要はない。宗勝をはじめ、諸将に対しての指示はすでに終えている。

まもなく、私の呟き通り、味方からも銃弾と矢が放たれた。我らは敵に倍する数がおり、水軍衆の活躍により、不足している物は何もない。同じことを同じようにするのであれば、数に勝る我らが押し切れる。

日が完全に顔を見せ、眼前の様子が十分に見て取れるようになった頃、川向こうからは敵が引いてゆき、朝日を浴びて美しく煌《きら》めく川の水が、ところどころ赤く染まっている様子が見えた。

「ゆけ」

今度は、聞こえるように声を張った。最前線の兵は、突破した川を越え、前進してゆく、それに次いで進んだ者たちは、川の中で、あるいは川辺で倒れたものを助け起こし、ある者は肩を貸し、またある者は抱えながら戻ってくる。味方だけでなく敵であっても、動けなくなった者は介抱《かいほう》する。これもまた、あらかじめ決めていたことだ。

広く開けた川辺での初戦は小手調べで、元より大軍の我らと正面からぶつかるつもりはなかったのであろう。山中らはそれから山裾の傾斜が急な獣道へと姿を隠し、大軍が一斉に攻め込むことのできない隘路《あいろ》にて、登ってくる毛利軍を迎え撃ち、押し返そうという戦いに切り替えた。それは、大軍を相手取るには実に有効な戦法であり、日が昇り、冬場とはいえど多少の暖かさを感じられる頃合いとなってからも、毛利軍は半数の尼子軍を相手に劣勢を強いられた。名のある将の討ち死にが幾つか届き、雪は血を吸った鈍い赤に変わり、毛利軍の兵には、あるいは再び負け戦かと思うものもおったであろう。

尼子軍の奮戦、その訳は、私が思うところ二つ。一つは言うまでもなく士気の高さ。尼子再興の旗頭とも言える山中鹿介、立原久綱が前線にて指揮を執《と》り、味方を勇気づけている。もう一つは、山の上から撃ち下ろす鉄砲射撃。私が予想していたよりも遥かに多い鉄砲が、確実に毛利兵を屠《ほふ》っている。

「誰の差し金か」

今の尼子が独力で得られる数ではない。浦上《うらがみ》に宇喜多《うきた》、山名《やまな》辺りであればまだ良い。密かに織田《おだ》が工面したというのであっても、良くはないがまだ頷ける。だが、

「景さま！」

「元清か、どうした？」

思案していたところ、輝元のいる本陣からやってきた元清に声をかけられた。

「思いのほか苦戦とお見受けし、本陣よりさらに兵を送るべきであろうかと」

「殿がか？」

「御意」

頷く。川を越えてより、前線は動いていない。押し込むことはできていない。数に勝るがゆえに押し返されてもいないが、後方に送られている負傷者は増えるばかりであろう。

「戦はこの隆景の思惑通りに進んでいる。もう間も無く総がかりにて、川の手前までは、殿にもお出まし願うゆえ、そのように伝えてくれ」

「間も無く総がかり、川の手前まで前進。承知つかまつりました！」

復唱してすぐに馬に飛び乗った元清《もときよ》は、やってきた道を駆け戻り、この会話を聞いていたかのように、正午手前、それまで堅い守りで毛利兵を押し返し続けていた尼子の兵が、突如崩れた。

「死んでくれるな。味方も、敵も」

呟きは、戦いの音と同じく雪に呑まれた。

山中らは、実に良く動いたと、私は心底より感服する。兵は我らの半分しかいない。ではない。半分を戦場に間に合わせたのだ。場合によっては迎え撃つ準備も間に合わず撤退となり得たこの状況において、天然の要害を背に、倍の兵を迎え討てる場を整えた。恐らく、我らの前に陣取った山中と立原は、攻め疲れた我らの勢いに陰りが見えたところで反撃し、私か兄上、可能ならば輝元の首を奪うつもりであっただろう。地の利は尼子にあり、しかし毛利の戦とは、人の和を乱し続けてきた戦である。

戦に先駆けて、兄上の手の者が近隣の国人を金で懐柔《かいじゅう》し、あらかじめ地元の者しか知らぬ抜け道を教わっていた。それは我々兄弟と山中・立原が戦ってきた場所とは逆の、東側の道。この道を通り裏に回った毛利兵が、密かに敵本陣を強襲。これを奪い取り挟み撃ちとするまでが、今回の戦である。

昼、すでに味方の本陣が陥落していると知った尼子兵が混乱し、間も無く潰走した。追撃を命じた私は、日暮れ前に輝元に会い、ただちに月山富田城を救援すべしと伝えた。言葉通り、翌日には月山富田城の救援は成され、戦いは毛利の勝利に終わった。

この後も、毛利と尼子の戦いは各地で続く。だが、出雲の国人牛尾《うしお》氏や熊野《くまの》氏の降伏。尼子に同調していた美作《みまさか》の三浦貞盛《みうらさだもり》、備後《びんご》の藤井皓玄《ふじいこうげん》の討ち死に。反毛利の輪に加わった者たちは次々にその力を失っていった。この日の戦いにより、毛利は守勢から攻勢へと、転換したということである。

◇　◇　◇

父上が倒れたとの報《しら》せが陣中に届いたのは、布部山《ふべやま》の戦いより半年後のこと、すでに、出雲《いずも》に残る尼子《あまご》勢力は、新山城《しんやまじょう》・高瀬城《たかせじょう》の二つのみとなっていた。

九月五日、輝元《てるもと》と私は帰国し、病床の父上に面会した。兄上は、出雲に尼子の城があるうちには帰れぬと、城を取り囲む軍に残った。


「お帰りなさいませ」

「お久しゅうございます」

吉田郡山城《よしだこおりやまじょう》へと戻った我らは、まず父の顔色をうかがいに出向いた。文字通りの、顔色うかがいである。会う度に長くはなかろうと思わせてくれる父上だが、此度もまた、より一層そう思わせてくれた。

「お二人がお戻りになられましたので、殿もお喜びでございましょう」

「何の、孫一人いれば父上は十分に喜ばれる。私はおまけです」

孫に手を握られ、戻ったか幸鶴丸《こうつるまる》、と顔を綻《ほころ》ばせていた。

私は戦いの経過などを少々話したが、父上は嫌がっていた。元々、戦など好きではなくとっとと余生を過ごしたかったお人なのだ。勝ち戦であり、我ら毛利を取り囲み押しつぶさんとする敵は、日に日に減っているという報告ができて良かった。

「景さまのことも、大殿は気にかけておいででした。もちろん吉川様のこともでございます」

「元清《もときよ》が良い武士《もののふ》になっております。私も甥も、助けられました」

父上も今さら私に小言を言い、私から政《まつりごと》や軍略について話をされるのも嫌であろうと、私は少々の話をし、厠《かわや》へと言ってその場を去った。逃げたところにやってきたのが、父の継室であり、元清の母である乃美大方《のみのおおかた》様だ。私の息子であってもおかしくないような元清を生んだ女性であるから、義理の母ながら私よりも年が下である。その元清の息子であってもおかしくないような弟を、最近産んでいる。

「才菊丸《さいぎくまる》はもう、四歳にもなりましたか」

弟、才菊丸は、私との年の差、実に三十と四。聞くところによると容姿に秀で溌剌《はつらつ》としており、行く末は毛利の重鎮であると評判である。

「どうか、なさいましたか？」

「いえ、相変わらず、あの子たちのことまでお考えくださる景さまに忝《かたじけな》く思うておりました」

いつの間にか出されていた茶と蜜柑《みかん》を頂戴しながら聞くと、何とも乃美大方様らしいことを言ってこられた。もちろんですと頷き、私がこの二年で見てきた元清の様子をつぶさに語った。

「あやつは己で家を興《おこ》せる男でしょう。私が三男、元清が四男、五男の元秋《もとあき》も城を任されます。上から順に話は決まっていきましょう。九男末息子の才菊丸は、そうですな。私の養子にでもいかがでしょうか？」

私には子がない。それ自体はそれほど気にしてもいないが、私の後を任せられる者は必要である。

才菊丸であれば、私が元気なうちに教えも施せる。評判も申し分ない。ふと思って言った一言であったが存外良い思案ではないかと思えた。

「景さまのご養子など、あの子に務まりますかどうか」

「務まらぬ大任であろうと、何とか務めようとするうちに身が伴ってゆくものにございます」

また、特に考えずに言葉にしてみると、妙にしっくりきた。確かに、そういうものかもしれないと己の言葉に感心してしまう。そういうものですかと聞かれ、そういうものですと答える。思い返せば私も兄上も、小早川に吉川と、己で家を盛り立てるよう言われた時には狼狽した。亡き長兄や輝元ほどではあるまいが。いや、父上こそ、己の身には務まらぬ大任に苦労させられてきた者の筆頭であるのやも。

「景さまが気にかけてくださるのでしたら、子等の心配はございませぬが、肝心のお家は果たして無事でございましょうか?」

「総大将と私とが帰ったのです。一時は尼子の者らが力を盛り返しましょう」

乃美大方様が、まあ、と不安そうな声を漏らした。微笑み、首を横に振る。

「そうなっても良い程度には敵を叩いたから、戻ってこられたのです。水軍衆を使い、後詰を行います。父上が身罷《みまか》れば、名実ともに毛利の棟梁は輝元。なれば輝元が吉田郡山城に居座ることは必要。私もその側におれば、また大友や大内が何か仕掛けてこようと、ただちに西へ向かうことができます。これぞ毛利両川のあり方というものでございます」

蜜柑を口に入れながら私が言えば、何とも頼もしい、と、敬意のこもった視線を向けてくださる乃美大方様。

その時、輝元から言伝《ことづて》を頼まれた使いの者が失礼いたしますと声をかけてきた。内容は、逃げないで戻ってきてくれ、ということであった。

「さ、これよりは最後の親孝行。謀《はかりごと》の聖《ひじり》が、生涯望んだものを差し上げねば」

「大殿《おおとの》が、生涯望んだものですか？　それは何でございましょう？」

立ち上がり、部屋を出ようとする私に、乃美大方様が問うてきた。私は頷き、部屋を出がけに、一言答えた。

「安穏たる余生。なる日々です」

◇◇◇

それからの日々は、私にとっては忙しく、輝元《てるもと》にとっては面倒臭く、父上にとっては、安らかなる日々であったと私は信じる。

十月初頭には、予測していた通り、尼子《あまご》勢が息を吹き返した。私はただちに児玉就英《こだまなりひで》を大将に水軍を派遣し、出雲《いずも》北岸の制海権を速やかに奪い返した。その甲斐もあり、年の瀬には尼子《あまご》軍は隠岐《おき》と出雲とで分断され、諸城も次々と落城、降伏と報せが続いた。

判断に困ったのは、出雲よりもさらに東、畿内にての戦であった。本願寺《ほんがんじ》が織田《おだ》と再び対決に及び、毛利《もうり》に援軍を求めてきた。安芸門徒《あきもんと》の手前、本願寺を見捨てるわけにはいかぬ。さりとて織田、そしてその後ろに控える公方様を敵にも回せぬ。結果私は援軍ではなく物資や弾薬というかたちで、大坂本願寺を援助するかたちを取った。

元亀三年（1571）の三月になると、父上は花見を開くまでに力を取り戻し、周囲の者たちも大いに安堵した。私も、これならば小早川《こばやかわ》の家のことも多少は行う余裕があろうと、一時私の本拠である沼田《ぬた》に帰り、四月、再び吉田《よしだ》郡山城《こおりやまじょう》へと戻った。五月、再び体調を崩した父上に代わって家中の差配をこなし、兄上とも文のやりとりを密にした。今、父上が身罷られても、すでに尼子に毛利を押し返す力は残っていない。だが、自分が戻る余裕もない。私は、山中との決着をつけてから国に戻る。そのように書かれていた。

そうして、元亀三年六月十四日の巳の刻、生涯祈りを欠かさなかった日の光を浴びながら、父上は眠るように息を引き取った。

父の葬儀、供養は滞りなく進められ、遠く出雲においての戦とは裏腹に、粛々と終えられた。粛々、とはいえどそれなりにすることも多く、一旦区切りがついたかと思えた八月、出雲から知らせが届く、尼子勢、出雲より撤退、尼子勝久は隠岐へと逃亡し、立原久綱は行方知れず、そして山中鹿介を捕縛。

◇◇◇

「それで、山中鹿介《やまなかしかのすけ》とは話ができたのか？」

「できた」

父上が死んで初めての年の瀬、布部山の戦いの日のような雪の降りしきる日に、私は長い戦場暮らしから帰ってきた兄上と再会した。

「秋上《あきあげ》親子は毛利に降《くだ》った。他にも大身の者を多く寝返らせたようだが」

「寝返れと言って寝返るような者はいらぬ。決して寝返らぬような者こそが欲しいのだ」

言われて、ははははと笑った。

「禅問答だ、兄上。寝返るような者は寝返らせる価値とてなし。決して寝返らぬ者には寝返らせる価値の有り。望みは永遠に叶うまいよ」

「然り。山中が降伏し、これよりは毛利に従うと言ってきた時も、儂《わし》は信用せなんだ。そうして会って、その思いはさらに強くなった」

「と、言うと」

「白鹿城《しらがじょう》の折と、一切変わらぬ目をしておった。七難八苦など望むところであるとばかりにな。この男は決して毛利には降るまいと、一目でわかった。斬らねばならぬとな」

思い出しながら語る兄上は、それなりに楽しそうに見えた。敵の話をしているというのに、それはまるで友との語らいであるかのようだ。

「斬らねばならぬ、そう思い、だからこそ儂《わし》は一度だけ、ただ一度だけ心より説き伏せた。毛利に従って欲しいと。尼子再興ではなく、毛利の天下を望み、ともに戦って欲しいと」

「なるほどなあ」

兄上らしい、まっすぐなやり方である。何を考えているのかわからぬ謀略家よりも、開けっぴろげな本心が人の心を絆《ほだ》すということはあろう。

「それで、フラれたか」

「ああ、フラれた」

そうして、私たちは二人で大笑いをした。捕らえられた鹿介は、赤痢《せきり》に罹《かか》ったと称し一晩中便所へ通った。夜明けまでそれを繰り返し、番兵も疲れ果てて鹿介についてゆかなくなった頃、便所の樋口から脱走した。主君のためになら糞まみれになることなどまるで厭わぬ。みごとな脱走である。

「私も、毛利の天下を夢見たぞ」

兄上の話が終わり、笑い声も絶えたところで私は切り出した。

「海賊の王、村上武吉《むらかみたけよし》。あの男を真の意味で毛利の味方とすることができれば、それが叶うと、私は思った。ゆえに一度だけ、本心を伝えた。毛利のために力を尽くしてくれと」

「どうなった？」

「布部山《ふべやま》の戦いの折、山中は思いのほか多くの鉄砲を持っておったろう？　あれは、大友《おおとも》から送られた物だそうだ」

苦笑しながら言うと、兄上は言葉の意味を理解し、フラれたなと呟いた。そう、私もフラれた。

あの時の鉄砲が大友から送られた。この意味は、瀬戸内の海を通ったということだ。村上海賊が縄張りとする、瀬戸内の海を。

「父上が生きておった時に、輝元と私の名も添えて話はした。毛利と能島村上は入魂《じっこん》の関係である。と、ともに確認しておる。しばらくは大人しくしていよう」

それは百万一心とは程遠い、まことに白々しい確かめ合いであった。

「吉川に山中鹿介、小早川に村上武吉。なるほどこう聞くと、天下も取れそうに思える」

兄上が呟く。私もそう思う。だが、それらはともに成し遂げられなかった。

「智が万人より優れており、天下の治乱盛衰に心を用いる者には、心から許し合えるような、真の友はひとりもいないものだ。真の友はどこにいるのだろう。それは、過去千年、未来千年のあいだにこそ、いるのではないだろうか。なぜなら、もし友と呼ぶべき人が同じ時代に生まれていれば、その人を殺すか、その人に殺されるかのどちらしかないのだ。もしふたりが志を同じくして世を治めるようなら、万民の安堵、四海の太平はいとも簡単なことだというのに」

かつて、父が言った言葉を、私は繰り返した。珍しく酒を飲んだ日のことであったと思う。

「友を得て、猶ぞうれしき桜花。昨日にかはるけふの色かは」

父上にとって、最後の花見となった三月に詠んだ和歌を、兄上が諳《そら》んじた。そうして、私を見て、優しげに笑った。

「きっと今、父上は友と再会を果たしておる。母上や兄上だけでない。千年の過去に、千年の未来に、きっと同じ志を持ち、ともに桜を見られる友に。父上にとって最期の日々が安らかであったのは、お主のお陰だ。感謝する」

言いながら、軽く拳で私の肩を小突いた。それを聞いてすぐ、私の両目から、涙が溢れた。

「おそらく、太平の世であれば私は山中と、お主は村上と、友になれたのであろう。だが、父上と同じように、我らは友となれる者を殺さねばならぬ。智はそれなりに優れており、家中の治乱盛衰に心を用いるうちには、他家を第一とする者と友になることは難しかろう。毛利は大きくなった。だが、天下はあまりに遠い」

「……それでも」

兄上の言葉を引き継ぎ、私は呟いた。

「たとえ友を得られずとも、私は毛利を必ず守ってみせる。たとえ戦いに敗れたとしても、地を這い、泥を啜《すす》り、鬼と罵られようとも、私は必ず。何があろうとも」

「大丈夫だ」

引き継いだ言葉をさえぎるように、兄上が強く短く一言発した。私の目から流れる涙はまだ止まっていなかった。兄上はまだ、優しげな笑みを浮かべていた。

「友は得られず。しかし父上は我らに多くの弟妹を残してくださった。我ら三兄弟にとって母上の名が楔《くさび》であったように、今後は父上の名が、毛利の楔となり、しるべとなろう」

こうして、偉大なる毛利元就《もうりもとなり》を失った毛利家は、戦国の世の最終幕、その最も波激しき時代に漕ぎ出す。北九州は大友が強固な体制を維持し、龍造寺《りゅうぞうじ》らの有力国人衆もこれに従属した。南九州では日の本の最南端島津《しまつ》が着実に勢力を伸ばしている。四国は長宗我部《ちょうそかべ》が台頭し三好《みよし》が勢いを失う。毛利は中国筆頭を譲らず。そして畿内。尾張より京洛へと上り、破竹の勢いでその勢力を伸ばし続けている織田。その織田の、偉大なる当主、ではなく、長男にして嫡子ではない倅《せがれ》と、私は友になることなく戦うことを、この時すでに運命づけられていた。

【了】

【巻末付記 人物説明／五十音順】（説明内容は特筆なければ四巻時点）

■相《あい》
織田信長と側室お勝の娘。帯刀の異母妹。

■浅井輝政《あざいてるまさ》
浅井長政の子。幼名万福丸《まんぷくまる》（史実では幼名のまま処刑される）。

■浅井長政《あざいながまさ》
浅井家の当主。信長の妹である市の夫。作中では親織田。

■浅井久政《あざいひさまさ》
浅井長政の父。作中では親朝倉方で、一巻で小谷城で帯刀と会う。

■朝倉義景《あさくらよしかげ》
朝倉家の当主。将軍義昭の上洛命令を拒否し、織田の出兵を招く。

■朝山日乗《あさやまにちじょう》
法華宗の僧。ロレンソ了斎と宗論（宗教討論）を行い、敗れる。

■足利義昭《あしかがよしあき》
現在の公方（将軍）。作中では十四代将軍。

■尼子勝久《あまごかつひさ》
元々僧だったが還俗し、尼子氏再興をもくろむ。

■池田勝正《いけだかつまさ》
信長上洛の際、降伏し臣下に。摂津三守護の一人。

■池田恒興《いけだつねおき》
通称 勝三郎《しょうざぶろう》。信長の乳兄弟。幼少時から信長に仕えた。

■石川五右衛門《いしかわごえもん》
作中では百地丹波の腹心として、帯刀のもとで活躍する忍者（元の名は四郎《しろう》）。

■磯野員昌《いそのかずまさ》
浅井家の重臣。作中では一巻で帯刀と『闘戦経《とうせんきょう》』について語る。

■市《いち》
織田信長の妹で浅井長政の妻。作中では『光るゲン爺』の大ファン。

■犬《いぬ》
織田信長の妹で佐治信方の妻。作中では、直子とともに長島再興に乗り出す。

■上杉謙信《うえすぎけんしん》
越後の大名。圧倒的な戦の強さで知られる。

■遠藤直経《えんどうなおつね》　浅井家の重臣。作中では一巻で浅井久政とともに帯刀に会った。

■大木兼能《おおきかねよし》　長島一向一揆に加わる。作中では帯刀の家臣に。

■大宮景連《おおみやかげつら》　北畠氏の元家臣。弓の名手。作中では帯刀の家臣となり戦場で活躍する。

■奥村永福《おくむらながとみ》　前田家の家臣だったが、浪人に。作中では諸国漫遊ののち帯刀の家臣となる。

■織田信勝《おだのぶかつ》　故人。織田信長の弟。通称勘十郎《かんじゅうろう》。家督争いの末、信長に討たれた。

■織田信包《おだのぶかね》　信長の弟。通称三十郎《さんじゅうろう》。長野工藤《ながのくどう》氏の家督を奪う。

■織田信重《おだのぶしげ》　信長の嫡男。通称勘九郎《かんくろう》。帯刀の弟で、幼名は奇妙丸《きみょうまる》だった。のちの信忠《のぶただ》。

■織田信長《おだのぶなが》　主人公帯刀の実父。天下に覇を称える尾張出身の戦国大名。

■織田信広《おだのぶひろ》　信長の実兄で家臣。通称三郎五郎《さぶろうごろう》。帯刀の妻である恭の父。

■織田信正《おだのぶまさ》　本作の主人公。通称帯刀《たてわき》。三巻で村井重勝に名を変えた。

■於次丸《おつぎまる》　信長と側室お勝の子。帯刀の弟。

■勝《かつ》　信長の側室（作中の名）。作中では直子・帯刀親子のもとで暮らす。

■蒲生賢秀《がもうかたひで》　六角家の家臣だったが、観音寺城の戦いのあと信長の家臣になる。

■蒲生氏郷《がもううじさと》　蒲生賢秀の嫡男、通称 忠三郎《ちゅうざぶろう》。帯刀の妹相の許婚《いいなずけ》。

■神戸信孝《かんべのぶたか》　信長の子。通称三七郎《さんしちろう》。帯刀の弟で、幼名は勘八《かんぱち》だった。のちの織田信孝《おだのぶたか》。

■北畠具豊《きたばたけともとよ》　信長の子。通称三介《さんすけ》。帯刀の弟で、幼名は茶筅丸《ちゃせんまる》だった。のちの織田信雄《おだのぶかつ》。

■北畠具教《きたばたけとものり》　北畠具房の父で、先代の北畠家当主。

■北畠具房《きたばたけともふさ》　北畠三介具豊の義父。作中では三介の命を狙い、返り討ちに。

■帰蝶《きちょう》　信長の正室。斎藤道三《さいとうどうさん》の娘。四巻で出家し養華院《ようかいん》を名乗る。

■吉川元春《きっかわもとはる》　毛利元就の次男。名門・吉川氏に養子として送り込まれ、家督を乗っ取る。

■吉乃《きつの》　信長の妻で、勘九郎・三介の生母。三巻で死去。

■恭《きょう》　帯刀の正室。織田信広の娘。思慮深い読書家の女性。

■九鬼嘉隆《くきよしたか》　信長の家臣。志摩の国人から身を立て、九鬼水軍を率いた。

■顕如《けんにょ》　浄土真宗本願寺派宗主。信長に敵対、各勢力に檄文を送り信長包囲網を形成。

■幸田彦右衛門《こうだひこえもん》　帯刀の弟三七郎信孝の乳兄弟。四巻では三七郎とともに伊賀を訪れる。

■小早川隆景《こばやかわたかかげ》　毛利元就の三男。吉川元春と共に毛利氏の発展に尽くす。

■御坊丸《ごぼうまる》　信長の子。作中では直子が産んだ双子の一人。

■佐久間信盛《さくまのぶもり》　信長の古くからの家臣。各地を転戦する。

■佐治信方《さじのぶかた》　信長の妹お犬の夫。佐治水軍を率いていたが、長島で討ち死にする。

■佐々成政《さっさなりまさ》　通称内蔵助《くらのすけ》。信長の古くからの家臣。作中では黒母衣衆筆頭。

■篠原長房《しのはらながひで》　阿波三好家をまとめる重臣。四巻で主である三好長治に討たれる。

■柴田勝家《しばたかついえ》　通称権六《ごんろく》→修理亮《しゅりのすけ》。信長の重臣として重用される。作中では筆頭家老。

■下間頼旦《しもつまらいたん》　本願寺の坊官。長島一向一揆を指揮し、討ち死にする。

■下間頼廉《しもつまらいれん》　本願寺の坊官。作中では二巻で帯刀たちと出逢い、本願寺にてもてなした。

■証意《しょうい》　長島願証寺の僧侶。長島一向一揆を指揮する（史実では長男より前に死去）。

■鈴木重秀《すずきしげひで》　雑賀衆の有力者の一人。後世では雑賀孫一《さいかまごいち》の名で呼ばれることも。

■滝川一益《たきがわかずます》
通称彦右衛門《ひこえもん》。信長の家臣で鉄砲の名手。一巻で帯刀と鬼ごっこした。

■武田信玄《たけだしんげん》
甲斐の大名。四巻では、引き続き信長と同盟関係にある。

■武田勝頼《たけだかつより》
武田信玄の四男。兄義信《よしのぶ》が廃嫡されたため、後継者扱いとなる。

■竹中半兵衛《たけなかはんべえ》
諱《いみな》は重治《しげはる》。作中では稀代の兵法家として活躍。

■津田信糺《つだのぶただ》
信長の弟信勝の子。通称角兵衛《かくべえ》。

■遠山景任《とおやまかげとう》
東美濃の国人で、織田・武田両属の家臣。四巻で死去。

■徳《とく》
信長の娘で帯刀の妹。徳川家康の嫡男である松平信康《まつだいらのぶやす》に嫁ぐ。

■徳川家康《とくがわいえやす》
三河の大名で信長の同盟者。四巻時点では三河・遠江を領有。

■直子《なおこ》
信長の妻で、帯刀の生母。摩訶不思議な知識と奇行で『狐』と呼ばれる。

■丹羽長秀《にわながひで》
信長の家臣。通称五郎左衛門《ごろうざえもん》。織田信広の娘（作中では恭の姉）を娶る。

■羽柴秀吉《はしばひでよし》
通称藤吉郎《とうきちろう》。作中では観音寺城城代となる。帯刀の良きライバル。

■羽柴長秀《はしばながひで》
通称小一郎《こいちろう》。秀吉の弟。

■蜂屋頼隆《はちやよりたか》
信長の家臣。馬廻の黒母衣衆の一員。

■林秀貞《はやしひでさだ》
かつて織田家の重臣だったが、作中では永禄七年に追放される。

■ハル
村井貞勝の娘で帯刀の側室。やや押しが強い、世話好きな女性。

■原田直政《はらだなおまさ》
直子の兄、帯刀の伯父。元の苗字は『塙《ばん》』。馬廻役や吏僚として活躍。

■原田安友《はらだやすとも》
原田直政の嫡男。通称喜三郎《きさぶろう》。

■藤《ふじ》
信長の娘。作中では直子が産んだ双子の一人。

■古田左介《ふるたさすけ》　茶人、諱は重然《しげなり》。作中では帯刀の家臣で、古左と呼ばれる。戦場でも活躍。

■本田正信《ほんだまさのぶ》　徳川家康の家臣。三河一向一揆に加わったが、後に許されて家康のもとに戻る。

■細川藤孝《ほそかわふじたか》　幕臣。足利義昭の将軍任官に奔走した一人。四巻で苗字を長岡《ながおか》に変える。

■前田利家《まえだとしいえ》　信長の家臣。通称又左衛門尉《またざえもんのじょう》。作中では直子・帯刀親子とも親密な間柄。

■前田利久《まえだとしひさ》　前田利家の兄。通称蔵人《くらんど》。家督を利家に譲らされる。作中では帯刀の家臣となる。

■前田慶次郎《まえだけいじろう》　利久の養子。諱は利益《とします》。作中では帯刀の槍の『お師匠様』で、後に家臣となる。

■松下嘉兵衛《まつしたかへえ》　元今川家臣。諱は之綱《これつな》。作中では帯刀の家臣となる。

■松永久秀《まつながひさひで》　三好義継の家臣から幕府の直臣に。弾正少弼《だんじょうのしょうひつ》の官職を持つ。

■三淵藤英《みつぶちふじひで》　足利義昭に仕える忠臣。細川藤孝の兄。足利義昭の将軍任官に奔走した一人。

■三好長治《みよしながはる》　阿波三好家の主。幼少から自身を支えた重臣篠原長房を討った。

■三好長慶《みよしながよし》　故人。阿波の戦国大名。三好政権を樹立し、畿内の支配者として君臨した。

■三好義継《みよしよしつぐ》　三好長慶の甥で、養子として三好宗家を継ぐ。三巻で信長に敗れ、自刃する。

■村井貞勝《むらいさだかつ》　信長の家臣。通称吉兵衛《きちべえ》。行政手腕に長ける。帯刀を養子にする。

■村井重勝《むらいしげかつ》　主人公。通称帯刀《たてわき》。信長の〝幻の長男〟。官位は従五位下文章博士《じゅごいのげもんじょうはかせ》。

■毛利元就《もうりもとなり》　山陽・山陰十か国を領有する大大名。四巻で病死。織田とは同盟関係である。

■百地丹波《ももちたんば》　伊賀の国人で、俗に伊賀流忍術の祖とされる。作中では四巻で帯刀に仕える。

■森長可《もりながよし》　森可成の子で、可隆の弟。若くして森家当主を務める。

■森可隆《もりよしたか》　森可成の長男。金ヶ崎城で討ち死にする。作中では帯刀の親友だった。

■森可成《もりよしなり》　信長の重臣。通称三左衛門《さんざえもん》。作中では坂本の戦いで生還、出家し心月斎《しんげつさい》を名乗る。
■森乱丸《もりらんまる》　森可成の子で、長可の弟。作中では帯刀の小姓となる。
■六角承禎《ろっかくじょうてい》　南近江の大名だったが、観音寺城の戦いで信長に敗北。
■六角義治《ろっかくよしはる》　六角承禎の子で、観音寺城の落城時の当主。
■ロレンソ了斎《りょうさい》　切支丹《キリシタン》の琵琶法師。法華宗の朝山日乗と討論し、勝利。
■和田惟政《わだこれまさ》　幕臣。足利義昭の将軍任官のために奔走した。摂津三守護の一人。

【補足】

本書では作中の時代背景に沿い、現在では望ましくないとされる言葉を使用している場合がございます。これは、この時代の荒波の中で生きていく人々を描くため、表現上必要と考え使用しているものであり、差別を助長する意図は一切ございません。

・ちゃん…………史実では明治以降の使用と言われます。
・五十音表………五十音はおおむね江戸時代に完成し、明治時代に小学校教育によって広がります。
・常用漢字表……大正十二年に発表。ただし、実際に活用されるのは昭和以降となります。

信長の庶子　作中年表

西暦	年号	史実	作中（★は歴史が変わったもの）
1530	享禄三		塙直子誕生。
1534	天文三	織田信長誕生。	同上。
1546	天文十五	信長元服。吉法師から三郎信長へ。	【直子の章】塙直子、信長と出会う。
1547	天文十六	信長初陣。三河の吉良・大浜を攻撃。	同上。
1549	天文十八	信秀、斎藤道三と和睦。信長、帰蝶と結婚。	同上。
		三好長慶が京都を制圧。以後権力を振るう。	同上。
1552	天文二十一	信秀病死。信長、家督を継ぐ。	同上。
		森可隆誕生。	主人公帯刀誕生。
1554	天文二十三		恭姫誕生。
1555	天文二十四	奇妙丸誕生。　※諸説あり。	同上。
1556	弘治二	斎藤道三、子の義龍に討たれる。	同上。
		信長、弟信勝や兄信広らと対立。	同上。
1558	永禄元	信長、弟信勝を謀殺。　※諸説あり	同上。

		茶筅丸誕生。	同上。
		勘八誕生。	同上。
1559	永禄二	信長、上洛して足利義輝に謁見。	同上。
		徳姫誕生。　※諸説あり	同上。
1560	永禄三	信長、今川義元を桶狭間で討ちとる。	同上。
			帯刀、信長の庶子として古渡城に移る。
			★松下長則、帯刀の家臣となる。
1561	永禄四	のちの相応院誕生。　※諸説あり	同上。本作では相姫の名で登場。
1562	永禄五		【恭の章】恭姫、清洲城に移り直子と出会う。
		清洲同盟成立	同上。
			★【第一～二話】帯刀仮名成立。
			★【第二話】林秀貞の失脚。
			【第五話】帯刀、村井貞勝と出会う。
1564	永禄七	二月、美濃で竹中半兵衛が主君斎藤龍興の居城・稲葉山城を奪取。	【第七話】同上。

西暦	年号	史実	作中（★は歴史が変わったもの）
1565	永禄八	八月、竹中半兵衛が稲葉山城を退去。 五月、足利義輝、三好氏に暗殺される。 十月、信長養女が武田勝頼に嫁ぐ	★【第六話】林秀貞、追放される（史実では1580年） 【第七話】同上。 同上。 【第八話】帯刀、古渡城主となる。 【第十話】帯刀、村井貞勝の養子となる。
1566	永禄九	一乗院覚慶、還俗。足利義秋を名乗る。	★【第十一話】木下藤吉郎、帯刀の助言で墨俣城を築く。 帯刀、元服し、信正を名乗る。
1567	永禄十	徳姫、徳川家康の嫡男信康と結婚。 八月、信長が稲葉山城を落とし美濃を平定。 岐阜と改名して本拠を移転する。 市姫、浅井長政と結婚。	★【第十二話】三月に早まる。 ★【第十二話】四月に早まる。 同上。 【第十四～十六話】帯刀、小谷城への旅。

１５６８	永禄十一	足利義栄、十四代将軍に任官する。 勘八、神戸家へ養子として送られる 四月、足利義秋、朝倉氏のもとで義昭に改名。 信長、足利義昭を奉じて京都へ上る。途上で上洛への協力を拒んだ六角氏と激突。早々にうち破り観音寺城を陥落させる。 信長、三好氏・松永氏を破り足利義昭とともに入京。	★【第十三～十八話】信長、足利義秋を奉じて京都へ上る。途上で上洛への協力を拒んだ六角氏と激突。観音寺城を陥落させる。三好氏・松永氏を破り入京。足利義秋が十四代将軍となり義昭に改名。（史実では１５６８年、義昭は十五代） ★【第二十一話】戦の始末。 ★【第二十二話】本圀寺の変。三好三人衆らが足利義昭を襲撃。（史実では１５６９年） ★【第二十二話】奇妙丸、武田家の松姫と婚約。（史実では１５７１年末） ★【第二十三話】伊勢攻め、大河内城を明け渡させる条件で和睦 ★【第二十三話】【恭の章】信正、知多半島へ。恭姫と初対面。 ★【第二十四話】勘八、猶子として送られる。

西暦	年号	史実	作中（★は歴史が変わったもの）
1569	永禄十二 ★作中は元亀元	足利義昭、将軍に。 十二月、武田信玄、駿河に侵攻。 一月、本圀寺の変。三好三人衆らが足利義昭を襲撃。 一月、殿中御掟発令。 二月〜、旧二条城をわずか七十日で造営。 三月、信長、精銭追加条々発令。金・銀・銭の交換割合を定める。	★【第二十四話】茶筅丸、北畠へ人質として送られる（史実では1569年養子として） ★【第二十四話】徳姫、松平信康に嫁ぐ。（史実では1567年） 【第二十五話】帯刀、恭姫と再会。 【第二十六〜三十二話】信正、前田慶次郎らと旅に出る。武田信玄、駿河侵攻。 ★大宮景連、信正の家臣に。（史実では北畠具教に仕え続け討死） ★【三十三話】永禄から元亀に改元。（史実では1570年） ★【三十五話】朝倉氏が上洛・服従を拒否し、二月、織田軍が越前への侵攻を行う。金ヶ崎城を攻め攻略するも、森可隆討死。途中、本願寺を中心に反織田勢力が結集・蜂起の報せを受け、全軍撤退。（史実では1570年の4〜5月。撤退の原因は浅井長政裏切りの報を受けたため）

八月、大河内城の戦い。信長、北畠を破る。
八月、木下秀吉、但馬攻め。生野銀山を制圧。
茶筅丸、北畠家へ養子として送られる。

★【四十三話】宇佐山城築城。（史実は１５７０年）
★【四十三話】小木江城落城。（史実は１５７０年）
★【四十四話】浅井久政が浅井家を率いる。
★【四十五話】近江坂本の戦い。帯刀、信治の介錯を務める。森可成生還。
★【四十六話】吉乃死去（史実は１５６６年）
★【四十六話】織田軍、全面的和睦
★【四十七話】信正→村井重勝に改名。側室ハルを娶る。
★【五十話】直子、双子を出産。
★【五十一話】第一次長島攻め開始（史実は１５７１年）。
★【五十三話】三好義継自害。松永久秀・久通降伏（史実は１５７３〜１５７４年）
★【五十四話】【随風の章】延暦寺天台座主の交代。織田軍による延暦寺焼き討ち。

西暦	年号	史実	作中（★は歴史が変わったもの）
1570	永禄十三 ★作中は元亀二 元亀元 ★作中は元亀二	三月、森可成が宇佐山城築城。 四月、朝倉氏が上洛・服従を拒否したため、織田軍が越前への侵攻を行う。出兵中に永禄から元亀へ改元。金ヶ崎城攻略、森可隆討死。浅井長政離反の報を受け全軍撤退。（金ヶ崎崩れ） 六月、姉川の合戦。織田軍、浅井・朝倉軍と戦う。 九月、信長と大坂本願寺の間で戦（石山合戦）が始まる。近江坂本の戦い。織田信治、森可成、討死。 十一月、古木江城落城。信興討たれる。	★【五十六話】随風、帯刀の部下に。 ★【五十六話】林秀貞、織田包囲網に関与。 ★【五十七話】奇妙丸元服→勘九郎信重に。茶筅元服→三介具豊に。勘八元服→三七郎信孝に。 ★【五十七話】朝倉景恒、出奔し浅井長政につく。（史実では金ヶ崎城降伏後まもなく死去） ★【五十八話】第二次長島攻め開始。
1571	元亀二／ ★作中は元亀三	五月、第一次長島攻め開始。	★【六十話】浅井長政、朝倉氏を滅ぼす。
1572	元亀三／ ★作中は元亀四	六月、毛利元就死去。	同上。 ★【六十話・六十一話】北畠具房、帯刀を襲撃、返り討ちに合い横死。

		九月、織田軍による比叡山延暦寺焼き討ち。	★【六十三話～六十五話】第三次長島攻め。 ★【六十六話】信長、弾正大弼に補任される。 【六十六話】帯刀、信長の誕生日会を行う。 ★【六十九話～七十話】帯刀、伊賀に築城する。 ★【七十話】帯刀、伊賀一国を与えられる。 ★【七十三話～七十四話】帯刀、長島を再訪問。 ★【七十八話～七十九話】帯刀、浅井久政と対決。
1573	元亀四年 ★作中は元亀五	二月、足利義昭、織田から離反し蜂起する。	
	天正元年	浅井久政・長政討たれる。浅井家滅亡。	
		第二次長島攻め。	
1574	天正二年	第三次長島攻め。長島一向一揆を殲滅。	
1575	天正三年	長篠の戦い。	
1582	天正十年	本能寺の変。織田信長、信忠とも横死。	

壬生一郎
2017年「小説家になろう」で『信長の庶子』を連載開始し、
人気を博す。2019年から『信長の庶子』書籍刊行開始。
好きなラジオ番組は『空気階段の踊り場』。

ヒストリアノベルズ

信長《のぶなが》の庶子《しょし》 四

関ヶ原夜話

2020年5月22日　初版第1刷　発行

著者　壬生一郎
©ICHIRO MIBU
イラスト　土田健太
©KENTA TSUCHIDA
時代考証　丸島和洋

発行人　北脇信夫
編集人　大竹美香
担当編集　籔 暁子
装丁　吉村勲＋ベイブリッジスタジオ
本文デザイン　吉村勲＋ベイブリッジスタジオ
アイダックデザイン
朝日メディアインターナショナル
本文製版　朝日メディアインターナショナル
印刷所　大日本印刷株式会社
製本所　株式会社若林製本工場

発行所
株式会社宙(おおぞら)出版
〒101-0054
東京都千代田区
神田錦町三丁目17番地
廣瀬第1ビル
電話 03-6778-5700(代表)
03-6778-5731(販売部)
03-6778-5721(資材製作部)
宙出版のホームページ
http://www.ohzora.co.jp/

ファンレター・作品のご感想をお待ちしております！
〒101-0054 東京都千代田区神田錦町三丁目 17 番地廣瀬第1ビル（株）宙出版 YLC編集部気付
［壬生一郎先生係］or［土田健太先生係］　までお送りください。